마운드 위의 절대자

디다트 현대 판타지 장편소설

WISHBOOKS MODERN FANTASY STORY

마운드 위의 절대자 7

디다트 현대 판타지 장편소설

초판 1쇄 찍은 날 | 2019년 5월 17일
초판 1쇄 펴낸 날 | 2019년 5월 24일

지은이 | 디다트
펴낸이 | 예경원

기획 | 위시북스
편집책임 | 이규재
편집 | 위시북스

펴낸곳 | 예원북스
등록번호 | 제396-2012-000132호
등록일자 | 2012. 7. 25
KFN | 제1-413호

주소 | 경기도 고양시 일산동구 호수로 646-24 위너스21Ⅱ빌딩 206A호 (우)10401
전화 | 031-819-9431 팩스 | 031-817-9432
E-mail | yewonbooks@naver.com

ISBN 979-11-6424-296-2 04810
      979-11-89450-77-9 (set)

디다트 현대 판타지 장편소설
WISHBOOKS MODERN FANTASY STORY
마운드 위의
7
절대자
Wish Books

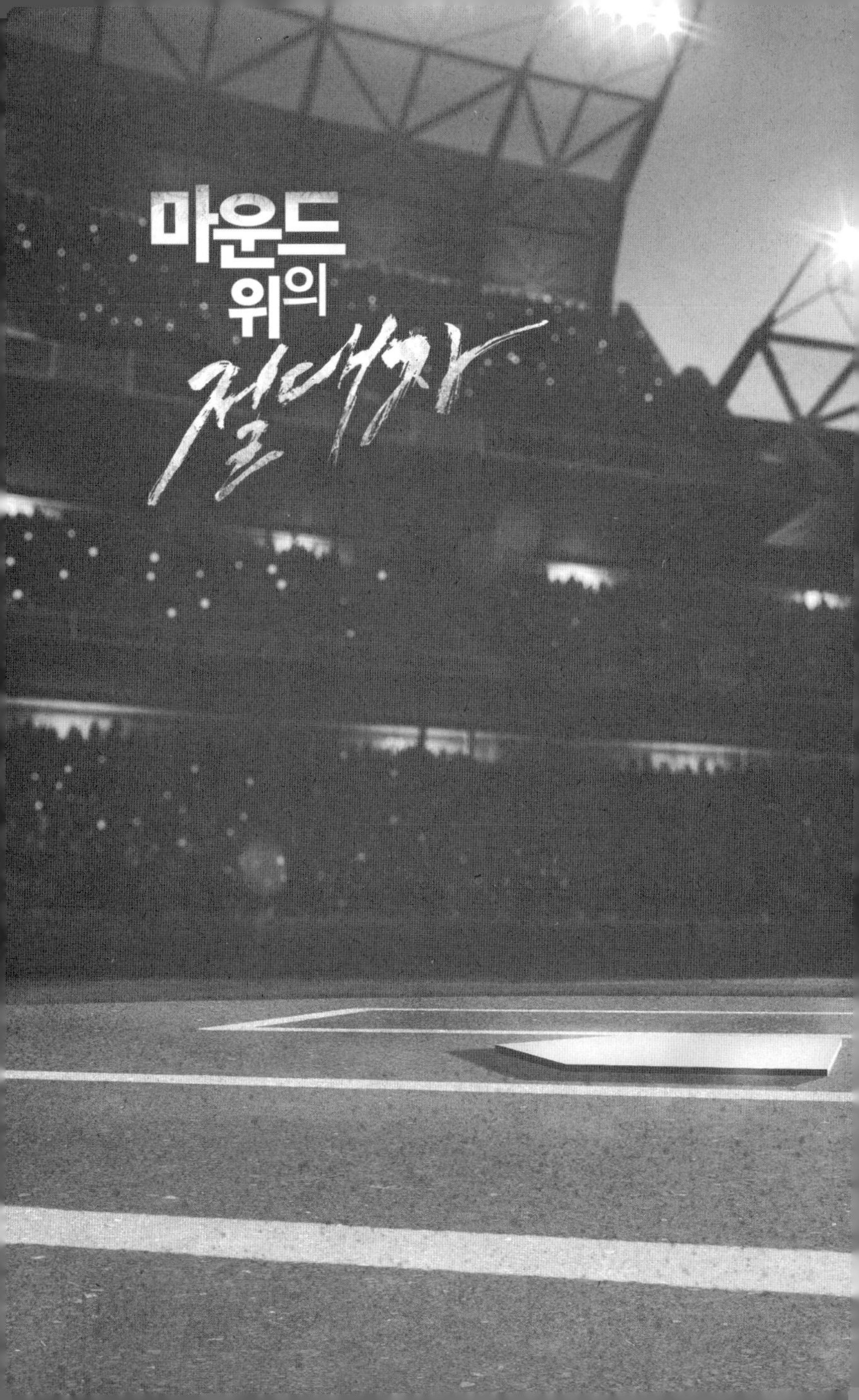
마운드
위의
절대자

CONTENTS

올스타전이 끝나면 당연히 후반기에 대한 이야기가 시작된다.

그리고 그렇게 시작되는 후반기 이야기는 어느 때보다 치열한 이야기가 되고는 한다.

-올해 우승은 돌핀스다!

-데블스 최근 기세 보면 데블스가 2년 연속 우승할 듯.

-치타스가 당연히 우승이지!

이제 남은 약 두 달, 그동안의 결과에 따라서 가을야구 티켓의 주인들이 가려지기에.

그렇기에 여전히 포스트시즌 진출 가능성이 남은 팀과 그 팀을 응원하는 팬들은 어느 때보다 격렬하고, 치열하게 자신들의 승리를 자신하고 동시에 주장한다.

하지만 이번 2017시즌은 달랐다.

-다들 지랄 ㄴㄴ해.

-응, 올해는 엔젤스 우승!

엔젤스가 있었으니까.

-호우도 못 하는 놈들이 ㅋㅋㅋㅋ

-호우 나가신다, 길을 비켜라!

이진용의 존재가 그 어느 때보다 엔젤스의 우승 가능성을 높게 만들어주고 있었으니까.

-가을 호우가 끝내주는데, 늬 팀엔 호우 없지?

-아, 호우가 가을야구에 정말 좋은데, 어떻게 다른 팀 팬들에게 말해줄 수가 없네.

더욱이 이진용은 그 누구보다 많은 이닝과 경기를 소화할 수 있는 투수였다.

엔젤스가 한국시리즈 무대에 오른다면 사실상 한국시리즈에서 엔젤스를 상대하는 팀 입장에서는 답이 나오지 않을 정도.

-한국시리즈에서 이진용이 최소 3승은 해줄 듯.

-ㅇㅇ 오른손으로 1승, 왼손으로 1승, 양손으로 1승!

이진용이 한국시리즈에서 3승을 한다는 엔젤스 팬들의 우스갯소리가 다른 팀 팬들에게는 우스갯소리로 들리지 않았다.

-아오, 빡쳐!

-내가 이번 시즌 끝나면 이진용 메이저리그 보내기 운동한다.

└진짜 모든 구단 팬이 모여서 이진용 그냥 메이저리그로 보내기 운동해야 할 것 같다.

이진용이면 정말 그럴 것 같았으니까.

-누가 이호우 좀 막을 수 없나?

-이제 막을 수 있는 건 한 명밖에 없지.

그게 이유였다.

-유현.

-그래, 이제 유현뿐이야!

7월 18일, 대전구장에서 처러지는 호크스 대 엔젤스의 주중 3연전을 모두가 주목하는 이유.

그리고 7월 18일의 날이 밝았다.

7월 18일, 날이 밝기만을 기다리던 기자들이 준비해놓은 기사를 투척하기 시작했다.

[유현 대 이진용, 드디어 결전의 날이 오다!]
[이진용의 무패 행진, 유현이 끊는다!]
[유현, 메이저리그 투수의 가치를 보여줘라!]
[이진용 드디어 무너지나?]
[천사 킬러 유현! 그가 엔젤스 사냥에 나선다!]

유현과 이진용에 대한 이야기로 온라인 세상이 도배되기 시작했다.

보기 싫어도 볼 수밖에 없을 정도.

당연히 엔젤스 선수단도 그 기사를 볼 수밖에 없었다.

"어휴, 기사 제목 봐."

"아니, 아무리 그래도 이건 좀⋯⋯."

그리고 기사를 본 이들은 혀를 찼다.

"너무한 거 아니야? 모르는 사람이 보면 이진용이 사람이라도 죽였는지 알겠네."

"아니, 야구 잘하는 게 죄인가? 뭐, 진용이가 야구를 인간 같지 않게 잘하긴 하지만……."

사실 선수들은 기자들의 기사 제목이 자극적이더라도 크게 반응하지 않는다.

기자들과 선수들은 가까운 사이이니까.

실제로 선수들은 팬보다 기자들 얼굴을 더 자주 본다.

기자가 선수들 라커룸에 들어오면 이야기를 나누지만, 팬이 선수들 라커룸에 들어오면 경찰서에 신고를 하지 않는가?

자연스레 선수들은 기자들의 사정을, 선수들이 살아남기 위해 모든 수단과 방법을 동원해서 성적을 만들 듯이 기자들도 살아남기 위해서 보다 자극적이고, 도발적인 기사를 쓰는 수밖에 없다는 것을 알고 있다.

"정도가 있지, 이렇게 선수를 흔들다니……."

"진짜 해도 해도 너무하네. 진용이가 음주를 했어, 도박을 했어, 약을 했어? 뭐 좀 또라이 같은 짓을 했지만 범죄를 저지른 것도 아닌데 참……."

하지만 이진용을 향한 이번 기사들은 그 정도를 이미 벗어나도 크게 벗어난 상황이었다.

"아니, 안찬섭이 도박했을 때도 이 정도는 아니었잖아?"

"안찬섭 때는 오히려 커버쳐주기 바빴지. 나 아직도 기억한다니까? 이형세 기자가 안찬섭이 저지른 죄는 야구로 갚아야 한다고, 씨발, 자기 벌어먹으려고 야구하는 게 무슨 죄를 갚는 거야?"

이진용을 한국프로야구를 망치는 괴물로 만드는 수준을 넘어, 이진용이 활약하는 것이 한국프로야구의 문제인 것처럼 상황을 꾸미고 있었다.

물론 팬들의 생각까지 그런 건 아니었다.

이진용의 활약에 기뻐하는 야구팬들도 적지 않았다.

당장 올스타전 때만 해도 이진용의 사인을 받기 위해 팬들이 줄을 선 것이 그 증거다.

"여하튼 논란은 다 기자들이 만든다니까."

그리고 그게 언론이 무서운 이유였다.

언론이 작심하고 움직이면 여론마저 혼란스럽게 만드는 것이 가능하니까.

"아니, 그보다 이거는 좀 위험한 거 아니야? 멘탈이 나갈 것 같은데?"

"진용이 녀석 스마트폰 보지 말라고 해야 하는 거 아니야?"

때문에 몇몇 선수들은 이진용에 대한 본격적인 케어를 해줘야 한다고 생각했다.

그때 누군가 말했다.

"상관없어."

이호찬, 조금 전 이진용의 연습피칭을 받아주며 땀으로 젖은 유니폼 대신 새로운 유니폼을 꺼내 입으며 말했다.

"상관없다고요?"

그런 그의 말이었기에 모두가 귀를 기울였다.

"그래."

"호찬 선배, 그게 무슨 의미죠?"

"진용이 녀석한테는 굳이 그런 거 안 해줘도 돼."

"예?"

"기사 읽고 실실 쪼개면서 거기에 리플 다는 녀석한테 케어 같은 게 필요할 리 없잖아?"

그 말에 선수들이 어색한 웃음을 흘렸다.

이진용이라면 정말 그러고도 남을 것 같았으니까.

'지금 그런 게 중요한 게 아니야.'

그러나 이호찬은 그런 일은 아무래도 좋았다. 기사 내용 같은 건 솔직히 귀에도, 눈에도 들어오지 않았다.

지금 중요한 건 이진용에 대한 세간의 반응이 아니었으니까.

아니, 이호찬은 장담할 수 있었다.

'오늘 어쩌면…… 이진용은 말도 안 되는 경기를 만들어낼지도 몰라.'

오늘 경기가 끝난 이후에는 더 이상 이런 기삿거리가 나오지 않으리라고.

'진용이 녀석은 진짜 괴물이다.'

이진용이 괴물이란 사실에 더 이상 의문이나, 논란이나, 의혹을 제기하지 않을 테니까.

프로란 그 무엇보다 약속을 잘 지켜야 한다.

무슨 일이 일어나든, 그것이 불가피한 자연재해가 아닌 이상 경기는 시작되며 선수는 경기장에 서야 한다.

7월 18일 화요일도 그랬다.

맑음을 넘어 무더운 날씨, 오후 6시가 됐음에도 열기가 꺼지기는커녕 오히려 더더욱 후덥지근해진 대전구장에 호크스와 엔젤스 선수들은 제 자리에 서 있었다.

그렇게 주중 3연전의 첫 경기가 시작됐다.

"스윙, 스트라이크 아우웃웃!"

그 첫 경기의 시작을 알린 건 유현, 그가 만들어낸 세 타자 연속 삼진이었다.

딱히 대단할 것도 없었고, 놀라울 것도 없었다.

"어우, 씨발…… 저 서클체인지업 봐. 그냥 사라지네, 사라져."

"우형이가 꼼짝을 못 하네."

유현.

한국프로야구를 평정하며 메이저리그에 도전. 그리고 그곳에서 누구나 인정할 만한 성공을 거둔, 한국프로야구 역사상 최고의 좌완투수.

그런 그에게 있어서 메이저리그도 아니고 한국프로야구 수준의 타자 세 명을 상대로 삼진 세 개를 잡는 건 놀랄 만한 일이 아니었으니까.

-유현 선수, 1회를 완벽하게 시작하네요.

-유현 선수다운 피칭이었죠. 빠른 공으로 볼 카운트를 만든 후에 서클체인지업으로 낚는 것. 더욱이 메이저리그에 있는 동안 유현 선수의 서클체인지업은 더 발전한 게 보이네요. 아

마 엔젤스 타자들은 공이 사라진 것처럼 보일 거예요.

그러한 사실은 유현의 뒤를 이어 올라오는 투수에게도 그대로 적용됐다.

-이진용 선수가 마운드에 올라옵니다.

이진용.
왼손에 갈색 글러브를 낀 채 마운드에 등장한 그 역시 1회 말에 세 타자를 상대했다.
"스트라이크, 아웃!"
"스트라이크, 아웃!"
"스윙 스트라이크, 아우우우웃!"
그리고 세 타자를 상대로 세 개의 삼진을 얻어냈다.
최고 구속은 141킬로미터, 결정구는 스플리터.
"저 새끼 스플리터는 봐도 봐도 좆같아."
"눈탱이에 공 맞는 기분이라니까."
이 사실 역시 대단할 것 없고, 놀랄 것 없었다.
탈삼진과 관련된 모든 기록을 보유하고 있는 이진용에게는 너무나도 당연한 일이었으니까.
그리고 그 두 투수는 2회에도 1회와 비슷한 피칭을 했다.
"스윙 스트라이크 아웃!

-삼진 아웃! 유현 선수가 2회에만 벌써 다섯 개의 탈삼진을 적립합니다!

"스윙 스트라이크 아웃!"

-헛스윙 삼진! 이진용 선수 역시 대단하네요! 마지막 타자를 삼진으로 돌려세우며 벌써 5개 탈삼진을 기록하고 있습니다!

둘은 2회에도 두 개의 탈삼진을 포함해 단 한 명의 출루 없이 퍼펙트 페이스를 보였다.

그리고 그 모습에 관중들은 놀라는 대신 오히려 예상했던 것이 왔다는 듯, 무덤덤하게 경기를 바라봤다.

"역시 둘이 붙으니 이렇게 되네."

"이거 답이 없네. 최소한 7회까지는 무조건 무실점으로 갈 것 같네."

"무실점 정도가 아니라 7회까지 퍼펙트게임이 될 것 같은데?"

당연히 3회에 유현이 등장해 1개의 탈삼진을 포함해 삼자범퇴로 이닝을 마무리했을 때도 놀라는 이는 없었다.

"응?"

"어?"

하지만 3회 말이 됐을 때 분위기가 달라졌다.

"거, 검은 거! 검은 거!"

"나왔다, 블랙 호우!"

이진용, 그가 오른손에 글러브를 낀 채 등장했다.

이진용이 오른손에 검은색 글러브를 끼고 등장하는 순간 호크스 선수단에는 긴장감이 흘렀다.

'진짜 꺼내 드는군.'

'정말 좌완 피칭을 할 셈인가?'

물론 이진용이 왼손을 꺼내 드리란 것은 호크스도 나름 충분히 예상한 바였다.

올스타전에서 보여준 이진용의 왼손 피칭은 충분히 실전에서 쓸 수준이 되었으니까.

하지만 대비는 하지 못했다.

'어떤 공을 던질까?'

'어떤 피칭을 할 속셈이지?'

자료가 없었으니까.

일단 이진용이 왼손을 꺼내든 건 올스타전 무대가 처음이었으며 그조차도 진면목을 드러낸 게 아니었다. 누가 보더라도 이진용은 올스타전 무대를 통해 자신의 왼손을 가다듬고 있었다.

즉, 올스타전 무대는 예열에 불과하다는 의미.

실전인 지금 이 무대에서 이진용의 왼손이 얼마나 뜨거운 것을 보여줄지는 아무도 몰랐다.

'뭐든 간에 방심해선 안 돼.'

선불리 짐작할 수도 없었다.

'저놈은 엄청난 또라이다. 120짜리 공을 던져도 방심할 수 없는 놈이야.'

상대는 그 누구도 아닌 이진용.

마운드 위에서 무슨 짓을 해도 이상할 것 없고, 무슨 짓이라도 하는 괴물 중의 괴물이었으니까.

물론 그 사실에 마냥 겁만 먹는다면 프로 자격이 없다.

아니, 이진용의 왼손은 호크스 타자들에게 기회였다.

"이진용의 왼손은 오히려 기회다."

호크스 타격코치의 말대로 이진용의 오른손은 솔직히 상대할 방법이 없다.

하지만 왼손은 다르다.

"올스타전에서 본 것처럼 이진용의 왼손 구속은 오른손보다 느리니까."

다른 걸 떠나서 왼손으로 던지는 공이 오른손보다 느리다는 것.

'이건 기회야.'

3회 말, 이진용을 상대하기 위해 왼쪽 타석에 서는 7번 타자 정호영의 생각 역시 그랬다.

'올스타전에서 봤을 때 구속은 기껏해야 130대 초반이었어.'

좌타자인 그에게 좌완투수의 등장은 껄끄러운 일인 건 맞다.

정호영이 좌완투수 상대로 성적이 좋지 못한 것도 사실이다.

하지만 만약 정호영에게 140대 초반의 공을 던지는 이진용의 오른손과 130대 초반의 공을 던지는 왼손, 둘 중 하나를 고르라고 한다면 정호영은 망설임 없이 왼손을 고를 것이다.

정보의 부재는 아무래도 좋았다.

'그 정도 공을 보면 칠 수 있다.'

130대 공은 굳이 연구가 필요 없이 처음 보는 공이라도 칠 수 있어야, 그래야 프로라고 할 수 있지 않은가?

그리고 이러한 생각은 팬들도 마찬가지였다.

"이진용 왼손이면 혹시 모르지 않을까?"

"올스타전에서 실점했으니까, 또 실점이 나와도 이상할 건 없지."

"어휴, 긴장되네."

왼손이면 혹시 모른다!

그 사실에 대한 긴장감이 그라운드를 넘어 관중석 전체에 번지기 시작했다.

그 상태에서 이진용 역시 긴장한 듯 쉽사리 공을 던지지 못한 채 이제는 오른손에 끼고 있는 글러브로 입을 가리고 있었다. 스스로를 추스르기 위한 주문을 외우는 것처럼 보였다.

"저것 봐. 이진용도 긴장한 모양이야."

"실전에서 좌완 피칭이라니, 긴장하는 게 당연하지."

"저기서 긴장을 안 하면 진짜 리얼 또라이인 거지."

물론 자신을 추스르기 위한 주문을 외우는 일 같은 게 이진용에게 있을 리 없었다.

"이번에는 질문 안 해요?"

-무슨 질문?

"자신 없냐고 질문하셔야죠?"

그 말에 김진호가 피식 웃었다.

-질 자신이 없다고? 야, 그만 좀 써먹어라. 지가 만든 말도 아니면서 아주 그냥 우려먹네. 이제는 지겹다, 지겨워!

김진호의 그 말에 이진용이 대답 대신 눈웃음을 지었다.

그 모습에 김진호가 고개를 절레절레 흔들었다.

-당연히 없어야지.

말을 하면서 김진호는 이진용이 바라보는 곳, 타석에 선 타자를 바라보았다.

-다른 누구도 아니고, 내가 하나부터 열까지 달라붙어서 만들어줬는데. 그리고…….

그 말을 하던 김진호가 이내 눈살을 찌푸렸다.

올스타전이 끝난 그날 밤, 이진용이 돌린 황금빛 룰렛이 떠오른 탓이었다.

그 장면을 떠올린 김진호가 이죽거리며 말했다.

-이 게임 완전히 쓰레기 게임이니까.

그 말에 이진용의 대답 대신 베이스볼 매니저의 알림이 들렸다.

[선두타자를 상대합니다.]

[에이스 효과가 발동 중입니다.]

[퀄리티 스타트 효과 발동 중입니다.]

[스위칭(B) 효과가 발동 중입니다. 현재 적용률은 80퍼센트입니다.]

그 알림에 이진용이 미소를 지었다.

타자들은 더 긴 비거리, 더 정교한 타격을 위해 자신의 타격 폼을 연구하고 바꾼다.

투수들도 마찬가지다. 더 빠른 공, 더 정교한 컨트롤을 위해 투구폼을 연구하고, 바꾼다.

이렇듯 폼에 대한 선수들의 집착은 상상을 초월한다.

그리고 그 연구 속에서 선수들과 지도자들이 만들어낸 결과물들은 상식을 초월한다.

당장 사회인야구에서 뛰는 평범한 일반인이 프로 출신의 코치에게 받은 몇 가지 코칭만으로 구속이 크게 증가했다는 이야기는 얼마든지 찾아볼 수 있으며, 개중에는 극적인 수준의 변화를 보여주는 경우도 있다.

물론 그 극적인 경우는 기본적으로 그만한 재능이 있었을 경우의 이야기이긴 하다.

그렇다면 그만한 재능을 뛰어넘어 괴물 같은 재능을 가진 이들이 넘치는 메이저리그라면 어떻게 될까?

좋은 선수 한 명의 가치가 이제는 수억 달러에 이르는 시대,

그 시대에 선수를 만들어내는 코칭의 수준이 가소롭다면 애초에 몸값 수억 달러의 선수가 탄생할 리가 없었을 터.

-진용아, 네 왼손 말이야. 컨트롤 버리자.

그 시대에서도 독보적인 존재 중 하나였던 김진호는 코칭 능력 역시 독보적일 수밖에 없었다.

-어차피 컨트롤은 오른손으로 충분하잖아? 제구는 그냥 존에 넣고 뺄 정도, 간간이 중요한 순간에 코너워크 정도 되는 수준이면 충분해.

그런 김진호는 이진용에게 요구했다.

-대신 뜨겁게 가자. 정교함은 버리고, 오로지 보다 빠른 공을 던지자고.

파이어볼러가 되라고.

-내가 보기엔 충분히 가능해.

그것은 막연한 요구가 아니었다.

김진호는 이진용의 왼손이 충분히 빠른 공을 던질 수 있는 자질이 있음을 파악했다.

-무엇보다 개똥이 덕지덕지 묻은 네 오른손하고 다르게 왼손은 최소한 개똥은 안 묻었거든.

더 나아가 이진용의 왼손은 백색의 도화지 같았다.

수십 년에 걸쳐 쌓은 폼이 이제는 고치고 싶어도 고칠 수 없을 정도로 굳어버린 오른손과 다르게 왼손은 김진호가 원하는 바를 그대로 그릴 수 있을 정도로 깨끗했다.

-자, 작품 하나 만들어보자고. 뭐 안 되면 어떻게 하냐고? 어

쩌긴 그냥 오른손으로 던져야지. 에이, 나 못 믿냐? 나 김진호야.

그런 이진용의 몸에 김진호는 자신이 가진 모든 지식을, 빠른 공을 던지기 위해 필요한 것을 집어넣었다.

올스타전은 그렇게 넣은 것들을 테스트해 보는 무대였다.

-일단 올스타전에서 해보고 수정 들어가자. 아마 마음처럼 안 될 거야. 하지만 그게 당연한 거다. 몇 번 한 거 가지고 실전에서 바로 해내는 건 하늘이 내린 천재들이나 가능한 이야기이니까.

안 되는 건 배제하고, 새로운 것을 집어넣는 무대.

그런데 올스타전에서 이진용은 놀랍게도 김진호가 넣은 모든 것을 소화했다.

-응?

그때부터 김진호는 무언가 이상한 조짐을 느꼈다.

-어?

자신이 생각해도 조금은 무리한 요구를 이진용은 너무나도 당연하다는 듯이 소화했다.

그런 이진용에게 골드 룰렛에서 나온 스킬업(B)은 화룡점정과도 같았다.

펑!

144킬로미터, 이진용의 왼손이 뜨겁기 그지없는 공을 던지기 시작했다.

좌완 파이어볼러.

지옥에서도 데려온다는 귀한 투수다.

그렇다면 좌완 파이어볼러의 조건은 무엇인가?

당연히 상대적이다.

메이저리그에서는 좌완으로 140짜리 공을 던지는 투수를 두고 좌완 파이어볼러라고 하면서 지옥에서 데려오는 일은 없다. 지옥까지 갈 필요도 없다. 근처 마이너리그 야구장을 가면 얼마든지 찾을 수 있다.

하지만 한국프로야구에서 140대 중반의 공을 던지는 좌완 투수라면 파이어볼러라고 할 만하다.

펑!

그러니까 분명하게 말할 수 있다.

"스트라이크!"

지금 마운드에 있는 투수는 좌완 파이어볼러라고.

'씨발.'

타석에 선 호크스의 7번 타자 정호영 역시 이제는 저 마운드에 있는 등번호 1번, 이진용이란 투수가 좌완 파이어볼러라는 사실을 인정할 수밖에 없었다.

'140대 초중반이라니…….'

최고구속 144킬로미터.

더욱이 이미 마운드 위에서 이진용이 왼손으로 던진 포심 패스트볼을 네 번이나 받아본 정호영은 누구보다 잘 알 수밖에 없었다.

'체감 구속은 더 빨라.'

이진용의 구위는 구속 이상이라는 사실을.

'진짜 빨라. 거의 140대 후반대의 공을 보는 느낌이야.'

막연한 느낌 같은 게 아니었다.

측정되는 구속보다 체감 구속이 더 빠른 공을 던지는 건 과학적으로 설명될 수 있다.

투수가 공을 던지는 릴리스 포인트를 최대한 감추는 경우, 릴리스 포인트가 높아서 위에서 내리꽂히는 듯한 경우, 투수가 피칭을 할 때 더 먼 거리를 이동해서 던지는 경우, 투수가 공에 보다 많은 회전을 주는 경우.

이러한 경우 투수의 공은 구속보다 더 위력적으로 변한다.

그게 바로 투수들이 투구폼 연구에 목숨을 거는 이유이며, 아무나 투수가 될 수 없는 이유이다.

그런 관점에서 보면 이진용의 공은 오로지 빨라지기 위한 것만이 가득했다.

제 머리보다 높은 곳에서 공을 던지면서도, 생각보다 손이 보이는 타이밍이 느렸다.

동시에 피칭을 할 때 이진용의 이동 거리는 그가 오른손으로 던질 때보다 두세 발자국 더 앞에 있었다. 달리 말하면 타자가 이진용의 공을 두세 발자국 앞에서 본다는 의미.

또한 공을 던질 때의 느낌도 그저 단순히 던진다는 느낌이 아니었다.

"이진용 왼손 투구폼, 가만 보면 투창하는 거 같지 않아?"

"너도 그렇지? 공이 아니라 무슨 창을 꽂는 것 같아."

"저 투구폼 설마 독학으로 배운 건 아니겠지?"

투창.

문자 그대로 이진용은 타자의 스트라이크존에 창을 꽂듯 공을 던지고 있었다.

물론 약점도 있었다.

펑!

"볼!"

컨트롤의 부재.

오른손과 달리 이진용의 왼손은 분명 컨트롤이 정확하지 않았다.

"제구는 안 좋네."

타석에 선 정호영이 이진용의 공에 이렇다 할 무언가를 하지 않았음에도 3볼 2스트라이크, 풀카운트가 된 이유였다.

"존에 넣고 빼는 정도. 영점 정도만 잡힌 느낌이야. 역시 구속을 한계까지 쥐어 짜낸 모양이군."

"투구폼 자체가 확실히 그래. 제구는 최소한만, 오로지 구속과 구위를 높이는 데 초점을 맞추고 있어."

오른손과는 다른 차이점이었고, 이진용을 마주한 선수들이 노릴 수 있는 약점이었다.

'제구가 안 좋다면 굳이 빠른 승부를 해줄 필요 없어.'

'존을 좁게 보고 원하는 공이 오면 치자.'

제구가 안 좋은 투수는 충분히 공략할 수 있을 법한 존재였으니까.

-진용아.

"예."

당연히 그 사실을 마운드 위에 있는 둘 역시 알고 있었다.

-이제 끝내자.

"예."

그렇기에 준비해 두었다.

2스트라이크 상황에서 타자를 잡아내기 위한 결정구를.

이진용, 그가 이호찬에게 자신의 왼손가락으로 사인을 보냈다.

'드디어 그게 오는군.'

그 사인에 이호찬이 고개를 끄덕인 후에 짧게 숨을 골랐다.

그리고 곧바로 이호찬이 자세를 잡았고, 그런 그의 미트를 향해 이진용이 공을 던졌다.

'헉!'

펑!

구질은 슬라이더.

"스트라이크, 아웃!"

구속은 136킬로미터였다.

삼진이 나오는 순간 이진용은 언제나 그렇듯 소리쳤다.

"호우!"

그 소리에 대전구장을 채운 엔젤스 팬들도 기꺼이 응답했다.

"호우!"

거기까지였다.

이진용의 호우에 응답할 수 있는 건 이진용이 정확히 무엇을 했는지 알지 못한 채, 그저 이진용이 삼진을 잡았다는 사실만을 알고 있는 관중들뿐이었다.

이진용이 무엇을 했는지 똑똑히 본 이들은 호우 따위에는 조금도 관심을 가지지 않았다.

-미친, 이게 진짜냐?

-슬라이더 봤냐?

-미쳤네.

이진용이 던진 슬라이더만을 주목할 뿐.

그리고 주목할 만했다.

단순히 이진용이 130대 중반의 슬라이더를 던져서 그런 게 아니었다.

보면 안다.

-각도 예술이네. 무슨 이런 각도가 나오냐?

-정호영 봐, 몸에 맞는 줄 알고 움찔했어!

└그런데 존에 들어옴.

이진용의 슬라이더가 단순히 구속만 나온 슬라이더가 아니라는 것을.

'맞는 줄 알았다.'

하물며 그 공을 그 어디도 아닌 타석에서 본 정호영의 놀라움은 타의 추종을 불허했다.

삼진을 당했다는 사실 같은 건 정말 사소하기 그지없는 일로 느껴질 정도.

"호영 선배. 조금 전 슬라이더 뭡니까?"

때문에 정호영은 대기 타석에서 다가오는 8번 타자 김제명의 말에 어떤 대답도 해주지 못했다.

꼴깍, 그저 침만 삼킬 뿐.

그 어느 것보다 확실한 대답이었다.

'장난 아니구나.'

김제명의 표정이 돌처럼 굳었다.

그렇게 돌처럼 굳은 김제영을 뒤로한 채 더그아웃으로 걸음을 내디디는 정호영의 머릿속으로 다시 한번 조금 전 이진용이 던진 슬라이더가 재생됐다.

처음에 그 공이 왔을 때 정호영의 머릿속에 떠오른 건 몸에 맞을지도 모른다는 사실이었다.

그래서 공을 칠 생각 따윈 하지 않았다. 몸을 웅크린 채 맞는 것에 대비했다.

'그게 존에 들어가다니.'

그런데 그 공이 스트라이크존에 들어와 주심으로부터 스트라이크 판정을 받았다.

'못 쳐.'

그렇기에 이 순간 정호영은 확신했다.

'차라리 오른손을 상대하는 게 낫지, 좌타자들은 절대 이진용 좌완 공략 못 해. 그걸 어떻게 공략해?'

이진용의 좌완보다는 차라리 이진용의 우완을 상대하는 게 나을 것 같다고.

"어휴."

'그나마 나 다음부터는 우타자들인 게 다행이군.'

한편으로는 자신의 뒤를 잇는 8번 타자와 9번 타자가 우타자라는 사실에 위안을 가졌다.

'그 둘이라면 당하더라도 나처럼 당하진 않을 거야.'

우타자인 그 둘이 좌타자인 정호영만큼 이진용의 왼손에 휘둘리지는 않을 테니까.

그렇게 정호영이 깊은 한숨과 함께 고개를 절레절레 흔들며 더그아웃에 들어왔다.

'응?'

그런 그를 향해 호크스의 더그아웃은 그 어떤 반응도 하지 않았다.

선수도, 코치도 어느 누구도 격려나 질책이나 질문을 하지 않았다.

그저 그라운드를 바라만 볼 뿐.

'뭐지?'

그 사실에 정호영이 고개를 갸웃한 채 더그아웃에 있는 이들을 바라봤다. 그리고 이내 자신도 그들을 따라 고개를 돌렸다.

그러자 그도 볼 수 있었다.

'어?'

글러브를 바꿔 끼고 있는 이진용의 모습을.

메이저리그에는 밴디트 룰이란 것이 있다.

탄생 배경은 다음과 같다.

양손투수인 밴디트란 선수가 어느 날 양손타자를 만났다.

밴디트는 그 타자가 왼쪽 타석에 서는 것을 보고 오른손에 글러브를 끼며 좌완으로 던질 준비를 했다.

그러자 타자가 곧바로 오른쪽 타석으로 이동했고, 그걸 본 밴디트는 글러브를 바꿔 끼며 오른손으로 던질 준비를 했다.

하지만 그 당시 관련 규정이 없는 탓에 주심은 그것을 제지할 방법이 없었고, 결국 양 팀 감독이 상의하에 주심에게 미리 어느 타석에 설지, 어느 손으로 던질지 말해주는 식으로 합의를 했다.

이후 규정이 만들어졌다.

양손투수는 타자에게 던지기 전 자신이 어느 손으로 던질 것인지 글러브를 끼는 방법을 통해 보여줘야 하며, 그렇게 한 번 정한 손은 그 타자를 상대하는 동안 바꿀 수 없다.

밴디트 룰의 등장이었다.

그리고 한국프로야구에서는 그 밴디트 룰을 따라 양손투수였던 최우석 선수의 등판을 염두에 두고 일찌감치 최우석 룰이라는 양손투수를 위한 룰을 만들었다.

이 룰에 따르면 양손투수는 타자를 상대하고 난 후에는 다음 타자를 상대하기 전 얼마든지 손을 바꿀 수 있다.

7번 타자 정호영을 상대한 이진용이 8번 타자 김제명을 상대로 오른손으로 던지는 건 규정상 문제는커녕 이상할 것 하나 없는, 아니, 어쩌면 예의 넘치는 일이었다.

막말로 이 규정이 없었다면 이진용은 타자가 타석에 선 후, 공을 던지기 직전에야 손을 정한 후에 공을 던져도 되니까.

그에 비하면 미리 일찌감치 오른손으로 던진다고 알려주는 건 누가 보더라도 투수가 밑지는 장사다.

물론 그 모습을 보고 그런 생각을 하는 이들은 없었다.

-이진용 선수가 글러브를 바꿔 끼었습니다.

-가만 보니 이진용 선수 글러브, 양손투수용 글러브였군요.

-양손투수용 글러브요?

-예. 일반 글러브다 좀 더 큰 녀석입니다. 포수 미트와 비슷하게 생긴 글러브입니다.

-하지만 이진용 선수가 가진 글러브는 양손투수용 글러브로 보이지 않습니다만?

-아무래도 일반 글러브와 비슷한 모양으로…… 따로 주문 제작을 한 듯하네요.

지금 이 경기를 보는 이들의 눈에 보이는 것은 이진용이 마운드 위에서 진짜 양손투수다운 피칭을 할 무기를 가지고 있다는 것, 그것 외에는 없었으니까.

　-이제야 네가 양손 글러브 낀 걸 눈치챈 모양인데?

　"그래요?"

　-호크스 애들 눈알이 네 키만 해!

　"사람 눈알이 제 키만 하다는 게 말이 됩니까?"

　-아니, 이제는 키 크다고 칭찬해도 뭐라고 하네. 그래, 너 키 작다! 아주 그냥 짜리몽땅 땅딸보라서 눈에 보이지도 않는다! 이제 됐냐? 에이, 이 변태 같은 새끼.

　"제가 왜 변태입니까?"

　더불어 이진용이 준비한 양손투수용 글러브는 이진용의 특별한 요구가 들어간 녀석이기도 했다.

　-어차피 바꿔 끼는 순간 들킬 건데 눈치채지 못하도록 일반 글러브랑 비슷하게 만들어달라는 게 변태지, 그럼 뭐가 변태냐?

　김진호의 말대로 이진용이 끼고 있는 양손투수용 글러브는 그 형태가 일반 글러브에 최대한 가까운 모양이었다.

　김진호의 말대로 이진용이 바꿔 끼기 전까지는 일반 글러브와 차이점을 쉽게 파악하기 힘들게 하기 위해, 그럼으로써 타자들을 한 번이라도 더 놀라게 하기 위해 만들어진 이진용의 노림수였다.

　물론 그게 전부는 아니었다.

"에이, 그 정도로는 변태라고 할 수 없죠."

-하긴, 고작 그 정도로 변태라고 하긴 좀 그렇지.

이진용이 숨겨둔, 여전히 그 누구도 눈치채지 못한 건 하나
더 있었다.

-그런 의미에서 넌 개변태라고 할 수 있지.

그 말에 이진용이 비릿한 미소를 머금었다.

그 미소가 분명하게 말해주고 있었다.

나 이진용, 오늘 게임 쉽게 할 생각 없다!

후웅!

"스윙, 스트라이크 아웃!"

3회 말, 이진용이 세 타자 연속 삼진을 잡아냈다.

"호우!"

그리고 이진용이 마운드 위에서 호우 세 번을 외쳤다.

호크스 입장에서는 너무나도 당연한 일이었다.

이진용 왼손에 놀란 가슴을 진정시키기도 전에 갑자기 다시
오른손을 꺼내든 이진용을 상대로 좋은 결과를 기대하는 이
는 없었다.

-이야, 호크스 하위타선이 이호우 공 13개나 던지게 함!

-캬! 호크스 하위타선 대단하네!

오히려 호크스가 3회 말 이진용으로 하여금 13개나 되는 공을 던지게 했다는 사실에 반색했다.

그 후 곧바로 유현이 4회 초에 올라와 2개의 탈삼진을 포함한 삼자범퇴로 엔젤스를 마무리했다.

-역시 천사 킬러네!
-역시 유현이다. 국내 최고의 좌완투수다!

그 역시 특별할 것 없는 일이었다.
"스윙 스트라이크 아웃!"
"호우!"
"스트라이크 아웃!"
"호우!"

-공이 높게 뜹니다. 잡았습니다.

4회 말 이진용이 다시 한번 2개의 탈삼진을 포함해 삼자범퇴로 이닝을 마무리했을 때도 그 사실에 큰 의구심을 제기하는 이들은 없었다.

-진짜 투수전이네.
-어차피 점수 안 나올 것 같은데 그냥 안타 많이 내는 쪽이 이기는 걸

로 하면 안 됨?

ㄴ그래도 12회까지 갈 듯.

ㄴ엔젤스 물빠따 새끼들 각성해라!

ㄴ호크스 물빠따 새끼들도 같이 각성해라!

의문이 제기된 건 5회 초 유현이 2개의 탈삼진을 포함해 삼
자범퇴로 이닝을 마무리한 뒤 5회 말 이진용이 마운드에 올라
왔을 때였다.

"스윙 스트라이크 아웃!"

"호우!"

4번 타자를 상대로 삼진을 잡아내고, 곧바로 5번 타자를 상
대로 내야 땅볼을 얻어낸 이진용이 6번 타자를 상대로 좌완
피칭으로 삼진을 잡아냈을 때.

"호우!"

언제나 그렇듯 환호성을 내지르며 마운드를 내려갔을 때.

-이호우 님이 현재 12호우를 적립하셨습니다.

ㄴ뭔 개소리임? 15호우지!

ㄴ5이닝 던졌으니 15호우지!

그때 사람들은 하나둘 눈치채기 시작했다.

-아니, 호우 열두 번 외친 거 맞음.

└ㅇㅇ, 이호우 지금 삼진 잡을 때만 호우함.

└땅볼이나 뜬공에는 호우 안 함.

이진용이 평소와 다른 피칭을 하고 있다는 사실을.

말 그대로 사실이었다.

"김진호 선수가 보기엔 어때요?"

-이미 4회 때부터 눈치챘던데 뭐.

"그렇죠?"

이진용은 오늘 경기에서 이기기 위해서는 호크스의 타자들만을 잡는 것만으로는 불가능하다는 것을 알고 있었다.

승리를 위해선 그 누구보다 유현, 대한민국 최고의 좌완투수를 흔들어야 한다는 것을 알고 있었다.

그래서 준비했다.

-원래 유현 피칭 스타일이면 타순 한 바퀴 돌면 그 후에는 맞혀 잡는 피칭으로 투구수 아끼고 세 번째 때 다시 몰아붙이는데, 4회에도 삼진 잡는 피칭을 했으니까, 그럼 뻔하지.

"다행이네요. 도발에 넘어와 줘서."

유현, 그를 도발했다.

유현, 그에게 말했다.

-넘어올 수밖에 없지. 얼굴도 못생긴 땅딸보 개뽀록 개변태 개또라이 투수가 도발하면 누군들 가만히 있겠어?

"어째 자꾸 늘어나는 거 같네요?"

-에이, 착각이야, 착각. 알잖아? 나 말 많은 거 질색인 사람

인 거. 내가 그래서 언제나 사실만 간략하게 말하는 거.

"그래서 어떻게 할 거 같아요? 유현 선수가 6회에도 계속 이대로 갈 것 같아요?"

누가 더 많은 삼진을 잡을 수 있는지 대결해 보자!

그리고 그런 이진용의 도발에 유현은 기꺼이 대답했다.

-가야지. 메이저리거 자존심이 있는데.

오냐, 해보자고.

"오케이. 그럼 어디 한 번 누가 끝까지 달릴 수 있나 봅시다."

탈삼진은 투수에게 있어 훈장과 같다.

보다 많은 이닝을 소화하기 위해선 투구수 관리가 필요하고, 때문에 코치들은 투수들에게 맞혀 잡는 피칭을 해야 한다고 조언한다.

하지만 그렇다고 해서 한 경기에 10개의 삼진을 가뿐히 잡아내며 시즌 동안 200개가 넘는 탈삼진을 기록하는 투수에게 '투구수 관리도 할 줄 모르는 비효율적인 쓰레기 같은 새끼!'라고 말하는 이는 없다.

그런 투수를 어떻게든 데려오기 위해 수천만 달러, 수억 달러가 넘는 돈을 쓰지.

문제는 탈삼진에 집착하는 경우다.

분명 맞혀 잡을 수 있는데, 그럴 능력이 있는데, 그래도 되는데, 굳이 삼진을 잡으려고 무리하는 경우.

심지어 타석에 서는 타자조차 마운드 위의 투수가 자신을 상대로 무조건 삼진을 잡으려고 한다는 걸 아는 상황에서도 무리하게 삼진을 잡으려고 하는 경우.

이 경우는 당연히 위험하다.

투수 스스로가 몸 어딘가에 족쇄 하나를 달고 게임을 하는 것과 마찬가지이다.

그럼에도 그들은 그렇게 던졌다.

펑!

"스윙, 스트라이크 아웃!"

6회 초 마운드에 올라온 유현.

9번 타자를 상대로 삼진을 잡으려고 하다가 오히려 안타를 맞은 후에도, 1번 타자를 상대로 6개나 되는 공을 던지면서까지 그는 삼진을 잡았다.

"스트라이크, 아우우웃!"

6회 말 마운드에 올라온 이진용 역시 9번 타자를 상대로 삼진을 잡으려다 볼넷을 내준 후에도 다음 1번 타자를 상대로 왼손으로 6개의 공을 던지면서까지 삼진을 잡았다.

"투수들이 삼진만 잡으려고 공을 던지고 있어."

"그리고 타자들이 눈치채고 거기에 맞춰서 타격을 하기 시작했고."

이미 타자들에게 자신들의 의도가 들켰음에도 그 둘은 그 피칭 스타일을 고수했다.

"투수들이 피투성이가 되는 걸 자처한 거지. 어떻게든 정규 이닝 내에서 승부를 끝내기 위해서."

그 어디에서도 볼 수 없는 일.

오로지 이진용이기에, 유현이기에 할 수 있는 일이며 그 둘이 붙었기에 일어날 수 있는 일.

때문에 그 둘이 그런 피칭을 하는 순간 더 이상 다른 곳에서 치러지는 경기는 무의미한 것이 되어버렸다.

"끝내주는군."

야구팬이라면 모두가 대전구장에서 치러지는 경기를 볼 수밖에 없었으니까.

그렇게 두 투수의 자존심을 건 싸움이 시작됐다.

이진용이 제대로 왼손을 쓸 수 있다는 사실을 알게 됐을 때 김진호는 이진용에게 질문했다.

-너 왼손으로 뭐할래?

"공 던져야죠."

-아니, 그래서 어떻게 던질 건데?

왼손으로 어떤 피칭을 할 것인지.

"그야 더 많이 던져야죠."

그 질문에 이진용은 대답했다.

"……라고 대답하면 나보고 역시 넌 개쁘록 또라이 허접쓰레기 투수야, 라고 하시려고 했죠?"

-짜식, 이제 자기 분수도 알고, 다 컸네, 컸어! 뭐 키는 한참 더 커야겠지만.

많이 던질 생각은 조금도 없다고.

-그래서 네 대답은?

"중요한 건 많이 던지는 게 아니라 확실하게 잡는 거죠."

중요한 건 더 확실하게 타자를 잡는 것이라고.

말 그대로였다.

"오른손으로 잡기 힘든 놈은 왼손으로 확실하게 잡는다."

이진용은 왼손으로 그저 더 많은 공을 던지고, 더 많은 이닝을 소화할 생각이 없었다.

물론 양손으로 던지다 보면 더 많은 이닝을 보다 쉽게 소화할 순 있을 것이다.

하지만 그건 어디까지나 부수적인 것에 불과해야 한다.

중요한 건 오른손으로 할 수 없는 걸 왼손이 할 수 있다는 사실이며, 그것을 적극적으로 이용해야 한다는 점이기에.

그렇기에 이진용은 호크스를 상대로 12회까지 던진다, 같은 생각은 없었다.

이미 타이탄스전에서 지겹게 던져봤고, 다시는 그런 일을 겪고 싶은 생각도 없었다.

때문에 이진용은 아끼지 않았다.

"볼!"

볼을 던지는 것을 두려워하지 않았다.

오히려 얼마든지 던졌다.

'확실히 볼을 던지면 그림은 쉽게 그려진단 말이야.'

양손을 쓰게 되면서 넘치게 된 투구수 여유를 오히려 9이닝 안에서 최대한 써먹었다.

'유인구를 던지면 확실히 타자는 흔들리니까.'

즉, 그동안 투구수 낭비 때문에 잘 던지지 않던 유인구를 던지기 시작했다.

그리고 그 효과는 분명했다.

투수들이 2스트라이크를 잡아두고 유인구를 던지다가 풀 카운트에 몰리는 것은 단순히 그들이 새가슴이라서 그런 게 아니다.

그게 보다 확실히 잡을 수 있는 방법이니까.

실제로 타자 입장에서는 유인구를 두세 개 정도 보면 존에 들어오는 듯한 공도 유인구처럼 보이며, 무엇보다 풀카운트 상황에서는 애매한 공에 절대 쉽게 배트를 휘두를 수 없다.

이진용처럼 볼넷 하나 얻어내는 게 쉽지 않은 리그 최정상급 투수라면 더더욱!

그 덕분이었다.

펑!

"스윙, 스트라이크 아웃!"

7회 말 이진용이 마지막 아웃카운트를 삼진으로 잡을 수 있었던 건.

"호우!"

그렇게 이진용이 7회 말 자신의 열여섯 번째 환호성을 내질렀다.

-이호우 님이 현재 16호우를 적립하셨습니다.
└오케이, 이대로 십팔까지 가지. 씹팔!
└역시 이래야 우리 미스터 십팔이지!
└미스터 십팔 파이팅! 십팔 파이팅!
└이진용 십팔!
└십팔 이진용!

그건 투수전을 좋아하는 야구팬들에게 있어서 최고의 경기라고 해도 과언이 아니었다.

-그보다 진짜 살아생전 이런 경기를 볼 줄이야.
-지금 탈삼진 어떻게 됨?
└이호우 16개, 유현 14개.
└2개 차이면 크지 않나?
└근데 투구수는 이진용이 벌써 7회에 95구 넘었고, 반대로 유현은 85구임. 유현은 피안타만 2개, 이진용은 피안타 2개에 볼넷 2개.
└관리는 유현이 더 잘했다, 이거군.

한국프로야구 수준을 뛰어넘는 최고의 투수 두 명이 오로지 삼진만을 잡기 위해 자신의 모든 것을 불태우는 건, 어디서도 볼 수 없으며 앞으로도 볼 수 없는 경기였으니까.

-드디어 살아생전 이런 경기를 보게 되는구나.

모든 관중들이 경기의 승패를 떠나 이런 경기를 봤다는 것에 만족할 만한 경기였다.

하지만 선수들은 달랐다.

'이제 남은 공격 기회는 두 번뿐.'

'두 번 안에 어떻게든 점수를 내야 한다.'

엔젤스와 호크스, 그 두 팀의 타자들은 이닝이 거듭될수록 부담감을 느낄 수밖에 없었다.

쌓인 삼진 숫자만큼 빠져나올 수 없는 늪에 빠지는 느낌이었다.

그리고 그 느낌은 겪어보지 않은 자들은 감히 상상도, 예상도, 대처도 할 수 없을 정도로 처절하면서도 처참한 것이었다.

그게 이유였다.

'아, 미치겠다. 어떻게 방법이 없나?'

'그냥 삼진만 줄여주면 되는 건가? 하지만 그렇다고 일부러 공 건드려서 아웃되는 것도 웃긴 일이잖아?'

호크스의 타자들이 직면한 상황 앞에서 제대로 된 답을 내놓지 못하는 이유.

'어떻게든 1점을 낸다.'

'9회 내에 점수 못 내면 그냥 자청해서 2군 가고 만다.'

반대로 엔젤스 타자들이 이 숨 막히는 상황 속에서도 어떻게든 1점을 내기 위해 방법을 강구하는 이유.

'타이탄스전의 반복은 안 돼.'

그런 차이를 만드는 건 다름 아니라 엔젤스 타자들이 타이탄스전에서 겪은 경험이었다.

그때 그들은 지금보다 훨씬 더 뼈저리게 느꼈다.

1점을 내지 못했을 때의 고통이 얼마나 대단한지.

그리고 그 고통으로부터 배웠다.

'무조건 9회에 끝낸다.'

정말 중요한 1점을 내기 위해서는 어떤 식으로 해야 하는지.

때문에 엔젤스 타자들은 오늘 경기가 시작하기 전부터 준비를 했다.

경기 시작 전 타격코치를 비롯해 선수들이 모여 이야기를 했다.

유현을 상대로 어떻게든 1점만 내자. 그리고 그 1점을 내기 위해 머리를 맞대고 고민을 시작했다.

'애초에 초반에 승부를 볼 생각도 없었다.'

그 과정에서 모두가 동의한 건 유현을 상대로는 초반에, 무언가 운에 기대서 점수를 내는 것은 힘들다는 점이었다.

아니, 언제나 그랬다.

한국야구를 대표하는 투수를 상대로 초반에 승부를 내고

자 해서 정말 초반에 승부가 나는 경우는 극히 드물었다.

아니, 반대로 그렇기에 한국야구를 대표하는 투수인 것이다.

그래서 엔젤스는 접근을 바꿨다.

초반에 승부를 보는 게 아니라, 초반 타석을 밑거름으로 삼고자 했다.

'이제 눈에 익었다.'

'공을 볼 만큼 봤다.'

두 번의 타석을 제물로 삼았다.

투수의 공이 눈에 익으면서, 한편으로 투수의 체력이 떨어지는 시점, 타자에게 있어 안타가 나올 가능성이 가장 높은 랑데부 포인트인 7회 이후를 승부의 무대로 삼았다.

'진용이가 이 정도까지 해줬으면 먹어줘야지.'

그런 와중에 이진용의 희생은 어느 때보다 큰 도움이 됐다.

유현은 삼진만을 잡고자 했고, 보다 많은 공을 던질 수밖에 없었다.

또한 삼진만을 잡으려고 하는 만큼 유현이 고를 수 있는 선택지는 줄어들었고 덕분에 노림수도 쉽게 정할 수 있었다.

'아무렴. 우리 에이스를 승리투수로 만들어줘야지.'

남은 건 오직 하나.

준비한 계획을 위해 스스로가 가진 바를 100퍼센트 이상 끄집어낼 수 있는가, 하는 것.

그만한 동기와 각오가 있는가, 하는 것.

그런 의미에서 오늘 엔젤스는 완벽했다.

'더 이상 기자 새끼들이 설치지 못하도록 확실하게 못을 박 아야겠어.'

'다른 건 몰라도 기자 새끼들 엿 먹이기 위해서라도 오늘 무 조건 이긴다.'

'기자 새끼들, 엔젤스라고 하니까 진짜 우리가 천사로 보이 지? 천사가 타락하면 루시퍼다, 루시퍼!'

그들에게는 오늘 자신이 가진 바를 120퍼센트 꺼낼 준비도 되어 있었으니까.

그렇게 8회가 시작됐다.

8회 초.

엔젤스의 타순은 7번부터 시작이었다.

당연히 기대감은 그다지 크지 않았다.

더 나아가 엔젤스 입장에서도 하위타순이 애매하게 살아나 가는 것보단 하위타순이 8회를 끝으로 끝나고, 9회에 1번 타 자가 선두타자로 나오는 것도 나쁘지 않은 상황.

그렇기에 결과물은 모두가 예상한 대로 나왔다.

-유격수! 유격수!

-아웃이네요.

-유현 선수가 8회의 마지막 아웃카운트를 유격수 앞 땅볼로

잡으면서 8회를 삼자범퇴로 마무리합니다!

삼자범퇴, 무언가 대단한 기적은 없었다.
단, 그냥 당하는 일도 없었다.

-이걸로 유현 선수의 탈삼진은 숫자는 15개가 됐습니다. 정말 대단하네요.
-예, 대단합니다. 이제 자신의 기록인 한 경기 17탈삼진까지 2개만 남겨두었군요. 잘하면 오늘 자신의 신기록을 경신할 수도 있겠어요.

엔젤스 하위타순은 물러나되, 대신에 유현에게 하나의 삼진만을 주었다.
그것이 의미하는 바를 모르는 이는 없었다.
"아, 15개……."
"9회 전부 삼진으로 잡아도 18개……."
"이호우는 지금 16개인데……."
이로써 이진용과 유현, 둘이 펼친 탈삼진 대결에서 이진용이 훨씬 더 높은 우위를 점하게 됐다는 것.
-이제야 그나마 팀처럼 보이네.
그 사실에 김진호는 미소를 지었다.
하지만 이진용은 미소를 짓지 않았다.
이제 다시 마운드에 오르기 위해 점퍼를 벗고, 모자와 글러브를 준비하는 이진용은 여느 때보다 살벌한 눈초리를 품고 있었다.

끝날 때까지 끝난 게 아니다.

……같은 명언을 곱씹는 건 아니었다.

지금 이진용이 곱씹는 건 다름 아닌 분노였다.

-짜식, 그때 진짜 제대로 열 받았었나 보네.

타이탄스전 때.

12이닝 무실점을 하고도 무승부만을 거두었던 그때의 분노가 지금 이진용의 질주를 가능케 하는 가장 확실한 원동력이었다.

당연히 그 분노로 움직이는 이진용은 지금 이 상황에 만족할 생각이 추호도 없었다.

끝까지 갈 생각이었다.

-오냐, 널 위해서 내가 이번에도 기꺼이 노래를 불러주마.

그렇게 분노로 가득 찬 이진용을 위해 김진호가 노래를 불러줬다.

-당신은 사랑받기 위해 태어난 사람~!

너무나도 얌전한 그 노래에 이진용은 기겁했다.

분노로 물든 눈빛을 당혹감으로 물들이며 황급히 글러브로 입을 가리며 말했다.

"……아니, 그 노래가 왜 여기서 나와요?"

김진호의 찬송가는 그만큼 뜬금없었다.

"누구 망하는 꼴 보고 싶어요?"

-응, 너 망하라고.

당연한 말이지만 마운드에 올라선 이진용의 눈빛에 분노의 기색은 더 이상 짙지 않았다.

-분노하는 건 좋아. 투수는 열 좀 받아야지.

그런 그에게 김진호는 말했다.

-그런데 분노만 하는 건 안 좋아.

"아."

이진용, 이 순간 그는 김진호가 자신의 옆에 있다는 사실에 감사했다.

'그래, 김진호 선수 말이 맞아.'

언제나처럼.

-그런 의미에서 내가 좀 더 릴렉스하게 도와줄게. 잘 자라 우리 아가 앞뜰과 뒷동산…….

"이제 좀 닥쳐요."

그렇게 이진용의 8회 말 피칭이 시작됐다.

8회 말 8번부터 시작되는 타순을 상대로 이진용이 꺼내든 손은 다름 아니라 왼손이었다.

8번 타자 김제명에게는 처음 상대해 보는 이진용의 왼손이었다.

"씨발."

당연히 김제명의 입에서는 저절로 욕지거리가 나왔다.

그러면서도 김제명은 머릿속으로 계산을 시작했다.

'이거 골치 아프네.'

사실 그는 이진용이 자신을 상대로 오른손 피칭을 하리라 생각했다.

당연한 생각이었다.

앞선 두 타석에서 김제명은 이진용의 오른손에 헛스윙 삼진을 그리고 루킹 삼진을 당했었다.

이진용의 공을 공략은커녕 제대로 상대하는 모습조차 보이지 못한 상황.

그런 상황에서 이진용이 군이 김제명을 상대로 왼손을 쓸 이유는 어디에도 없었으니까.

'왼손이면 이야기가 다른데……'

더 나아가 이진용의 왼손은 장담컨대 오른손만 못했다.

이진용의 왼손이 오른손보다 3~5킬로미터 정도 더 빠른 공을 던지지만 제구가 훨씬 더 불안정했다.

이진용이 맞은 1개의 피안타와 내준 2개의 볼넷이 전부 왼손에서 나온 것이 명확한 증거였다.

때문에 호크스 타격코치는 이미 모든 타자들에게 말했다.

이진용이 왼손을 쓸 때는 일단 길게 승부하라!

군이 치려고 하지 말고, 공을 봐라!

그게 고민의 이유였다.

'젠장 그냥 대충 건드리고 땅볼이나 뜬공으로 아웃되려고 했는데……'

이진용에게 삼진을 내주지 않기 위해 애매한 공에도 배트를 휘두를 속셈이, 그 마음이 흔들리기 시작했으니까.

당연히 그 상황에서 김제명은 벤치를 바라봤다.

그리고 벤치는 곧바로 김제명에게 사인을 보냈다.

'그냥 봐. 2스트라이크까지는 일단 봐!'

괜히 애매하게 치지 말고 볼넷을 한 번 기대해 보자고.

그 사실에 김제명은 더 이상 타석에서 애매모호한 태도를 취하지 않았다.

"후우!"

그 짧은 숨소리를 끝으로 배터 박스에 두 다리를 굳건하게 내리꽂았다.

오냐, 이진용 한 번 해보자!

그런 의지를 온몸으로 보여줬다.

'역시 진용이 시나리오대로군.'

그 사실을 누구보다 가까운 곳에서 확인한 이호찬은 옅은 미소를 입가에 지었다.

'정말 대단한 놈이야.'

이 모든 건 이진용의 시나리오대로였으니까.

자신이 김제명을 상대로 왼손을 꺼내 든다면 투 스트라이크가 될 때까지 공을 볼 것이라고.

볼넷을 기대할 거라고.

그러면 범타가 아니라 삼진을 잡을 수 있을 거라고.

'아니, 또라이 놈이지.'

그렇다.

이진용이 여기서 김제명을 상대로 왼손을 꺼내든 건 다른 무엇도 아니라 삼진을 잡기 위함이었다.

비상식을 넘은 몰상식한 일.

'위대한 또라이.'

하지만 언제나 이진용은 안 되는 걸 되게 했다.

'그래, 오늘도 한 번 역사를 만들자.'

그렇기에 이호찬은 보다 짙은 미소를 지을 수 있었다.

그런 그에게 이진용이 초구를 던졌다.

펑!

스트라이크존 한복판을 창처럼 곧게 찌르고 들어오는 공.

"스트라이크!"

144킬로미터짜리 포심 패스트볼, 강속구였다.

왜 투수들은 구속에 집착할까?

간단하다.

편하니까.

-구속이 빠르면 사실 야구를 날로 먹을 수도 있어. 그렇잖아? 100마일짜리, 160킬로미터짜리 공을 스트라이크존 안으로만 던져도 피안타율은 높아 봐야 2할대야.

구속이 빠른 투수는 마운드 위에서 저 100마일짜리 포심

패스트볼 던질 겁니다! 그리 외치고 던져도 타자들 입장에서
공략하기가 쉽지 않다.

　-거기에 간간이 투심 같은 거 섞어봐. 그럼 타자 입장에서는
씨발 새끼, 신은 대체 저 새끼 만들 때 뭔 짓을 한 거야? 소리
가 절로 나오지.

　여기에 변형 패스트볼의 시대답게 투심 패스트볼이나 컷 패
스트볼 같은 것을 포심 패스트볼 사이에 간간이 섞어주면, 타
자 입장에서는 그야말로 미쳐 버린다.

　-덕분에 빠른 공 투수들은 대충 빠른 공만 스트라이크존에
넣다 보면 자연스레 투 스트라이크가 만들어지지. 여기서 제
대로 된 결정구가 있으면 메이저리그 10승 투수가 되는 거고.

　여기에 마지막 스트라이크 하나를 잡을 수 있는 능력이 있
다면, 그러면 정말 훌륭한 투수가 될 수 있다.

　문제는 대부분 이 벽, 결정구란 벽을 넘지 못한다는 것.

　그럼 과연 무슨 공을 결정구로 감는 것이 제일 좋을까?

　-결정구로는 뭐가 좋냐고? 뭐, 좋은 건 많지. 슬라이더도 좋
고, 커터도 좋고, 스플리터도 좋고, 커브도 나쁠 건 없지. 하지
만 제일 좋은 건 역시 그거야.

　이에 대해 김진호의 의견은 간단했다.

　-타자 바깥쪽 낮은 코스나 타자 바깥 높은 코스나, 타자 몸
쪽 낮은 코스나, 타자 몸쪽 높은 코스. 스트라이크존의 꼭짓
점, 그곳을 툭 치고 가는 공. 그 공만 던질 수 있으면 돼.

　그리고 그 의견을 이진용은 증명했다.

8회 말 2사.

왼쪽 타석에 선 타자는 호크스 1번 타자이며 오늘 이진용을 상대로 볼넷 하나를 얻어낸 이용우.

그런 그를 상대로 맞이한 3볼 2스트라이크 상황.

그 상황에서 오른손에 글러브를 낀 이진용은 읊조렸다.

"심기일전."

그 읊조림 끝에 나온 이진용의 6구째 공.

슬라이더!

보는 모든 이가 공이 나오는 순간 슬라이더임을 알 수 있는 공이었고, 동시에 이용우의 몸쪽을 노리고 날아가는 공이었다.

좌완투수가 좌타자를 상대로 몸쪽 깊숙한 곳에 슬라이더를 던진다는 건 좌타자의 몸에 맞을 듯한 공이라는 의미!

실제로 이 순간 이용우의 눈에 비친 이진용의 공은 자신의 몸을 향해 휘어져 들어오는 듯했다.

그러나 이용우는 그 사실에 몸을 움찔하지 않았다. 냉철하게 공을 끝까지 바라봤다.

'아슬아슬하다.'

그런 이용우의 감각이 말해주고 있었다.

이 공이 자신의 스트라이크존에서 좀 더 빠지는 것 같다고.

그 사실이 이용우의 머릿속에 고민을 강요했다.

'건드려?'

일단 이용우는 이 공을 건드려 안타로 만들 자신이 없었다. 건드린다면 잘해야 파울인 상황.

'말아?'

더욱이 지금 볼카운트는 풀카운트 상황.

이용우의 감대로 존에서 빠지는 공이라면, 볼이 되는 공이라면 볼넷으로 출루를 할 수 있는 상황이었다.

'참는다!'

당연히 여기서 이용우는 인내를 택했다.

펑!

그 이용우의 인내 앞에서 이진용이 던진 공이 그 어떤 방해도 받지 않은 채 그대로 포수의 글러브에 들어갔다.

그 공에 주심은 소리쳤다.

"스트라이크! 아웃!"

그 순간 이용우가 기겁하며 주심을 노려봤다.

'씨발, 눈깔을 어디다……!'

하지만 싸움은 없었다.

그대로 자리에서 일어난 이호찬이 말했으니까.

"유현이 던질 때는 계속 잡아주던 코스, 인정하지?"

그 말에 이용우가 입을 꽉 다물었다.

반면 이호찬이 미소를 지었다.

'완벽하군.'

이번 공 역시 이진용이 설계한 시나리오 그대로였다.

오늘 유현이 몸쪽 낮은 코스에 후한 판정을 받았으니, 그곳을 결정구로 삼자고.

'이걸로 이제 삼진은 열여덟 개.'

그러면 이용우도 삼진을 잡을 수 있다고.

'모든 게 진용이의 시나리오대로다.'

때문에 이 순간 이호찬은 분명하게 직감할 수 있었다.

'이제 클라이맥스만 남았다.'

오늘 경기가 9회 이상은 갈 리가 없다고.

-이호우 님이 18호우를 적립했습니다.

8회 말, 이진용이 왼손만으로 2개의 삼진을 잡아내며 자신의 탈삼진을 18개로 만들었다.

-드디어 나왔다, 미스터 십팔!

-그래, 이래야 미스터 십팔이지!

-십팔 투수 이호우!

-십팔 호우!

-호우 십팔!

-십팔놈들 지랄하네.

8이닝 18탈삼진.

이제 1개만 더 잡으면 이진용 본인이 세운 한 경기 최다 탈삼진 기록을 깰 수 있는 상황이었다.

그러나 엔젤스 팬들 중에 그 사실에 환호성을 내지르는 이는 많지 않았다.

-야, 지금 이호우 호우가 문제야? 이호우 벌써 투구수가 110구가 넘었다고!
-이대로 가면 이호우 9회 이후에 못 나와!
-엔젤스 빠따 이 십팔놈들아 점수 좀 내!
-이러다 또 타이탄스전 꼴 나겠네, 십팔.

0 대 0.
이대로 가다가는 다시 한번 타이탄스전의 악몽이 재현되리란 사실에 엔젤스 팬들은 몸서리를 쳤다.
더욱이 지금 이진용의 투구수가 110구를 넘겼다는 것은 타이탄스전 때보다 더 참담한 결과가 나올지도 모른다는 징조였다.

-9회에 끝내야 해.
-9회에 못 끝내면 엔젤스 빠따 놈들은 잠실 올 생각하지 마. 그냥 이천으로 꺼져라.

제아무리 양손 투구를 한다고 해도, 이진용에게 130구 이상을 던지게 할 수는 없었으니까.
그런 상황 속에서 마주한 엔젤스의 9회 초는 그 어느 때보다 부담될 수밖에 없었다.

"다들 모여."

그런데 9회 초를 맞이한 엔젤스 타자들은 그 어느 때보다 눈빛이 빛나고 있었다.

"마지막으로 점검한다."

그리고 평소와 다르게 처음으로 공격을 하기 전 모여서 이야기를 나누었다.

"누구든 좋다. 출루한 후에 홈베이스 밟는 순간……."

심지어 그 이야기 주제는 놀랍기 그지없는 것이었다.

"그 순간 잊지 말고 호우를 외치는 거다."

그 말에 엔젤스 타자들이 눈빛을 빛내며 고개를 끄덕였다.

"좋아, 그럼 가자!"

"예!"

그 모습을 벤치에 앉아 있던, 이제는 한쪽이 아닌 양쪽 어깨가 식지 않도록 유광색 엔젤스 점퍼를 입고 있던 이진용이 바나나를 씹으며 바라봤다.

물론 이진용의 표정은 어처구니가 없다는 표정이었다.

김진호도 마찬가지였다.

그 역시 어처구니가 없다는 듯이 말했다.

-진용아, 혹시 너 진짜 병 걸린 거 아닐까? 또라이병 같은 거. 내가 보기엔 그거 전염병 같다.

그 말에 이진용은 진지하게 고민했다.

'진짜 이게 병인가?'

-그보다 어떻게 생각해? 네 동료들이 과연 점수를 내줄 수

있을 것 같아?

이어진 김진호의 질문에 이진용은 대답 대신 눈을 게슴츠레 떴다.

고민을 시작했다.

'내가 유현의 처지라면……'

유현이 되어서 엔젤스의 타자들을 상대해 봤다.

어려울 건 없었다.

유현에게는 150킬로미터가 넘는 빠른 공을 던질 수 있는 능력과 그 공을 스트라이크존에 넣는 제구력이 있었으니까.

분명 이진용의 왼손보다 한 차원 더 높은 왼손을 가지고 있었으니까.

'7회까지는 솔직히 힘들다는 것보단 짜증이 났겠지.'

때문에 유현은 7회까지 정말 무리 없이 원하는 대로, 원하는 바를 이룩할 수 있었다.

'문제는 8회.'

하지만 8회에 이르러서 유현에게 문제가 생겼다.

'삼진을 하나만 잡았다.'

타자는 잡았다.

그러나 이진용과는 좁힐 수 없는 격차가 만들어졌다.

'자존심이 허락 못 하지.'

당연한 말이지만 그것은 유현의 자존심이 용납하지 않는 일이었다.

유현이 이진용을 싫어하고 미워한다는 의미가 아니다.

유현 정도 되는 투수라면 그 사실에 자존심이 상해야 한다. 그 정도 수준으로 고귀한 자존심이 있지 않고서는 메이저리그 무대에서 성공할 수 있을 리 없으니까.

'유현에게 9회는 자존심을 회복해야 하는 무대다.'

당연히 유현은 9회에 어떻게든 이 피투성이가 된 자존심을 조금이라도 다독일 생각이었다.

'유현이라면…… 삼구삼진, 공 아홉 개로 삼진을 잡는다.'

그냥 삼진이 아니라, 역사에 길이 남을 삼진을 노려볼 것이다.

'더욱이 자신의 최다 탈삼진 기록도 갱신하고.'

거기까지 생각이 닿았을 때 이진용은 확신했다.

꿀꺽!

그 확신과 함께 이진용이 바나나를 삼킨 후에 곧바로 자신의 손을 입으로 가져갔다.

그러고는 제 손에 후후, 입김을 불었다.

그 모습에 김진호가 고개를 갸웃했다.

-너 뭐하냐?

그 말에 이진용이 나지막이 말했다.

"인터뷰 준비요. 입 냄새가 좀 나네, 가글 좀 해야겠다."

그 말에 김진호가 정말 세상에서 가장 이상한 또라이를 보는 눈으로 이진용을 바라봤다.

그렇게 9회 초가 시작됐다.

만약 타자에게 세 타석 중에 안타 하나를 칠 수 있냐고 묻는다면 타자들은 쉽사리 예, 라고 대답하지 못할 것이다.

하지만 만약 두 타석을 상대한 투수를 상대로 세 번째 타석에서 안타를 칠 수 있냐고 물어본다면 타자들은 이렇게 대답할 것이다.

'아무리 유현이라도 여기선 자존심 때문이라도 하나 쳐야지.'

죽어도 쳐야 한다고.

그것이 지금 유현을 마주한 엔젤스 타자들이 가슴 속에 품고 있는 각오였다.

동시에 엔젤스 타자들은 머릿속으로 생각했다.

'유현 성격이면 여기서 범타 처리는 절대 안 해. 어떻게든 삼진을 잡으려고 들어올 거다. 그것도 그냥 삼진이 아니라 삼구 삼진을 노릴 가능성이 무척 높아.'

유현 입장에서는 반대로 똑같은 타자를 세 번 상대해 세 번 모두 삼진으로 잡는 것이 당연한 일이라고.

'초구에 승부를 본다.'

그런 상황 속에서 엔젤스의 선두타자가 내린 선택은 다름 아니라……:

-어?

-어!

기습번트였다.

스트라이크를 잡기 위해 분명 존에 공을 집어넣으리란 유현의 심리를 노렸다.

더욱이 그건 오늘 경기에서 엔젤스가 처음 하는 번트였다.

오늘 1회부터 8회까지, 번트 수비는 단 한 번도 하지 않은 내야수들 입장에서는 즉각 반응할 수 없다는 의미!

딱!

'아!'

'아!'

심지어 기습번트로 나온 타구는 3루수와 투수, 그 사이를 절묘하게 향하고 있었다.

투수가 잡아야 할지, 3루수가 처리해야 할지 고민될 수밖에 없는 절묘한 코스였다.

'자, 잠깐…….'

그 순간 호크스 3루수의 머릿속에 그려진 건 다름 아니라 유현과 자신이 부딪치는 불상사가 일어나는 상황이었다.

'부딪치면 안 돼!'

그 불상사가 유현의 부상으로 이어지며, 내일 기사로 유현 부상! 이라는 타이틀이 뜨는 장면이 눈앞을 스쳐 지나가는 순간 3루수는 공이 아니라 유현의 위치를 파악했다.

거기서 이미 게임은 끝이었다.

숨 쉬는 시간조차 아껴야 하는 그 상황에서 투수의 위치를 확인한 후에 움직인 3루수가 한 시즌에 30개가 넘는 도루를 하는 주자를 잡을 수 있을 리 만무했으니까.

"아."

3루수가 공을 잡았을 때 이미 타자는 1루 베이스의 지척에 도달한 상황이었다.

"세이프!"

선두타자가 출루하는 순간이었다.

당연히 2번 타자는 타석에 들어서는 순간 배트를 제대로 쥐지 않았다.

-희생번트를 준비하는군요.

아예 희생번트를 할 준비를 하고 타석에 섰다.

-당연한 선택이죠.

발이 빠른 주자가 1루에 간 상황, 1점이면 충분한 상황, 뒤에는 3번과 4번 타자가 배치된 상황.

누가 보더라도 희생번트를 해야 하는 상황이었으니까.

그리고 그것은 유현의 자존심을 더더욱 피투성이고, 상처투성이로 만드는 상황이었다.

"후우."

마운드 위에 선 유현이 긴 한숨을 내쉬었다. 고뇌할 시간을 벌기 위한 한숨이었다.

그 한숨을 보는 순간 엔젤스의 더그아웃에서 한 사내가 곧바로 손을 움직였다.

'드디어 흔들리는군!'

봉준식 감독, 그가 희생번트를 준비하는 타자에게 사인을 줬다.

찰나의 순간 이루어진 그 사인에 타자는 고개조차 끄덕이지 않은 채 타석에서 번트 자세를 취했다.

그리고 곧바로 유현이 2번 타자를 상대로 공을 던졌다.

그 공은 스트라이크를 잡기 위한 공이 아니었다.

희생번트를 허락해 주는, 1루 주자의 진루를 허락하는 대신 아웃카운트를 잡기 위한 공이었다.

유현이 자신의 자존심이 아닌 팀의 승리를 위한 선택을 내린 것이다.

훌륭한 선택이었다.

타자가 번트 자세를 취소하지만 않았다면.

찰나의 순간 타격 자세를 취하지만 않았다면.

-어?
-어!

페이크 번트 앤 슬래시!

그 순간 공을 던진 유현도, 배트를 휘두르는 타자도 직감했다.

'맞았다!'

따악!

그렇게 날아간 공은 곧바로 내야수를 넘기며 중견수를 향해 그대로 날아갔다.

안타가 나오는 순간.

그리고 처음으로 그라운드에 위기가 감도는 순간이었다.

그 상황에서 홍우형이 타석에 섰다.

앞서 두 개의 삼진을 당한 그가 앞서와 똑같은 모습으로 타석에 섰다.

그 모습에 유현은 곧바로 공을 던지지 않았다. 포수에게 사인을 보냈고, 포수가 곧바로 자리에서 일어났다.

"타임, 마운드에 좀 가보겠습니다."

그 말에 주심이 고개를 끄덕였고, 곧바로 포수가 마운드로 천천히 걸음을 내디뎠다.

무언가를 논의하기 위함이 아니었다.

-역시 노련하네, 노련해. 여기서 한 번 타이밍을 죽이네. 진용아, 저런 것도 필요해. 안 된다 싶으면 포수를 그냥 마운드에 불러. 할 말 없어도 돼. 그냥 마운드로 불러서 가위바위보만 해도 좋아. 아니면 가족 이야기도 좋지. 엄마 잘 지내시니? 이런 말 하면 얼마나 좋아?

김진호의 말대로 유현이 마음을 가다듬도록, 머릿속을 한번 정리하기 위한 타임이었다.

그러나 그 모습에 이진용은 오히려 미소를 지었다.

그 미소에 김진호도 미소를 지었다.

-뭐, 여기서 저거 한다는 것 자체가 이미 아프다고 징징거리는 거나 마찬가지이지만.

쉼 없던 질주에서 자신의 곁에서 달리던 차가 뒤처지는 것을 보는 것만큼 끝내주는 일도 없을 테니까.

-그래서 넌 어떻게 보냐? 홍우형이 칠 거 같아?

이어진 김진호의 말에 이진용은 고개를 저었다.

'홍우형 선배는 유현과 상성이 최악이다. 더불어 여기서 병살타가 나오는 것보다 최악은 없지. 그래서 본인도 억지로 칠 생각 없이, 삼진 아니면 장타, 둘 중 하나만을 노리고 제 스윙을 할 거다.'

고개를 저으며 대기 타석에서 마운드 위의 투수를 바라보는 4번 타자를 바라봤다.

'굳이 홍 선배가 해결사가 될 필요도 없고.'

박준형.

그를 바라보는 이진용의 입가에 미소가 진해졌다.

그리고 다시 경기가 시작됐다.

빠악!

1사 주자 1, 2루.

그 상황에서 터진 소리는 대전구장을 아주 잠시 동안 침묵의 세상으로 만들었다.

그로부터 몇 초 후 대전구장의 3루 쪽에서 광기 어린 함성이 토해지기 시작했다.

"호, 호우움럼!"

"호우움럼! 호우움런이다!"

"쓰리런 호우움럼이다!"

"준형 쓰리런!"

엔젤스 팬들이 내지르는 소리였다.

박준형.

그가 유현을 상대로 2스트라이크 상황에서 만들어낸 쓰리런 홈런을 만드는 순간이었다.

"우와, 저걸 치네."

"박준형이 또 한 건 하네."

"결국 이진용은 박준형이 돕네."

"정말 고양 스타즈에서 별이 나왔네, 그것도 두 개나."

그 사실에 경기를 보던 모든 이들이 감탄을 뱉었다.

그리고 그 순간 박준형을 찍던 카메라 감독의 이어폰으로 PD의 목소리가 들렸다.

-더그아웃! 이진용 비춰!

그 사실에 카메라 감독 한 명이 곧바로 이진용을 향해 카메라를 가져다 댔다.

'응?'

그 순간 카메라 감독과 이진용의 눈이 마주쳤다.

이진용이 카메라를 직시한 것이다.

물론 카메라 감독은 착각이라고 생각했다.

이 혼란스러움을 넘어 아수라장이나 다름없는 상황 속에서 이진용이 카메라를 의식할 리가 없지 않은가?

'어?'

그러나 그것은 착각이 아니었다.

그 카메라를 향해 이진용은 분명하게 외쳤으니까.

'호우?'

한 번.

'호우?'

두 번.

'호우!'

세 번.

그리고 그 사실이 지금 경기를 보고 있는 수백만 명, 어쩌면 그 이상이 될 이들의 눈에 들어왔다.

-선호우 등장했다!

9회 초를 마무리 지은 건 유현, 본인이었다.

3실점.

그럼에도 불구하고 유현은 끝까지 던져서 남은 2개의 아웃 카운트를 잡아냈다.

-유현 선수가 마운드를 내려옵니다.

-9이닝 3실점 17탈삼진, 대단하지만 동시에 아쉬운 기록이
군요.

　그렇게 유현은 자신의 최소한의 자존심을 지킨 채 마운드
를 내려갔다.

　하지만 아쉽게도 그 사실을 기억하는 이들은 없었다. 그리
고 관심을 가지는 이들은 없었다.

　더 이상 마운드는 유현의 것이 아니었기에.

-이진용 선수가 마운드에 오릅니다. 승리까지 남은 아웃카
운트는 세 개. 그리고 삼진을 하나만 잡으면 자신이 세운 정규
이닝 최다 탈삼진 기록을 깨며, 삼진을 두 개 잡는다면 연장전
을 포함한 한 경기 최다 탈삼진 기록을 갱신하게 됩니다. 더불
어 탈삼진 20개는 메이저리그 한 경기 최다 탈삼진 기록과 같
은 기록이기도 합니다. 만약 세 개를 잡는다면…….

　이진용.

　이제는 마운드의 오롯한 주인이 된 그만을 세상 모든 이들
이 주목할 뿐이었다.

　이윽고 이진용이 마운드에 올랐다.

　세상 모든 이들이 주목하는 그곳.

　그러나 그 어느 곳보다 고요한 곳.

-진용아, 축하한다.

그런 그곳에서 김진호는 일찌감치 축하 인사를 건넸다.

-삼진 하나만 잡아도 역사적인 순간이네.

그 말에 이진용은 대답하지 않았다.

-두 개를 잡으면 20탈삼진. 내 기록하고 동급이네. 뭐 나는 메이저리그 기록이니까 너랑 급이 다르지만.

그 말에 이진용은 대답하지 않았다.

-새끼.

이미 대답은 앞서서 했으니까.

-그래, 21개 잡아봐라. 메이저리그에서도 나오지 않은 기록 한 번 만들어 봐.

그제야 이진용은 대답했다.

"예."

그 말과 함께 이진용이 자신의 옆구리에 찬 글러브를 오른손에 끼었다.

"리볼버."

그 말과 함께 이진용은 곧바로 타석에 선 타자를 향해 망설임 없이 공을 던졌다.

구질은 포심 패스트볼.

코스는 스트라이크존 한복판.

펑!

구속은 149킬로미터.

"씨발 뭐야?"

"어, 씨발?"

"아니, 씨발?"

그 공으로 이진용은 예고한 그대로 사냥을 시작했다.

[19탈삼진을 기록하셨습니다. 한 경기 최다 탈삼진 기록을 경신하셨습니다. 다이아몬드 룰렛 이용권이 지급됩니다.]

첫 타자를 삼진으로 잡았다.

[20탈삼진을 기록하셨습니다. 한 경기 최다 탈삼진 기록을 경신하셨습니다. 다이아몬드 룰렛 이용권이 지급됩니다.]

두 번째 타자도 삼진으로 잡았다.

그리고 마지막 타자를 마주했을 때.

[21탈삼진을 기록하셨습니다. 한 경기 최다 탈삼진 기록을 경신하셨습니다. 다이아몬드 룰렛 이용권이 지급됩니다.]

메이저리그에도 존재하지 않는 21탈삼진 기록을 달성했다.

-씨발, 나 안 해.

하루가 전설로 남는 순간이었다.

◆ 2화 ◆
마운드로 보내주십시오!

전설에 선악은 없다.

제아무리 사악한 괴물이든, 제아무리 착한 영웅이든 결국 세상을 놀라게 한 것만이, 그리고 이겨서 살아남은 것만이 전설이 될 뿐.

[이진용, 한 경기 최다 탈삼진 다시 한번 경신!]
[21개! 이진용, 메이저리그 기록도 뛰어넘다!]
[전설이 전설을 쓰다!]

이진용은 그렇게 전설이 됐다.
더 이상의 반문은 없었다.

[이진용, 유현을 뛰어넘다!]
[한국 최고의 투수는 이진용!]
[이진용, 드디어 자신이 최고임을 증명하다!]

유현과의 대결은 누가 보더라도 승자와 패자가 명확한 경기였으며, 그 명명백백한 사실 앞에서는 그동안 이진용을 미친 듯이 두드리던 언론도 더 이상 이진용을 두드릴 수 없었다.

이진용은 그렇게 언터처블이 되었다.

그리고 지금 이진용이 한 단계 더 뛰어넘을 준비를 하고 있었다.

대전 시내 야경이 보이는 호텔방.

그 호텔방 안에 이진용이 말없이 앉아 있었다.

그런 이진용의 앞에는 황홀하기 그지없는 다이아몬드 룰렛이 번쩍이고 있었다.

-볼 마스터

-스킬 마스터

-파이어볼러

-스킬 [수호신]

-스킬 [에이스 킬러]

다이아몬드 룰렛에 있는 다섯 개의 칸, 그 칸칸에 박힌 것들이 이진용의 눈에 들어왔다.

그때 이진용이 말했다.

"안 봐요?"

그 말과 함께 이진용이 고개를 돌리자, 태블릿PC을 통해 메이저리그 중계를 보고 있는 김진호의 모습이 눈에 들어왔다.

그런 김진호는 이진용의 부름에 대답하지 않았다.

야구 중계 볼륨이 너무 큰 탓이었다.

"김진호 선수, 룰렛 돌리는 거 안 보실 거예요?"

이진용이 이내 목소리를 좀 더 높여서 말을 건넨 후에야 김진호가 대답했다.

-뭐하러 봐?

그러나 김진호는 고개를 돌리지 않은 채 대답만 할 뿐이었다.

-어차피 뻔한데.

그 이유는 이진용을 등진 김진호의 뚱한 표정이 말해주고 있었다.

어차피 봐봤자 배만 아플 텐데, 내가 미쳤다고 보냐?

-아마 처음 돌리면 볼 마스터 같은 게 나오겠지. 아무렴. 그걸로 유일한 A랭크 구질인 슬라이더를 마스터 랭크로 만들겠지.

"에이, 설마요. 필요한 게 그렇게 쉽게 나오겠어요?"

말을 하던 이진용이 이내 룰렛을 돌렸다.

그렇게 룰렛이 돌아가는 동안 김진호는 여전히 뒤돌아보지도 않은 채 태블릿PC만을 바라보며 말을 이어갔다.

-설마 같은 소리하네. 그동안 내가 당한 게 몇 번인데. 뻔해. 볼 마스터가 나오면 넌 호우를 외칠 테고 난 씨발을 외치겠지.

그때 룰렛이 멈췄다.

[볼 마스터를 획득하셨습니다.]

'어?'

이진용이 놀란 눈을 뜨며, 저도 모르게 나오려는 호우를 꾹 참는 사이 김진호는 말을 이어갔다.

-그다음에는 파이어볼러가 나오겠지.

"파이어볼러요?"

그 말에 이진용이 곧바로 다이아몬드 룰렛을 한 번 더 돌렸다.

'설마 정말 파이어볼러가 나오겠어?'

돌리면서 이진용은 혹시나 했다.

사실 지금 이진용에게 가장 필요한 건 파이어볼러였으니까.

구속 증가는 그 어떤 아이템보다 좋다. 모든 공의 위력을 강력하게 해주니까.

더욱이 다이아몬드 룰렛에서 나오는 파이어볼러가 이진용의 상황에 맞게 적용된다는 것을 확인했다.

즉, 파이어볼러는 이진용이 얻을 수 있는 가장 대박 아이템이라는 의미.

-이 게임 쓰레기 게임이야. 트래쉬 게임이라고.

그사이 김진호는 계속 푸념을 뱉었다.

여전히 이진용을 향해 고개 한 번 돌리지 않은 채.

자신의 모든 감각을 눈앞에 있는 태블릿PC에서 나오는 메이저리그 중계에만 집중한 채.

-아니, 막말로 카지노에서도 이렇게 대박 나면 카지노 사장이 내려와서 사기 쳤냐고 판을 갈아엎는 게 정상 아닌가? 내가 신이었으면 진작 내려와서 '이 버그 쓰는 새끼!' 하고 이진용 뒤통수를 쳤을 텐데.

그렇게 김진호가 내지르는 푸념 속에서 룰렛이 멈췄다.

[파이어볼러를 획득하셨습니다.]

파이어볼러!

'헉!'

구속 증가에 이진용이 기쁨보다는 놀람 가득한 표정을 지은 채 김진호를 바라봤다.

[파이어볼러 효과에 의해 구속이 증가합니다.]

[현재 최대구속은 136킬로미터입니다.]

[파이어볼러 효과가 증가합니다.]

[구속이 +4증가했습니다.]

[최대구속이 140이 되었습니다. 더 이상 실버 룰렛을 통해서는 구속이 오르지 않습니다.]

당연한 말이지만 이 순간 이진용은 베이스볼 매니저의 알림에 귀를 기울이지 않았다.

대신 베이스볼 매니저의 알림을 듣지 못한 듯 여전히 자신을 등지고 있는 김진호를 향해 말했다.

"그럼 세 번째에는 뭐가 나올 것 같아요?"

말과 함께 이진용이 다시금 자신의 세 번째 룰렛을 활성화했다.

-뭐 나오긴, 처음 보는 거 나오겠지.

그리고 김진호의 대답이 나오는 순간 곧바로 룰렛을 돌렸다.

"새로운 거라니, 어떤 새로운 게 나올까요?"

-뻔하지. 뭔가 당장은 쓸모없어 보이지만 언젠가는 쓸모 있어지는 게 나오겠지. 마무리투수용 같은 스킬 말이야. 이름은 수호신 같은 거 붙어서 나오겠지.

이윽고 룰렛이 멈췄다.

[수호신 스킬을 획득하셨습니다.]

"헐."

그 순간 이진용은 정말 그대로 굳어버렸다.

-뭐 그래도 사람 일 모르는 거니까……

그때 이제까지 이진용을 등지고 있던 김진호는 슬그머니 자리에서 일어났다.

-재수 없게 체력만 올려주는 똥 같은 게 연달아 세 번 정도 나올 수도 있으니까. 자, 그래 한번 보자. 돌려보…… 응?

그런 김진호의 눈에 놀란 표정을 짓고 있는 이진용이 들어왔다.

-뭐야? 갑자기 왜 귀신 보는 표정을 짓고 있어? 귀신 처음 봐?

그 말에 이진용은 대답하지 못했다.

여전히 놀란 모습으로, 경악을 금치 못하는 표정으로 굳어 있을 뿐.

그 모습에 김진호가 살짝 당황했다.

-야, 진용아 왜 그래? 갑자기 무섭게…… 응? 어?

그로부터 몇 분 후.

"김진호 선수 그러지 말고 1부터 40까지 중에 숫자 6개만 찍어주세요."

-꺼져!

"에이, 그러지 말고요. 아니면 우리 파워볼 복권 한 번 해볼까요? 그거 당첨되면 당첨금이 김진호 선수 연봉보다 많다고 하는데? 당첨되면 당첨금 반반 콜?"

-닥쳐!

"그러지 말고 숫자 여섯 개만……."

-너 자꾸 그러면 내가 아빠한다?

"아빠 받고 숫자 여섯 개? 오케이 콜!"

-에이, 진짜! 이 빌어먹을 호우 지옥!

김진호의 절규가 호텔방을 맴돌았다.

[이진용]

-최대 체력 : 115

-최대 구속 : 140

-보유 구종 : 포심 패스트볼(S), 투심 패스트볼(S), 스플릿 핑거 패스트볼(S), 컷 패스트볼(B), 체인지업(A), 슬라이더(S), 커브(B)

-보유 스킬 : 심기일전(D), 일일특급(D), 라이징 패스트볼(A), 마법의 1이닝, 무쇠팔(D), 리볼버, 컨트롤 마스터(A), 철인, 에이스, 철마(A), 전력투구, 마구(E), 스위칭(B), 수호신

[현재 일일특급 효과에 의해 커브의 구질 랭크가 B랭크로 상승했습니다.]

'140이다.'

이제는 분명하게 그리고 또렷하게 찍힌 140이라는 숫자.

그 숫자를 바라보던 이진용의 눈앞으로 처음 베이스볼 매니저를 만났을 때의 기억이 떠올랐다.

'여기까지 왔다.'

그런 이진용의 시선이 자신의 옆에 있는 김진호를 향했다.

-이제야 140대 공을 던지네. 드디어 사람 같은 똥에서 똥 같은 사람 수준이 됐네.

뚱한 표정으로 거듭 투덜거리는 김진호를 바라보는 이진용의 입가에 미소가 지어졌다.

'덕분에 여기까지 왔다.'

그때 김진호가 휙, 이진용을 향해 고개를 돌렸다.

-표정이 아주 좋아 죽는 표정이네. 그래, 좋아 죽겠지.

"그럴 리가요. 여기서 만족해서는 안 되죠. 이제야 겨우 140이 됐는데. 최소한 김진호 선수만큼은 던져야죠."

그 말에 이진용은 김진호가 가르친 그대로, 무엇에도 만족하지 못하는 모습을 보여줬다.

그 모습에 김진호는 뚱한 표정을 조금 풀었다.

마음에 드는 대답이 나왔다는 의미.

그런 김진호 앞에서 이진용은 재차 말을 이어갔다.

"일단 다음 경기부터 확실하게 잡는 게 우선이지만요. 무실점 이닝을 계속 이어가야죠."

말을 하던 이진용의 마음속에서는 진심으로 그러고 싶다는 욕망이 분출되기 시작했다.

화산처럼.

"이대로 무실점 이닝을 이어가고, 한국시리즈 무대에까지 올라가서 엔젤스를 우승시킨 후에 메이저리그에 가야죠."

그 누구도 멈출 수 없는 소망이, 욕망이 이진용의 입을 통해 거침없이 나왔다.

그 모습에 김진호는 고개를 끄덕였다.

-그래, 그래야지.

그저 단순히 머리로 이해하는 것이 아니라, 이제는 가슴으로 자신의 가르침을 이해하는 이진용의 모습은 그가 메이저리그 무대에 오를 만한 진짜 맹수가 되었다는 증거였으니까.

그렇게 이진용은 거침없이 자신의 목표를 말했다.

"이번 기회에 확실하게 보여줄 겁니다. 3일 휴식 후 등판, 그 누구도 감히 범접할 수 없는 결과를 만들어줄 겁니다."

이제 더 이상 연투에 대한 부담감은 없었다.

왼손은 이제 이진용에게 있어 오른손만큼 믿을 수 있는 손이었으며, 두 손을 이용하면 보다 쉽게 그리고 보다 확실하게 승리를 쟁취할 수 있으리란 자신감이 있었기에.

그렇기에 이진용은 이제는 그 누구도 쓸 수 없을 전설을 이룩할 생각이었다.

마운드 위에 보다 많은 발자국을 남길 속셈이었다.

-진용아.

그렇게 불타오르는 이진용에게 김진호는 말했다.

-그건 아마 힘들 거다.

"예?"

-3일 휴식 후에 등판하는 건 힘들 거라고.

이진용이 고개를 갸웃했다.

"안 될 게 있나요? 당장 3일 휴식 후에 던져도 몸에 문제없었잖아요?"

다른 누구도 아니고 3일 휴식 후 등판이 가능하다고 말해준 건 김진호 아니었던가?

또한 봉준식 감독 역시 오케이 사인을 냈으며 이제 더 이상 언론조차도 이진용의 이런 짧은 휴식에 대해 의구심을 제기할 수 없는 상황이었다.

그런 상황에서 이진용이 보기에 자신이 3일 후 등판을 하는 데 문제될 건 하나도 없어 보였다.

하지만 김진호는 단호했다.

-응, 안 돼.

단호하게 안 된다고 말했다.

"이유가 뭡니까?"

당연히 이진용은 이유를 물었고, 김진호는 대답해줬다.

-이유? 그 이유는 이번 주가 지나가면 자연히 알게 될 거다.

그리고 김진호의 말대로 이번 주가 지나기 전 이진용은 김진호가 한 말의 의미를 깨달을 수 있었다.

-게임 끝! 엔젤스가 토요일의 밤을 자신들의 밤으로 만듭니다!

7월 22일 토요일.

엔젤스 대 독스의 주말 3연전 두 번째 경기의 승자는 엔젤스였다.

-이도섭 선수가 완투로 팀의 승리를 홀로 선물했습니다!

-이도섭 선수가 드디어 그동안 자신을 믿고 기용해준 엔젤스에 보답하는군요.

그리고 승리투수는 엔젤스의 만년 유망주, 이도섭이었다.
"도섭아, 축하한다!"
"짜식, 그래 이제야 좀 제대로 던지는구나!"
"완투 축하한다!"
"캬, 마지막에 호우 하는 거 봐라!"
9이닝 2실점 8탈삼진 투구수는 124구, 이도섭이 자신의 커리어 첫 완투승에 성공했다.
엔젤스 입장에서는 크나큰 수확이었다.

-엔젤스의 이번 후반기 기세가 심상치 않을 듯합니다. 이도섭 선수마저 제 몫을 해준다면 사실상 엔젤스의 선발진에는 틈조차 보이지 않겠습니다.

선발투수가 제 몫을 해준다는 건 치열한 체력전이 될 수밖에 없는 후반기 전쟁에서 이루 말할 수 없는 강점이 될 수 있으니까.
심지어 엔젤스에서 기세가 오른 투수는 이도섭 하나만이 아니었다.

-그 정도가 아니죠. 그야말로 한국프로야구 역사상 손꼽히

는 투수진이 완성됐다고 볼 수 있죠. 당장 후반기 시작과 함께 5연승을 거두고 있지 않습니까?

　-네, 두 외국인 투수인 벤자민과 앤디 그리고 차운호 선수도 모두가 멋진 피칭을 보여줬습니다. 세 선발투수가 24.1이닝을 소화하면서 5실점밖에 하지 않았죠.

　24.1이닝 동안 고작 5실점.

　이미 리그에서 검증된 세 명의 선발투수들이 올스타 브레이크란 달콤한 휴식을 마치고 절정에 다다른 기량을 선보이며 팀에 달콤하기 그지없는 승리를 안겨줬다.

　-그리고 내일은 어느 때보다 확실한 승리카드가 올라오지요.

　-예, 내일 이곳 잠실구장에서 이진용 선수가 자신이 시작한 한 주를 마무리하기 위해 올라옵니다.

　그리고 그런 투수진의 정점에는 그 누구도 아닌 이진용이 있었다.

　-아니, 시발 이도섭까지 완투하면 다른 팀은 어쩌라는 거냐?

　-엔젤스 선발진 씹사기네.

　-젠장, 이도섭도 못 이기는데 이진용은 퍽이나 이기겠다. 내일 이진용 또 탈삼진 신기록 세우는 거 아니야?

사실상 엔젤스가 리그 최고 수준의 선발진을 확보하는 순간이었다.

"드디어 도섭이가 제 몫을 해주는군요. 이거, 정말 복이 연달아 오는 기분입니다."

"너무 기뻐하지 말도록. 어떤 일이 생길지 모르니까."

"어쨌거나 선발진은 큰 고민 없이 이대로 8월까지 가져가면 될 듯합니다. 모두가 기량이 절정에 올라왔습니다. 그리고 타자들의 타격감도 마찬가지이고요."

당연한 말이지만 더 이상 엔젤스는 고민할 필요가 없었다.

"그러니 진용이에게 말해두겠습니다. 이제부터 3일 휴식같이 무리할 필요가 없으니, 충분히 한 경기에 집중하면 된다고."

"그동안 고생해서 고맙다는 말도 함께 전해주게."

"예."

이진용을 무리하게 기용했다는 사실에 대한 고민을.

팬들 역시 더 이상 엔젤스를 보고 걱정할 이유가 없었다.

이제 정말 우승 후보다운 전력을 갖춘 엔젤스에게 필요한 건 응원과 환호밖에 없었으니까.

사실상 엔젤스와 관련된 거의 모든 이들의 고민이 사라지는 순간!

-내 말이 맞지? 3일 휴식 후에 등판할 일 같은 거 없다고. 3일 휴식이 뭐야, 화요일 등판했다가 수목금토 경기 치렀는데 일요일에 비 와서 다음 주 화요일에 나오는 일도 생길걸? 6일 휴식 후에 등판이라…… 캬! 메이저리그에서는 꿈도 꿀 수 없는 일

인데.

'큰일 났다.'

그러나 반대로 이진용은 고민을 시작했다.

'이러면 등판 횟수가 줄어들고, 그러면…….'

아주 심각한 고민을.

'포인트를 쌓을 수가 없잖아?'

한국프로야구 시즌 중 가장 중요한 달은 8월이다.

결국 8월 성적에 따라서 포스트시즌 진출팀이 가려지기에, 그렇기에 기적이 일어난다면 8월에 일어날 수밖에 없다.

4, 5월 동안 연승을 거듭하던 팀이 8월에 연승을 거듭하는 건 당연한 일이지만, 4, 5월 동안 중하위권에 있던 팀이 연승을 거듭하며 순위를 올리면 기적이라 할 수 있으니까.

[엔젤스, 데블스 전 시리즈 스윕!]

[엔젤스, 8월을 승리의 달로 만들다!]

[엔젤스 순위 급상승! 이대로 1위까지?]

그리고 2017시즌 8월, 기적의 주인공은 다름 아니라 엔젤스였다.

후반기 성적부터가 기적이란 단어에 어울렸다.

후반기 시작 이후 8월 13일까지 치러진 19경기에서 무려 15승 4패!

야구에서는 쉽게 나올 수 없는 승수였다.

더욱이 이렇게 거둔 승수는 막연한 행운 덕에 거둔 것이 아닌, 누가 보더라도 인정할 수밖에 없는 근거가 있었다.

-엔젤스는 어떻게 강팀이 되었는가?

└선발이 튼튼함.

└타선이 탄탄함.

일단 선발투수들 전부가 제 몫을 완벽하게 해냈다.

이호찬이 적극적으로 포수 리드를 가져가면서 이미 능력은 충분한 투수들의 기량을 100퍼센트 끄집어낸 덕분이었다.

그리고 타선 역시 짜임새를 갖추기 시작했다.

100억 원의 사나이, 홍우형이 8월에 들어서자 불타는 타격감을 자랑했으며, 슈퍼루키 박준형은 어느새 다른 타자들과 함께 타점, 홈런 경쟁을 시작하기 시작했다.

물론 그중에서도 가장 확실한 근거는 그였다.

-이호우 또 호우했네.

-기레기 놈들아, 이호우 후반기에 퍼진다면서? 이형세 기자, 너 말이야 너. 이진용 후반기에 퍼진다는데 언제 퍼지냐?

└이형세 전형적인 야알못 기자임.

이진용.

후반기에는 무너지리란 몇몇 야구 전문가들, 기자들의 이야
기가 무색하게, 후반기가 진행될수록 이진용의 존재감은 작아
지기는커녕 더 거대해졌다.

[이진용, 여전히 미스터 제로!]
[이진용, 오늘도 호우주의보 발령!]

3경기 27이닝 4피안타 2볼넷 무실점, 탈삼진 54개.

압도적이라는 표현조차 이제는 부족해 보이는 기록.

물론 그 압도적인 기록에도 이진용은 만족하지 않았다.

그게 이유였다.

"스트라이크, 아우우웃!"

8월 15일 화요일, 이진용이 홈인 잠실구장에서 맞이한 레이
번스를 상대로 7회까지 조금의 틈도 보이지 않는 완벽한 피칭
을 하는 이유.

"호우!"

그리고 자신이 잡은 7회 초 마지막 아웃카운트에 대해, 목
이 터질 듯한 환호성을 내지르는 이유.

그런 이진용의 무자비한 포효에 이진용을 보기 위해 잠실구
장을 가득 채운 엔젤스 팬들도 목이 터질 듯이 소리쳤다.

호우!

사방에서 뿜어지는 환호성에 이진용이 깊은 미소를 지으며 마운드를 내려왔다.

그리고는 슬쩍 전광판을 향해 고개를 돌렸다.

0의 행렬들.

자신이 이룩한 성과들이 보였다.

그리고 그 아래에 오늘 자신을 위해 맹타를 휘둘러준 타자들의 결과물도 보였다.

'6이닝 동안 4점. 오늘 우리 타자들 타격감을 보면 앞으로 2점은 더 나오겠군.'

4득점.

엔젤스 타자들이 7이닝 동안 이진용을 위해 기록한 점수였고, 이진용에게 있어서는 충분하다 못해 넘칠 만한 점수였다.

"호우……."

그러나 그 점수를 보는 이진용의 입에서는 환호성과는 전혀 다른 한숨이 나왔다.

그 한숨에 김진호가 슬쩍 다가와 말했다.

-왜? 연장 안 갈 것 같아서 실망했냐?

그 말에 이진용이 잽싸게 글러브로 입을 가리며 말했다.

"그, 그럴 리가요."

말을 하는 이진용의 눈동자가 살짝 떨렸고, 그 떨림을 확인한 김진호의 미소가 진해졌다.

-12회까지 가서 3이닝 정도 더 던지고 포인트 더 벌고 싶은데 그렇게 못 해서 실망한 거 같은데?

"제가 미쳤어요?"

-진짜?

거듭된 김진호의 말에 이진용이 저도 모르게 속내를 말했다.

"아니, 뭐…… 10이닝까지 가는 건……."

말을 하던 이진용은 이내 입을 꽉 다물었다.

'내가 미쳤지.'

이 순간 이진용은 진심으로 반성했다.

'연장이라니, 그딴 말도 안 되는 생각을 하다니…….'

연장전은 선발투수에게 있어서나, 팀에게 있어서 가장 있어서는 안 되는 일이다.

이기더라도 정규 이닝인 9이닝 안에 이기고, 지더라도 9이닝 안에 져야 하는 것이 최선. 그 사실을 누구보다 이진용이, 그리고 엔젤스 선수들이 잘 알고 있었다.

그렇기에 오늘 엔젤스 타자들이 이 악물고 어떻게든 이진용을 위해 점수를 뽑아준 것 아닌가?

연장으로 가지 않기 위해서.

'내가 진짜 또라이가 됐구나.'

달리 말하면 이진용은 그렇게 해서라도, 연장으로 가는 한이 있더라도 한 이닝이라도 더 던지고 싶었다.

그 정도였다.

'미치겠네.'

이진용은 그만큼 경기에 대한 갈증을 느끼고 있었다.

그리고 갈증을 느낄 수밖에 없었다.

'4주 동안 고작 4경기라니…….'

후반기 시작 이후 4주나 되는 시간이 지나는 동안 이진용은 오늘 경기를 포함해 고작 4경기만을 출전했다.

뭔가 문제가 있는 건 아니었다.

오히려 반대, 문제가 너무 없었다.

5선발 로테이션이 잘 돌아가다 못해 완벽하게 돌아가는 상황에서 엔젤스가 군이 이진용을 3일 휴식 후에 출전시키는 무리한 짓을 할 이유는 없었으니까.

더욱이 이진용에게 3일 휴식을 주면 필연적으로 선발 로테이션이 꼬이게 된다.

여기에 우천으로 인한 경기 취소는 엔젤스 입장에서 베스트 시나리오를 만들었다.

한 주에 5선발 투수로만 경기를 치를 수 있는 상황을 만들어준 것이다.

'최근 3경기 동안 쌓은 포인트가 5만 포인트가 안 되네……골드 룰렛에서 대박이 나오는 것도 아니고, 체력만 나왔어.'

그 덕분에 이진용의 포인트 적립 속도는 크게 줄어든 상황이었다.

'룰렛 이용권도 안 나오고.'

또한 이미 어지간한 신기록도 죄다 해먹은 탓에 신기록 경신을 통한 룰렛 이용권 획득도 사실상 거의 불가능한 상황이었다.

-아, 부럽다. 이렇게 편하게 야구하다니, 나도 이렇게 편하게

야구했으면 1점대 방어율은 일도 아니었을 텐데.

　반면 김진호는 최근 4주 동안 어느 때보다 밝은 모습을 보이고 있었다.

　-진용아 너무 부럽다. 부러워 죽겠다, 죽겠어!

　그런 김진호의 모습에 이진용이 뚱한 표정을 지은 채 나지막한 목소리로 말했다.

　"이미 돌아가신 분이……."

　-뭐 인마? 너 지금 내가 죽었다고 놀리는 거냐?

　그때였다.

　툭툭!

　-어?

　"어?"

　그라운드 위로 불청객이 등장하기 시작했다.

　그 사실에 이진용이 굳은 표정으로 하늘을 바라보았고 김진호는 전력을 다해 소리쳤다.

　-호우!

　"……미치겠네."

　이진용, 그가 강우 콜드로 7이닝 완봉승을 거두는 순간이었다.

[호우주의보 발령!]

뉴스를 보던 이진용은 고개를 돌려 호텔방 창문 너머를 가득 채운 물줄기를 바라봤다.

그런 그의 옆에서 김진호가 소리쳤다.

-호우!

"시끄러워요."

-비 많이 온다고. 호우!

"에이, 진짜."

-왜? 비 온다고 말하는 것도 문제냐? 응?

"진짜 자꾸 이러면 메이저리그 경기 안 틀어줍니다!"

-비 오는데 그거라도 안 보면 좀 쑤실 텐데? 응? 뭐, 이대로 준비 없이 메이저리그 가서 탈탈 털려주겠다고? 아, 그러면 어쩔 수 없지.

"젠장."

말을 하던 이진용은 그 말과 함께 두 주먹을 꽉 쥔 채 부르르 몸을 떨었다.

그 순간 이진용은 분명하게 느낄 수 있었다.

'힘이 넘치다 못해 터질 것 같아.'

지금 자신의 온몸에 힘이 미칠 정도로 넘친다는 사실을.

'어중간하게 7이닝만 던지는 바람에 더 미치겠다.'

더욱이 어제 경기에서 이진용은 7이닝만 던졌다.

물론 보통 투수에게 7이닝은 충분하다 못해 차고 넘치는 이닝이다.

하지만 이진용에게 있어 7이닝 피칭은 막 자동차가 예열하는 수준과 같았다.

에이스 스킬과 퀄리티 스타트, 두 스킬이 경기 시작과 동시에 주는 체력 어드밴티지는 엄청나니까.

보조 배터리를 먼저 쓰는 것과 같았다.

그렇기에 이진용에게 7이닝을 던진 건 다른 투수들이 4이닝 정도 던진 것과 비슷했다.

'어제 느낌 좋았는데.'

몸이 딱 알맞게 달구어질 무렵, 그 무렵에 강우콜드로 경기가 끝나버렸으니 좀이 쑤실 수밖에.

더욱이 지금 세차게 내리는 빗물은 이진용에게 분명하게 말했다.

-응, 너 이번 주도 6일 휴식이야!

그 말에 이진용이 대답 대신 퉁명스러운 표정으로 김진호를 지그시 바라봤다.

-아무리 봐도 오늘 그칠 비가 아니잖아? 이래서 돔구장이 필요하다니까. 안 그래? 전국에 돔구장이 네 개만 있었어도 이런 일은 없었을 텐데 말이야. 이래서 인프라가 중요한 거야. 이렇게 비 내린다고 경기 취소되면 결국 죄다 10월에 야구 하잖아? 아니, 메이저리그보다 20경기나 적은 한국프로야구에서 페넌트레이스가 메이저리그보다 늦게 끝난다는 게 말이 돼? 인프라가 문제라니까.

반면 이미 홍에 취한 김진호는 야구 인프라 확장에 대한 일장연설을 시작했다.

-아, 돔구장 이야기하니까 체이스 필드 때 생각나네.

물론 그 연설의 끝은 자기 자랑이었다.

-1998년에 만들어진 돔구장인데, 여기가 디백스 홈구장이 거든. 내가 여기서 처음 던진 게 1999년이었어. 디백스 상대로 원정 뛴 거지. 상대는? 야, 내가 나오는데 디백스 애들이 누구를 내놓았겠냐? 당연히 빅유닛이 나왔지. 캬! 그때 랜디 존슨은 정말 끝내줬어. 내가 더그아웃에서 그 양반 공보고 엄지 들었다니까? 따봉!

그 말에 이진용은 대답했다.

"저기, 그 이야기 이번이 세 번째거든요? 그리고 분명 앞선 두 번에서는 엄지가 아니라 중지라고 하셨거든요?"

-아, 그래? 내가 기억이 긴가민가해서 말이야. 아! 그보다 진용아.

"또 뭡니까?"

-내일 경기 우천취소, 너 6일 휴식 확정 축하해. 으하하하!

"에이, 진짜! 혹시 모르잖아요? 내일 아침 일어났는데 맑을지도!"

꽈과광!

그 순간 섬뜩하기 그지없는 벼락 한 줄기가 이진용과 김진호 사이를 지나갔다.

깔리는 적막감.

그 적막감 뒤로 더 거세진 빗줄기 소리가 이진용과 김진호의 귀를 두드렸다.

-어이쿠, 이거 내일 아침은 누구 소원대로 아주 맑은 하늘을 볼 수 있겠는걸?

그 빗줄기 앞에서 이진용이 결단을 내렸다.

'이대로는 못 해. 어떻게든 마운드에 올라간다.'

8월 16일 수요일의 하늘은 구멍이 뚫린 듯 쉴 새 없이 비가 쏟아졌다.

당연히 8월 16일 고척 돔 구장에서 치러지는 경기를 제외한 모든 경기가 우천으로 취소됐다.

그리고 17일 목요일이 됐을 때, 그제야 하늘은 하늘다운 청아함과 푸름을 선보였다.

"어휴, 진짜 날씨 왜 이러냐?"

"날씨 미쳤네."

그러나 사람들의 얼굴은 청아한 하늘과는 조금도 어울리지 않았다.

"오늘 몇 도야? 뭐? 37도라고?"

"아스팔트에 계란 후라이 해먹을 날씨네."

"아니, 올해 여름은 왜 이래?"

드디어 절정을 찌르기 시작한 여름 더위 탓이었다.

37도, 그 자체만으로도 이미 사람을 숨 막히게 만들기에 부족하기 없는 기온, 그 기온에 이틀 새 쉴 새 없이 내린 비가 만들어낸 습도가 더해지자 그야말로 지옥 같은 날이 만들어졌다.

"사우나가 따로 없네."

"내가 미쳤지. 무슨 부귀영화를 누리겠다고 이 날씨에 잠실 구장에 와서 이 고생인지……."

그저 밖에 나온다는 것이 고행이나, 고역인 상황.

그런 상황에서 경기를 치러야 하는 선수들이 제 기량을 발휘한다는 건 애초에 불가능한 일이었다.

8월 17일 잠실구장에서 치러진 엔젤스와 레이번스의 3차전이 졸전이 된 이유였다.

일단 양 팀의 선발투수들의 컨디션부터 정상이 아니었다.

-아, 벤자민 선수 결국 4회를 버티지 못하고 내려갑니다.

엔젤스의 선발투수인 벤자민은 3.1이닝 6실점을 기록하며 먼저 마운드를 내려갔고, 그 뒤를 이어 레이번스의 선발투수인 카를로스 역시 4이닝 8실점으로 이닝을 마쳤지만 5회에 올라오지 못했다.

-오늘 양 팀 선발투수들이 제힘을 못 쓰네요.

-날씨가 정말 괴로운 날씨이니까요. 하지만 더 큰 문제는 오늘 양 팀의 야수 수비가 굉장히 불안하다는 겁니다.

-그렇지요. 벌써 5회까지 양 팀 합쳐 실책만 4개가 나왔습니다.

후덥지근한 날씨 탓에 평소와 전혀 다른 상황에서 투수들은 물론 야수들 역시 컨디션이 좋지 못했다.

심지어 그라운드의 상태도 좋지 못했다.

설상가상.

그런 상황에서 급하게 몸을 풀고 올라온 양 팀의 추격조 불펜투수들이라고 잘 던질 수 있을 리 만무.

"아, 또 점수 나왔네."

"야, 그걸 못 잡냐!"

"니들이 프로냐? 프로야?"

불펜투수들이 올라오는 족족 1이닝을 버티지 못하는 채 흔들리는 모습을 보이며, 결국 양 팀은 13 대 11이란 참담한 성적표를 든 채 7회 초를 맞이해야 했다.

경기 내용이 너무 참담해서 양 팀 합쳐서 실책 6개라는 더 처참한 꼬리표는 보이지도 않을 지경이었다.

어쨌거나 이기고 있는 상황에서 7회 초를 맞이한 엔젤스는 당연히 필승조를 대기시켰다.

"뭐라고?"

엔젤스에 비보가 날아온 건 그 무렵이었다.

"성균이가 어깨가 아프답니다."

우성균.

엔젤스의 마무리투수인 그가 불펜 피칭 도중에 어깨 통증을 호소했다.

"심각한가?"

봉준식 감독은 애써 표정을 감춘 채 입을 열었고, 송재만 수석코치가 조심스럽게 말했다.

"본인은 던질 수 있다고 합니다만, 바로 스톱시켰습니다. 지금 1세이브가 중요한 게 아니니까요."

"그렇지."

"일단 불펜 피칭은 멈추되, 불펜에서 대기만 시켜두고 있습니다. 조만간 병원으로 갈 준비가 되면 곧바로 병원으로 보내겠습니다."

"잘했네."

당연한 말이지만 엔젤스 입장에서는 지금 1세이브를 거두는 것보다 마무리투수를 지키는 것이 더 중요했다.

마무리투수 없이 포스트시즌을 치른다는 건 말도 안 되는 일이었으니까.

'역시 그동안 승리가 독이 됐군.'

더불어 이 비보는 어느 정도 예상된 비보이기도 했다.

최근 엔젤스는 20경기에서 16승 4패라는 8할 승률을 기록하고 있었다.

그건 달리 말하면 그만큼 필승조가 나오는 경기가 더 많았다는 의미이기도 했다.

모든 투수가 이진용처럼 완봉을 하는 건 아니니까.

'이럴 때 더블스토퍼 체제를 갖추었다면……'

이럴 때 필요한 것이 바로 더블스토퍼, 두 명의 마무리투수를 번갈아 가면서 기용하는 것이었다.

'그랬다면 내가 여기 있을 이유도 없겠지.'

물론 어림도 없는 소리였다.

제대로 된 마무리투수 한 명만 있어도 감사해야 하는 판에 새로운 마무리투수를 바란다?

차라리 감나무 밑에서 입을 벌리고 감이 떨어지길 기대하는 게 나을 일.

'어떻게든 막는다.'

때문에 봉준식 감독은 조금 전 자신이 품은 아쉬움을 단숨에 머릿속에서 지워 버렸다.

'일단 마무리는 성현이를 올려야겠지.'

혹시 모를 우성균의 긴 부재를 메우기 위한 방법을 강구했다.

'하지만 성현이도 피로감이 상당하다. 결국 새로운 투수를 한두 경기라도 넣어서 필승조의 피로도를 줄여야 해.'

조금이나마 필승조의 부담을 덜어줄 새로운 불펜 자원을 뽑기 위한 고민을 시작했다.

그때 투수코치가 다가왔다.

"감독님."

"무슨 일인가?"

"저기……."

머뭇거리던 투수코치가 고개를 슬쩍 돌렸다. 봉준식 감독의 시선도 자연스레 투수코치를 따랐다.

그런 그 둘의 시선의 끝에는 이진용이 있었다.

눈빛이 반짝이다 못해 마치 먹잇감을 앞에 둔 뱀처럼 광기

마저 어리고 있는 이진용이.

그 순간 봉준식 감독은 직감했다.

"이진용이 설마 마무리투수로 자기 올려달라고 했나?"

"예, 잘 아시는군요."

"그러고도 남을 녀석이니까."

이진용이 또 한 번 또라이 짓을 준비했다는 것을.

"그래서 자네 생각은 어떤가?"

"눈빛을 보니까…… 올리지 않으면 정말 상상도 못 할 또라이 짓을 할 것 같다는 게 제 생각입니다."

그 말에 봉준식 감독은 머릿속으로 계산을 시작했다.

사실 계산이고 뭐고 없었다.

3일 휴식 후에도 등판을 자처하던 이진용에게 일주일에 한 번 등판이라는 최근의 나날들은 편하기보다는 지루한 나날들이었을 테니까.

때문에 봉준식 감독은 금방 답을 내놓았다.

봉준식 감독이 이진용에게 불펜 방향을 향해 턱짓을 했다.

그 말에 이진용이 눈빛을 반짝이며 활짝 웃었고 옆에 있던 김진호가 어처구니가 없는 눈으로 이진용을 바라보며 말했다.

-어이가 없네, 어이가 없어.

이진용, 그의 마무리투수 데뷔전이 결정되는 순간이었다.

-드디어 7회 끝났다!

-훗, 개판이네.

잠실구장.

엔젤스 대 레이번스의 주중 3연전의 마지막 경기는 모든 것을 지치게 만들었다.

-이거 직관한 사람들은 죽어나겠네.

-이런 날 잠실 쪄죽지. 잠실 찜통이라니까.

-나 같으면 진작 경기장 나왔음.

  ㄴ나 같으면 애초에 안 갔음.

  ㄴ그냥 집에서 숨 쉰 사람이 승리자.

  ㄴ역시 선풍기 밖은 위험해.

경기를 보는 이들은 물론 경기를 중계하는 이들과 기사를 쓰는 기자들까지.

"오늘 경기 내용 최악이네요. 중계하다가 지치는 건 처음입니다."

"내용이 엉망이니까."

축 늘어진 선수들의 기량은 누가 보기에도 평균 이하의 모습이었고, 그 과정에서 나오는 실책으로 인해 만들어진 점수는 보는 이를 호쾌하기는커녕 허탈하게 만들 따름이었다.

"뭐, 그래도 엔젤스가 리드 잡았으니까 필승조 가동해서 이

기겠군.″

"차라리 엔젤스가 빨리 좀 끝냈으면 좋겠네. 기사 마무리하고 맥주나 좀 마시게.″

"내가 왜 기자를 해서 남들 다 맥주에 치킨 먹을 때 담배만 퍽퍽 피워야 하는 건지…….″

"기대할 것도 없고, 기사 써봤자 조회수도 안 나오고…… 진짜 최악의 경기네.″

그중에서도 최악은 더 이상 기대할 게 없다는 점이었다.

-이제 뭐 대충 끝나겠네. 엔젤스가 이길 듯.

-그냥 비나 와서 강우 콜드나 됐으면 좋겠다.

└ㅇㅇ 이딴 쓰레기 경기 2이닝이나 더 볼 바에는 그냥 끝나는 게 나을 듯.

└호우나 와라!

└호우 나와라?

└ㅋㅋㅋ 그래 차라리 호우 나와라!

지리멸렬한 경기가 그저 지리멸렬하게 끝날 일만 남아 있을 뿐.

-긴급속보! 잠실에 호우주의보 떴다!

└비오냐?

└강우 콜드 각?

-아니, 그 호우 말고!

┗무슨 소리야?

┗설마?

그런데 그런 상황에서 일이 터졌다.

"뭐라고?"

"그게 사실이야?"

"이진용이 불펜에 있다고?"

"씨발, 왜 그걸 이제 말해!"

이진용, 그가 불펜에 모습을 드러냈다.

펑!

이진용의 오른손을 떠난 공이 그대로 포수의 미트에 꽂혔다.

구속은 130대 초반.

영점을 잡기 위해 던진 가볍기 그지없는 공이었다.

하지만 그 공이 만들어낸 결과물은 결코 가볍지 않았다.

"호우!"

잠실구장 불펜, 그 위에 위치한 관중석에 모여든 엔젤스 팬들이 이진용이 던지는 불펜 투구 하나하나에 격렬하기 그지없는 반응을 보였다.

"호우!"

그 외침에 불펜에 있는 모든 이들, 불펜투수들과 불펜포수들 그리고 불펜코치들은 말없이 꼴깍, 침만 삼켰다.

'아니, 이게 무슨 일이야?'

'대체 일이 어떻게 돌아가는 거야?'

이진용이, 현재 한국프로야구의 전설을 쓰고 있는 그가, 선발투수로 등장해 모든 경기에서 무실점을 이어가는 그가, 이미 이틀 전 마운드에 올라와 강우 콜드 완봉승을 거둔 그가 지금 불펜에서 몸을 푸는 건 그 누구도 상상하지 못한 일이었으니까.

펑!

반면 공을 던지는 이진용은 어느 때보다 즐거운 모습이었다.

'간만에 포인트 적립 기회다.'

온몸에서 넘치는 이 힘을 폭발시킬 수 있는 기회.

"호우해 주세요!"

"이호우가 마무리하면 수호우신!"

더 나아가 팬들이 보내주는 환호성은 이진용이 품은 뜨거운 불길을 향한 부채질이 되어줬다.

그건 이진용에게 있어서도 처음 있는 경험이었다.

'그래, 이 맛에 프로야구선수 하는 거지.'

관중석에서 마운드까지, 그 먼 거리가 아니라 이토록 가까운 거리에서 팬들의 열광을 받는 것은.

'끝내주는군.'

심장이 절로 두근두근거릴 수밖에 없는 일이었다.

당연히 이진용은 그 열광에 호응했다.

팬들이 보는 앞에서 마치 보란 듯이, 프로레슬링 선수가 마지막 필살기를 넣기 전에 뜸을 들이듯 검은 글러브를 왼손에서 뺀 후에 오른손에 끼었다.

그 모습에 모두가 소리쳤다.

"왼손이다!"

"이진용이 왼손 쓴다!"

그 사실에 엔젤스 팬들이 열광을 내뱉었고, 그 열광은 들불처럼 잠실구장 전체에 빠르게 번졌다.

어느 순간 잠실구장 전체가 이진용을 위한 환호만으로 가득 찼다.

마치 콘서트장 같았다.

물론 그건 어디까지나 엔젤스의 유니폼을 입은 이들의 이야기.

"씨발, 이게 무슨 지랄이야?"

"이호우가 왜 여기서 나와?"

"씨발, 좆같은 경기 가장 좆같이 끝나겠네."

이진용의 불펜 피칭 소식을 들은 레이번스 팬들의 입에서는 이루 말할 수 없는 불만이 토해졌다.

그 불만마저도 팬들이기에 나오는 것이었다.

'아, 좆됐다.'

'시발, 좆됐다.'

레이번스 선수들은 그런 불만조차 내뱉지 못할 정도로, 이진용의 불펜 피칭 소식을 듣는 순간 그대로 굳어버리고 말았다.

이진용의 존재감은 그러했다.

압도적인 수준을 넘어 절대적인 수준!

실제로 앞선 화요일 경기, 강우 콜드로 이진용에게 완봉패를 당했을 때 레이번스 선수들은 오히려 안도의 한숨을 내뱉었었다.

'그냥 가나 싶었는데⋯⋯.'

'운수가 좋더만.'

이진용을 상대로 2이닝을 더 치르지 않아도 된다는 사실에 대한 안도의 한숨을.

그런데 지금 이진용이 그때 얻어가지 못한 것을 얻어가기 위해 불펜에서 몸을 풀고 있었다.

그리고 9회 초, 이진용이 마운드에 올라왔다.

-진용아, 인마. 난 널 이렇게 가르친 적이 없다. 난 순백의 마운드를 밟으라고 가르쳤지 남들이 짓밟은 마운드에 오르라고 가르친 적 없다!

9회 초.

마운드로 올라가는 이진용을 향해 김진호는 쉴 새 없이 말을 걸었다.

-진짜 자식새끼 키워봤자 소용없다고, 난 널 선발로 키웠는데 마무리라니!

물론 이진용은 그 말을 가뿐히 무시했다.

김진호가 언제나 이런 식으로 말을 할 때는 한 가지 경우밖에 없었으니까.

'김진호 선수가 보기에도 오늘 내 컨디션이 완벽한 모양이군.'

그런 소리를 지껄여도 무방할 정도로 이진용의 기량이 절정에 다다랐을 때.

김진호는 그럴 때만 이런 말을 하지 정말 중요한 순간, 정말 심각한 상황 속에서는 절대 이런 식으로 말을 하지 않았다.

그렇기에 마운드에 오른 이진용은 김진호를 향해 씨익, 미소를 지어줬다.

그 미소에 김진호가 고개를 절레절레 흔들었다.

-아, 느낌 싸하다. 갑자기 속이 쓰리네. 진용아, 나 몸 안 좋은데 그냥 마운드 내려가면 안 될까?

그때 이진용과 김진호의 귀로 베이스볼 매니저의 알림이 들렸다.

[세이브 상황에서 등판했습니다. 수호신 효과가 발동합니다.]

수호신!

이진용이 4주 만에 얻은 스킬이 활성화되는 순간이었다.

[구속이 3킬로미터 증가합니다.]
[구위가 증가합니다.]
[컨트롤이 정교해집니다.]

[모든 구질의 무브먼트가 강화됩니다.]

[수호신 효과로 커브의 구질 랭크가 A랭크로 상승했습니다.]

[세이브 달성 시 랜덤 보너스가 지급됩니다.]

그리고 곧바로 이어지는 능력치 효과에 이진용은 입가에 미소를 지었다.

'1이닝뿐이지만 효과는 에이스보다 낫군.'

당연한 말이지만 선발투수가 아닌 마무리투수로 올라온 이진용에게 에이스 스킬 효과는 발동하지 않았다.

하지만 대신에 발동된 수호신 스킬 효과는 에이스 효과를 굳이 아쉬워할 필요가 없을 정도였다.

'최고 구속은 143.'

여기서 이진용은 곧바로 활성화했다.

"전력투구 발동."

전력투구 스킬을 발동했다.

'이제 최고 구속은 145킬로미터. 좌완으로는 147킬로미터까지 나오겠지.'

그와 동시에 옆구리에 끼고 있던 글러브를 오른손에 끼었다.

"호우우……."

좌완 피칭, 그것을 준비하는 이진용이 긴 한숨을 내뱉었다.

'역시 마무리는 강속구지.'

그 순간 이진용이 한숨의 끝에 내뱉었다.

"리볼버."

이진용, 그가 수호신이 될 준비를 마쳤다.

메이저리그에서도 150킬로미터가 넘는 공을 던지면 충분히 강속구 투수로 인정받는다.

물론 그런 강속구 투수도 먼지 나듯 맞는 곳이 메이저리그이며, 때문에 메이저리그에서 정말 구속만으로 살아남기 위해서는 대개 160킬로미터, 100마일의 구속이 필요하다고 말한다.

하지만 앞서 말했듯 이건 어디까지나 메이저리그의 이야기, 한국프로야구리그의 경우에는 100마일짜리 공을 던질 필요는 없다.

150킬로미터짜리 공, 이 정도 구속만 나와도 충분히 구속만 믿고 공을 던질 수 있다.

그래서 모든 투수들은 말한다.

살아생전 150킬로미터짜리 공 한 번 던져보면 좋겠다고.

그리고 지금 이진용이 그 공을 던졌다.

펑!

포수의 미트에 꽂히는 순간, 이제까지 모든 것이 축 늘어졌던 잠실구장의 분위기가 바짝 조여졌다.

당장 공을 받은 이호찬부터가 굳었다.

'이거?'

공을 본 타자도 굳었다.

'헉.'

관중들 역시 그대로 굳은 채, 몇몇은 꿀꺽 침을 삼켰다.

"스……"

그때 굳어 있던 주심이 가장 먼저 정신을 차리며 소리쳤다.

"……트라이크!"

그 소리에 굳어 있던 모든 이들이 움직이기 시작했다.

모두가 고개를 돌려 전광판을 바라봤다.

그리고 확인했다.

152킬로미터!

이진용이 이제까지 무수히 긴 이닝 속에서 던진 공 중 가장 빠른 공을.

"맙소사."

"150이 넘었어?"

그제야 숨통이 트인 이들의 입에서 경악이 흘러나오기 시작했다.

엔젤스 선수단도 마찬가지였다.

'어?'

'어!'

이진용의 피칭에 호우! 그 외침을 넣어주려던 선수단은 그대로 침만 꼴깍 삼켰다.

봉준식 감독조차도 놀란 듯 선글라스를 쓴 그대로 송재만 수석코치를 바라봤다.

선글라스를 썼음에도 그 둘은 표정만으로 서로의 심정을 주고받을 수 있었다.

저거 알았나?

알았을 리가 있겠습니까?

하물며 동료들조차 놀라는 상황에서 레이번스 타자들이 느끼는 감정은 어땠을까?

말은 필요 없었다.

말이 없었으니까.

그렇게 침묵 속에서 이진용이 피칭을 시작했다.

마무리투수에게 필요한 건 무엇일까?

많은 게 필요하다.

그중 하나가 바로 이미지다.

-마무리투수는 이미지가 중요해. 괜히 리베라가 엔터 샌드맨 노래를 틀고, 호프먼이 지옥의 종소리를 트는 게 아니야. 심지어 그거 공짜로 트는 것도 아니거든? 그런데도 틀어. 왜? 자신들의 존재감을 보다 강렬하게 만들기 위해서.

김진호, 그는 분명하게 말할 수 있었다.

-실제로 9회에 지옥의 종소리나, 엔터 샌드맨 노래가 들리는 순간 상대 팀 타자들은 머릿속으로 생각해. 무슨 생각을 하냐고? 집에 가서 필스너를 마실지, 버드와이저를 마실지, 안주로는 뭐가 좋을지. 뭐 이런 생각들을 하는 거지. 리베라나 호프먼의 공을 칠 생각은 조금도 안 해.

그렇게 만들어진 이미지는 정말 강력하기 그지없는 무기가 되어준다고.

-그럼 이런 이미지를 만들기 위해서는 어떻게 해야 할까?

그렇다면 그런 이미지를 주기 위해서 필요한 건 무엇일까?

-일단 한두 놈은 본보기로 패야지. 가장 강력한 공으로 그냥 찍어 누르는 거야. 그렇잖아? 혼자서 다수를 상대하는 상황에서 가장 먼저 만난 놈을 너덜너덜하게 만들어야 나머지 뒤에 애들이 쫄지, 처음 나온 놈 상대로 티격태격 풀카운트 상황까지 몰린 상황에서, 그 상황에서 펜스 근처에서 간신히 외야 플라이로 아웃카운트를 잡으면 뒤에 있는 애들이 쫄겠냐? 오, 저 새끼 힘 좀 빠졌는데? 내가 치면 펜스 넘어가겠는데? 해볼 만할 것 같은데? 역시 개뽀록 허접쓰레기 땅딸보 투수였네, 그렇게 나오지.

일단 압도적인 무언가는 기본이다.

-그런데 그렇게 폭력적이기만 하면 그뿐이야. 늑대가 막 미쳐 날뛰면 무섭지만 그냥 늑대일 뿐이야. 피투성이가 될 각오를 하면 이기든 지든 붙어볼 만하단 말이야.

말 그대로 기본.

-그런데 그 늑대 꼬리가 전갈 꼬리처럼 생기면 어떨까? 응? 독을 가지고 있으면? 그러면 이야기는 달라지지. 전갈이란 놈은 말이야 솔직히 사람이 그냥 발로 밟아도 죽거든? 근데 너 전갈 지나가면 발로 밟을 수 있어? 새가슴 겁쟁이 땅딸보인 넌 오줌 지리지 않으면 다행이겠지.

그 이상을 노린다면 그 기본 속에 비수를 만들어야 한다.

-꺼내지 않았음에도 타자들이 제 스스로 경계하게 만들고 움찔하게 만드는 것, 리베라가 플레이오프용 커터 그립 몇 개를 숨겨둔 이유이지.

그런 의미에서 이진용에게는 마무리투수가 가져야 할 최고의 비수를 가지고 있었다.

"스트라이크, 아웃!"

9회 초 2아웃.

이제는 모든 것이 끝난 상황.

이진용의 폭력적이기까지 한 좌완 패스트볼 앞에서 두 타자가 엉망이 된 채 타석에서 벗어난 상황.

모두가 넋을 잃은 채 그 상황을 바라보고만 있는 상황.

그 상황에서 이진용은 오래전 김진호가 해주었던 조언을 그대로 실천에 옮겼다.

이진용이 오른손에 낀 글러브를 벗었다.

그리고 그것을 왼손에 끼었다.

그 순간 잠실구장에서 누군가 소리쳤다.

"우호우다!"

그 외침이 전염병처럼 잠실구장에 번지기 시작했다.

그야말로 광기와 같았다.

잠실구장에 모인 무수히 많은 이들, 대부분 멀쩡한 직장과 삶을 가진 이들이 덥디더운 잠실구장에 모여 우호우라는 우습지도 않은 소리를 목이 터지라 외치는 것은 미친 짓, 그 이상도 이하도 아니었으니까.

그러나 그 우스꽝스러운 상황 속에서 레이번스 선수들 중 그 누구도 미소를 짓지 못했다.

오히려 반대, 그들은 모두 울상을 지었다.

그중에서도 최악은 타석에 막 설 준비를 하던 타자의 표정이었다.

악마를 보았을 법한 표정.

'이런 개씨발······.'

그럴 만했다.

이진용의 왼손만을, 150이 넘는 패스트볼을 던지는 왼손만을 생각하던 타자에게 있어 이진용의 오른손은 그야말로 지옥에서 등장한 악마와도 같았으니까.

-악마 같은 새끼.

그런 이진용의 오른손 앞에서는 김진호조차 인정할 수밖에 없었다.

-아주 그냥 비열하고 더럽고, 치사하고, 야비한 소악마 같은 놈.

그야말로 김진호가 해줄 수 있는 최고의 극찬!

이진용은 그 극찬에 어울리는 피칭을 했다.

'이제까지 존에 대놓고 들어오는 빠른 왼손 공만 봤지?'

자신의 오른손을 이용해 왼손과는 전혀 다른 피칭을 했다.

'이제부터는 존의 경계면만을 노리는 아주 더러운 변형 패스트볼만 던져주지.'

타자 입장에서는 스트라이크인 것을 알고 치더라도 좋은 결과를 기대할 수 없는 아주 사악한 공만을 던졌다.

구속 따윈 신경 쓰지 않았다.

이진용의 오른손은 구속을 내기 위함이 아니라, 묘기를 부리기 위해 존재했으니까.

그렇게 이진용이 스트라이크존의 경계면을 넘나드는 묘기를, 서커스를 시작했고, 그 서커스 앞에서 마지막 타자가 할 수 있는 것은 오로지 하나였다.

펑!

"스트라이크, 아웃!"

넋을 잃은 채 루킹 삼진을 당하는 것뿐!

[142포인트를 획득하셨습니다.]

[세이브 달성에 성공하셨습니다. 보너스 포인트가 지급됩니다.]

그렇게 이진용이 자신의 프로 1군 통산 첫 세이브 기록에 성공했다.

그 사실에 잠실구장의 모든 팬들이 전력을 다해 환호성을 내질렀다.

호우!

이진용, 그가 자신의 마무리투수 데뷔를 그 어느 때보다 성공적으로 마치는 순간이었다.

-짜식.

그런 이진용을 향해 김진호는 피식 웃음을 흘렸다.

-그래, 잘했다. 기회는 스스로 쟁취해야지.

이제는 주어진 상황에 만족하지 않고, 제 스스로 나서서 기회를 쟁취하는 그 모습에 기특함을 넘어 감탄마저 나왔으니까.

-축하한다.

그렇기에 김진호는 기꺼이 이진용의 첫 세이브에 축하의 인사를 건넸다.

[수호신 효과에 의해 랜덤 보너스가 지급됩니다.]

그리고 베이스볼 매니저도 이진용의 세이브에 축하의 선물을 건넸다.

[랜덤 보너스로 다이아몬드 룰렛 이용권이 지급됩니다.]

-이 쓰레기 게임이 또?

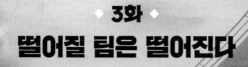

3화

떨어질 팀은 떨어진다

어느 때보다 무더웠던 8월이 끝나고 9월이 시작됐다.

[2017시즌 한국프로야구 잔여 경기 일정 확정!]
[10월 3일 시즌 종료!]

그리고 한국프로야구 정규시즌의 마무리 질주도 시작됐다.

[독스, 고춧가루 투척 시작!]
[타이탄스, 이 기세로 포스트시즌을 노리다!]
[돌핀스와 엔젤스, 1위 경쟁 시작!]

사실상 포스트시즌 진출이 좌절된 팀들은 유종의 미라는

이름의 고춧가루를 뿌리기 시작했고, 포스트시즌 진출이 가시권인 팀들은 어떻게든 포스트시즌에 진출하기 위한 필사의 질주를 시작했으며, 포스트시즌 진출권인 팀들은 자리를 사수하기 위해 필사적인 도망자가 되었다.

치열한 전쟁이 곳곳에서 펼쳐졌다.

하지만 그 누구도 그 전쟁에 관심을 두지 않았다.

[이진용, 이번에도 완봉승! 후반기 들어 6게임 연속 완봉승!]
[이진용, 엔젤스의 수호신이 되다! 벌써 4세이브째 기록!]

모두가 주목하는 건 오로지 하나, 그야말로 원맨쇼를 펼치고 있는 이진용의 활약뿐.

말 그대로 원맨쇼였다.

선발로 등판하는 날에는 여지없이 완봉승을 챙기는 선봉장이 되었고, 마무리투수로 마운드에 서는 날이면 팀의 승리를 지키는 수호신이 되었다.

그렇게 이진용은 자신이 세운 기록을 통해 모두에게 분명하게 말했다.

-이호우가 어떻게든 엔젤스 우승시키려고 하네.

-엔젤스 우승시키려고 작심한 듯.

-엔젤스 우승하면 잠실구장에 이호우 동상 세워야 함.

└동상 같은 소리하네, 종교 만들어야지. 호우교.

어떻게든 팀을 우승시키겠다고.

당연한 말이지만 그 사실에 불타오르지 않을 엔젤스 팬은 없었다.

"엔젤스 파이팅!"

"나 벌써 유광잠바 입었다!"

엔젤스 팬들은 어느 때보다 뜨거운 열정으로, 심지어 여전히 기온이 30도를 넘는 와중에도 두터운 엔젤스의 유광 점퍼를 입고 땀을 줄줄 흘리며 응원을 하는 모습마저 보여주었다.

선수들도 마찬가지였다.

"이대로 페넌트레이스 1위! 한국시리즈 직행까지 가는 거다. 알았지?"

"호우!"

20년이 넘도록 이룩하지 못한 숙원, 우승이란 달콤한 숙원이 가시권에 들어왔다는 사실 앞에서, 그리고 그 여느 때보다 믿을 수 있는 에이스와 함께 다는 사실 앞에서 엔젤스의 모든 선수들이 기꺼이 자신의 몸을 불태울 준비를 마쳤다.

결국 9월 10일, 엔젤스는 해냈다.

-게임 끝! 엔젤스가 오늘 경기 승리로 드디어 돌핀스를 제치고 리그 1위를 차지합니다.

-대단하네요. 엔젤스, 정말 대단하네요.

엔젤스, 그들이 리그 1위를 달성했다.

더 이상 오를 곳이 없는 곳에 올랐다.

"드디어 1위다!"

"정규시즌 첫 1위다!"

그 모습에 엔젤스 선수단이 모두가 기쁨에 몸부림을 쳤다.

-싸하다.

단 한 명만 빼고.

-느낌이 싸해.

김진호, 그가 엔젤스로부터 위기의 냄새를 맡았다.

[구속이 증가합니다.]

"흠."

1만 포인트를 소모해 돌린 골드 룰렛에서 구속이 나오는 순간 이진용은 조금은 아쉬운 표정을 지으며 자신의 능력치창을 활성화했다.

[이진용]

-최대 체력 : 120

-최대 구속 : 141

-보유 구종 : 포심 패스트볼(S), 투심 패스트볼(S), 스플릿 핑거

패스트볼(S), 컷 패스트볼(B), 체인지업(B), 슬라이더(S), 커브(B).

　-보유 스킬 : 심기일전(D), 일일특급(D), 라이징 패스트볼(A), 마법의 1이닝, 무쇠팔(C), 리볼버, 컨트롤 마스터(A), 철인, 에이스, 철마(A), 전력투구, 마구(E), 스위칭(B), 수호신

　자신의 능력치를 보는 이진용의 머릿속으로 자신이 첫 세이브를 거두던 날, 그날 랜덤 보너스로 얻은 다이아몬드 룰렛이 힘차게 돌아가던 장면이 떠올랐다.

　'그때 얻은 볼 마스터가 있어도 쓸 수가 없네.'

　그날 다이아몬드 룰렛에서 나온 건 다름 아니라 볼 마스터였다.

　당연히 대박이었다.

　"A랭크 구질이 있어야 볼 마스터를 써먹을 수 있는데 어떻게 하나가 안 나오냐."

　그러나 현재 A랭크 구질이 없는 이진용 입장에서는 볼 마스터로 구질 랭크를 마스터 랭크로 만들 수가 없었다.

　"에휴, 난 왜 이렇게 재수가 없을까……."

　이진용이 볼멘소리를 내뱉는 이유였다.

　물론 배부른 소리였다.

　김진호가 이 배부른 또라이 새끼가! 그리 호통을 쳐야 마땅한 소리.

　당연히 이진용은 기다렸다. 김진호의 그 푸념이 나오기를.

　'왜 이렇게 조용해?'

그러나 예의 나왔어야 할 김진호의 호통 소리는 어디에서도 들리지 않았다.

이진용이 김진호를 향해 시선을 돌렸다.

그러자 로댕의 생각하는 사람처럼 자세를 잡은 채 고민하는 김진호의 모습이 보였다.

"김진호 선수, 무슨 생각을 그렇게 해요?"

-응? 아, 별거 아니야.

"별거 아닌 것치고 표정은 진지하던데요? 그렇게 진지한 표정 짓는 거 처음 봤어요."

-나 원래 진지한데? 내 메이저리그 별명이 하드 보일드였는데?

그 말에 이진용이 콧방귀를 뀐 후에 대답했다.

"예, 그러시겠죠."

-너, 내 말 못 믿어?

"믿습니다. 믿는다고 합시다. 그래서 무슨 생각하신 거예요?"

-느낌 싸해서 말이야.

"느낌이 싸하시다고요?"

-응, 그래서 엔젤스에 안 좋은 일이 터진다면 어떤 일이 터질까, 그거 생각해 봤어.

그제야 이진용이 그러면 그렇지, 하는 표정을 지었다.

"이제는 아주 그냥 저주를 퍼부으시네요."

-내가 언제 저주를 퍼부었어?

"리그 1위를 한 팀 보고 안 좋은 일 터질 것 같다고 하는 게 저주이지, 그럼 뭡니까?"

-아니, 느낌이 싸하다니까. 야! 그리고 내가 저주를 걸 수 있었으면 넌 이미 트럭에 치인 후에 이세계에서 호빗으로 환생한 다음 금반지 하나 부수려고 목숨 걸고 용암으로 가는 주인공 옆에 있는 부하로 돼지게 고생하고 있었어!

"예, 김진호 선수는 골룸이 되어서 절 괴롭히겠고요. 그러고 보니 생긴 것도 비슷하네요."

-야! 난 레골라스지!

"반지의 제왕에 나오는 오크 캐릭터 중에 레골라스라는 이름 가진 캐릭터는 없는데요? 아, 그러고 보니 반지의 제왕에 나오는 트롤 중에 레골라스 비슷한 이름은 있었던 것 같네요!"

-에이, 진짜! 야, 나 미국에서는 미남이거든? 하긴, 할리우드는커녕 충무로도 가본 적 없는 놈이 뭘 알겠어.

"어쨌거나 한국에서는 미남이 아니라는 거죠?"

-닥쳐!

그 주제에 대한 대화는 거기까지였다.

-여하튼 1위 했다고 마음 놓지 마.

김진호 역시 안 좋은 느낌을 굳이 길게 이야기하고 싶지 않았으니까.

-이제 엔젤스에게 남은 건 내려가는 일밖에 없으니까.

그렇게 김진호가 이진용에게 진심 어린 경고를 끝으로 화두를 바꾸었다.

-그보다 진용아, 볼 마스터 어떻게 하냐? A랭크 구질이 없으면 쓸 수가 없는데? 응?

"에이, 진짜."

-아이고, 아깝다! 너무 아까워서 눈물이 나오네.

그럴 때가 있다.

경기 도중에 갑자기 등골이 싸늘하게 식을 때가.

그리고 그런 느낌을 받을 때면 언제나 그라운드에서 사고가 일어나고는 한다.

-아.

'아.'

이진용과 김진호가 그 싸늘함을 동시에 느낀 건 9월 12일, 이제는 2연전 단위로 치러지는 잔여경기를 위해 대구구장을 찾은 날, 5회 말 오늘 레이번스전의 선발투수로 나온 벤자민이 타자의 배트를 쪼개고도 남을 정도로 묵직한 패스트볼을 던지는 순간이었다.

빠각!

그 순간 타자의 배트가 쪼개졌다.

그리고 그렇게 쪼개진 배트 조각이 그대로 마운드를 향해 물수제비처럼 날아갔다.

"Oops!"

벤자민이 기겁하며 마운드 위에서 펄쩍 뛰며 배트 조각을 간신히 피해냈다.

문제는 그다음이었다.

쿵!

누가 보더라도 묵직한 소리와 함께 벤자민이 그대로 바닥에 엉덩방아를 찍었다.

그렇게 벤자민이 넘어지는 순간, 그 무렵에는 경기를 보는 대부분의 이들이 느낄 수 있었다.

'좆됐다.'

벤자민에게 문제가 생겼음을.

"박 코치!"

"예!"

곧바로 코치들과 통역사가 마운드를 향해 전력을 다해 뛰어 갔다. 그와 동시에 대기 중인 의료반도 언제든 그라운드로 들어올 수 있도록 준비를 시작했다.

그 모습에 대구구장이 어수선해지기 시작했다.

"뭐야? 벤자민 부상이야?"

"아니, 여기서 벤자민 부상이면 어떻게 해?"

"미치겠네."

그 어수선함 속에서 엔젤스 팬들이 느끼는 불안감이 점차 거대해지기 시작했다.

선수들이 느끼는 불안감은 더 클 수밖에 없었다.

'벤자민이 부상?'

'아니, 어떻게 이렇게 부상이 나오나?'

현재 엔젤스의 2선발로 후반기 들어 호투를 펼치는 벤자민이 부상으로 이탈한다는 것은 단순히 선수 한 명이 빠지는 차원의 이야기가 아니었으니까.

더욱이 지금 엔젤스는 2위인 돌핀스와 간신히 1게임 차 리드한 1위를 지키는 중이었다.

언제든 따라잡혀도 이상할 것 없는 게임 차.

'벤자민 빠지면 골치 아픈데……'

'아니, 하필이면 이제 10경기 좀 넘게 남긴 상황에서 부상이라니……'

그때 대기하던 의료반이 들어왔다.

'아!'

'이런……'

구급차와 함께.

그렇게 그라운드를 가로지르며 등장한 구급차를 보는 순간 엔젤스 선수들은 물론 돌핀스 선수들조차 침을 삼켰다.

'큰 부상인가?'

'생각보다 심각한 모양이네?'

'어휴, 몸조심해야지. 남 일이 아니야, 남 일이.'

부상.

그 단어에서 자유로울 수 있는 프로선수는 단 한 명도 없었기에.

-공포가 번지는군.

그 사실에 김진호가 나지막이 말을 꺼냈다. 이진용이 그런 김진호를 바라보며 눈빛으로 말했다.

보다 자세히 설명해 달라고.

-말 그대로야. 부상에 대한 공포가 번지고 있어.

말을 하는 김진호의 표정은 굳어 있었다.

지금 김진호의 눈에 비친 현 상황이 우스갯소리를 할 수 있을 정도로 가볍지 않다는 증거였다.

-위험해. 이대로 부상에 대한 공포가 번지면 모두가 몸을 사릴 수밖에 없으니까. 그렇잖아? 여기서 4주짜리 부상당하면 사실상 시즌 아웃이야. 아니, 4주가 뭐야? 3주짜리만 나와도 끝. 너도 알겠지만 그냥 살짝 발목만 삐어도 3주다.

삐끗만 해도 시즌 아웃.

그 사실에 이진용은 등골이 싸늘하게 식었다.

'이거 위험하다.'

지금 엔젤스는 한국시리즈 직행도 가능한 상황, 2위를 하더라도 플레이오프 진출은 확정인 상황이다.

그런 상황에서 시즌 아웃을 당한다?

그건 곧 한국시리즈 무대에 갈 기회를 박탈당한다는 의미.

어쩌면 프로 생활 동안 다시는 오지 않을 기회를 고작 발목 삐끗한 것으로 그냥 병상에서 지켜봐야 할지도 모른다는 의미였다.

몸을 사리지 않을 리가 없다.

'위험해.'

그렇기에 이진용은 김진호가 한 말의 의미를, 이것이 위험하다는 이유를 알 수 있었다.

'몸 사릴 때가 아니야.'

그런 마음가짐으로 할 수 있을 만큼 1위라는 것은, 우승이란 것은 가소로운 게 아니었으니까.

당장 지금 돌핀스 선수들은 1위를 다시 쟁탈하기 위해 거의 미쳐 날뛰고 있는 중이었다.

'하지만…….'

더 큰 문제는 이 순간 무언가 할 수 있는 방법이 없다는 점이었다.

-최악이지. 여기서 선수들한테 부상 입어도 되니까 허슬 플레이하라는 말을 누가 할 수 있겠어? 네가 할래? 아무도 못 해. 감독도 못 해. 심지어 구단주도 못 해.

그렇기에 그 순간 모두의 머릿속에는 엔젤스를 수십 년간 괴롭혔던 한 마디가 떠올랐다.

-벤자민 부상? 어 이거?
-킁킁, 냄새가 난다.
-드디어 왔구나.
-떨어질!
└팀은!
└떨어진다!

떨어질 팀은 떨어진다.

엔젤스를 20년 넘게 괴롭히던 악몽이 시작됐다.

야구란 오묘하다.

기적과도 같은, 거의 8할을 넘는 승률을 거두는 팀도 막상 시즌이 끝날 무렵에는 7할은커녕 6할대의 승률을 간신히 유지하는 경우가 다반사다.

그마저도 대단한 일이다. 포스트시즌에 진출한 팀들 중 대부분은 5할 중반의 승률을 기록한다.

달리 말하면 8할 승률을 기록한 팀은 필연적으로 더 낮은 승률을 기록하는 구간이 있다는 것.

-이도섭 선수가 결국 무너집니다.

엔젤스의 9월은 그랬다.

-경기 끝! 엔젤스가 오늘 패배를 추가하며 4연패에 빠집니다!

그칠 줄 모르는 연승 행진을 거듭하던 엔젤스가 4연패란 뼈저린 패배를 경험했다.

패인은 간단했다.

-엔젤스는 어떻게 약팀이 되었는가?

└떨어질 팀은 떨어진다.

투타의 붕괴.

그뿐이었다.

그 외에 다른 문제점은 없었다.

그렇기에 어떻게 할 방법도 없었다.

아니, 어떻게 할 때가 아니었다.

-그보다 이도섭 어떻게 해야 함?

└어떻게 하긴, 그냥 데리고 가야지.

└후반기 내내 잘 던진 투수를 고작 한 경기 부진했다고 2군 보내는 게 웃긴 일이지.

앞선 후반기 동안 놀라운 피칭을 보인 선발투수들을 고작 한 경기 부진했다고 2군으로 보낸다?

후반기 동안 맹타를 휘두른 주전 타자들을 대여섯 경기 부진했다고 2군으로 보내거나, 입에서 단내가 날 때까지 특타 훈련을 시킨다?

그것도 체력이 한계에 다다라, 이제는 정신력 싸움이 되어버린 시즌 후반에?

페넌트레이스를 2주 남긴 상황에서, 2주 후에는 포스트시즌을 치러야 하는 상황에서?

당연한 말이지만 엔젤스는 여기서 무모한 비상식 대신 합리적인 상식을 택했다.

"가장 중요한 건 부상을 피하는 거다. 최선을 다하지만, 절대 무리하지 말도록."

1위를 노리되, 부상을 최대한 조심하면서 포스트시즌을 준비하는 것.

그 사실은 곧바로 코칭스태프를 통해 선수단에 전달됐고 선수들은 받아들였다.

"다들 명심해! 정규시즌도 중요하지만 포스트시즌이 더 중요해! 괜히 무리해서 몸 다치지 말고!"

"아픈 곳 있으면 바로 말해! 참고 뛰지·말고!"

당장 전력으로 질주하기보다는 잠시 자리에 앉아서 신발끈을 고치고 스트레칭을 하는 것을 택했다.

오직 한 명.

-진용아, 내가 뭐라고 했지?

"밑에서부터 치고 올라가는 건 드라마라고 하셨죠."

-너 드라마 찍고 싶어?

이진용은 그것을 받아들이지 않았다.

"그럴 리가요."

-그럼?

당연히 이진용은 이대로 상황이 돌아가도록 놔둘 생각도 없었다.

"고질라가 등장해서 전부 때려 부수는 블록버스터를 찍어야죠."

9월 16일 토요일.

잠시 가을이 오나 싶었으나, 갑자기 오르기 시작한 기온 탓에 바깥 외출이 탐탁지 않은 날.

그러나 잠실구장은 그 어느 때보다 많은 이들로 북적거리고 있었다.

"이럴 때 이렇게 두 팀이 붙네."

"이번이 이번 시즌 마지막 매치지?"

"그렇지. 이번 시리즈가 이번 시즌 마지막 천당지옥 매치지."

엔젤스 대 데블스, 데블스 대 엔젤스.

둘째가라면 서러운 한국프로야구 라이벌 매치, 그것도 이번 2017년 한국프로야구 정규시즌의 마지막 라이벌 매치를 앞두고 야구장을 찾아오지 않을 팬은 없었으니까.

없다면 그건 팬이 아닐 터.

더욱이 현재 두 팀은 나란히 리그 2위와 3위를 기록 중이었다.

게임 차는 4게임 차로, 엔젤스가 충분히 여유 있는 리그 2위를 지키는 중이지만 이번 주말 2연전을 데블스가 전부 가져간다면 어떻게 될지 모르는 상황.

결정적으로 오늘 매치는 단순한 매치가 아니었다.

"드디어 이호우 경기를 예매했다!"

"이제 나도 호우 좀 지르겠구나."

이진용의 선발등판 경기!

그의 등판을, 전설의 한 장면을 볼 수 있다는 것만으로 뜨거운 9월 토요일의 밤을 잠실구장에서 보낼 가치는 충분했다.

물론 데블스 팬들 역시 나름 기대감을 품었다.

"뭔가 나오면 이럴 때 나오겠지."

"요즘 데블스 타자들 타격감도 좋으니까. 반대로 엔젤스 애들 맛탱이가 갔잖아?"

"뭔가 터질 것 같은 느낌이 들어."

"여기서 이진용 상대로 이기진 못하더라도 1점만 뜯어내도 대박이지."

"아무렴, 저도 본전. 오히려 이런 경기가 기대될 수밖에 없다니까."

최근 기세가 떨어지다 못해 추락하는 엔젤스, 그런 엔젤스의 이진용을 공략할 수 있는 기회는 지금밖에 없다고.

언론도 그 사실을 부추겼다.

[이진용, 최악의 상황에서 엔젤스를 구원하라!]
[이진용, 데블스 상대로 무실점 이닝을 이어갈 수 있을까?]
[미스터 제로 앞에 악마가 등장하다!]
[엔젤스, 떨어질 팀은 떨어진다?]

그동안 잠잠했던 언론들이 이진용에 대한 저주에 가까운 기사를 쏟아내기 시작했다.

동시에 언론은 데블스를 보다 필사적으로 만들었다.

[데블스, 이진용을 넘어야 한국시리즈가 보인다!]
[데블스에게 주어진 특명, 호우 공포증을 극복하라!]

이대로 순위가 굳어진다면 3위인 데블스는 준플레이오프부터 포스트시즌을 치르게 되며, 준플레이오프에서 승자가 되면 플레이오프에서 2위인 엔젤스를 만나게 된다.

그리고 5판 3선승제인 플레이오프에서 이진용을 데리고 있는 엔젤스를 상대로 데블스가 이진용을 넘지 못한다면 사실상 한국시리즈 진출이 불가능한 일이었다.

데블스 입장에서는 지더라도 최소한 이진용을 공략할 수 있는 단서를 찾아야 할 때.

"전력으로 붙어라!"

"죽어도 뭐든 알아내고 죽어!"

데블스 입장에서는 어느 때보다 필사적인 각오를 품은 상황이었다.

그 각오가 선수들을 취재하러 나온 기자들 눈에도 선명하게 보일 정도였다.

"어휴, 장난 아닌데요?"

후배 기자의 말에 황선우 역시 고개를 끄덕였다. 고개를 끄덕이면서 황선우는 속으로 감탄했다.

'작년 우승팀이 이렇게 필사적으로 나올 줄이야.'

사실 이번 시즌 황선우는 데블스를 작년만 못하다고 평가했다.

우승을 했다는 사실에 대한 만족감이 구단 전체에 팽배한 탓이었다.

구단 자체도 이미 우승이란 업적을 세운 선수들에게 무리를 강요하지 않았다.

데블스의 이번 시즌 목표가 포스트시즌 진출 정도였다는 건 기자들이면 다 아는 이야기.

당연히 데블스 선수단은 시즌 내내 무리한 경기 운영보다는 합리적인 운영을 꾀했다.

'시즌 초반부터 이랬으면 1위는 데블스 차지였겠지.'

그것이 작년 우승을 한 전력을 그대로 보존한 채로 이번 시즌 3위, 4위 경쟁을 하는 이유였다.

'어쨌거나 지금 데블스는 정말 강하다.'

그런데 지금 데블스가 한국시리즈 때처럼, 그 어느 때보다 필사적인 모습을 보이고 있었다.

'엔젤스 입장에서는 최악의 위기로군.'

반면 엔젤스 분위기는 최악이었다.

연패가 중요한 게 아니었다.

원래 엔젤스는 이번 시즌 전반기에만 해도 연패를 밥 먹듯이 하는 팀 중 하나였다.

'엔젤스는 무리할 생각이 없다.'

문제는 연패를 당한 후의 마음가짐.

그전의 엔젤스는 연패를 당하면 어쨌거나 몸부림을 쳤다.

'무리할 이유도 없고.'

그러나 지금 엔젤스 입장에서는 고작해야 열 경기 조금 넘게 남은 현 상황에서 데블스를 상대로 무리하게 싸울 필요가 없었다.

'하물며 이진용 경기라면 더더욱.'

결정적으로 이진용에 대한 엔젤스의 믿음은 절대적이었다.

당연히 엔젤스의 모든 이들은 이진용이 1승을 거둘 것라 생각했다. 그 후에 1패를 거둔다면, 데블스와의 2연전을 1승 1패로 가져간다면 충분히 만족할 수 있을 것이다.

'이보다 더 고역도 없지.'

하지만 기적이 언제나 엔젤스의 것이란 보장은 없는 법.

'여기서 만약 정말 데블스가 이진용을 무너뜨린다면…… 장담컨대 엔젤스는 절대 한국시리즈에 올라가지 못한다.'

더욱이 데블스는 누가 뭐라고 해도 작년 시즌 한국시리즈 우승팀이었다.

엔젤스, 우승을 맛본 지 20년이 훌쩍 넘은 그들과 다르게 우승을 뜯어먹을 줄 아는 팀이었다.

그렇기에 이 순간 황선우는 한 가지만큼은 확신할 수 있었다.

'이진용이 정말 엔젤스를 우승시키고 싶다면, 오늘 어떻게든 반전을 꾀해야 한다. 여기서 그냥 평범한 1승을 거둔다면, 그후에는 이진용이 무슨 짓을 해도 반등은 없다.'

오늘 경기가 이진용이 엔젤스를 반등시킬 수 있는 유일한 기회라는 것을.

　'그리고 정말 그 이야기대로, 구은서 운영팀장이 엔젤스 우승을 조건으로 이진용에게 무조건 방출을 약속했다면…… 여기서 이진용이 어떻게든 움직이겠지.'

　그렇게 엔젤스의 운명이 걸린 경기가 시작됐다.

　1회 초.

　아무도 밟지 않은 마운드, 그 위로 한 사내가 걸음을 내디뎠다.

　자그마한 체격 그러나 그 체격에 어울리지 않는 아우라를 만들어낸 투수.

　이진용, 그가 마운드에 올라섰다.

　옆구리에 글러브를 낀 채.

　그리고 그 모습을 보며 왼쪽 타석을 향해 타자가 슬금슬금 몸을 풀며 걸어갔다.

　데블스의 1번 타자 최정훈.

　이진용의 왼손을 최초로 상대했으며, 최초의 제물이 되었던 그는 타석에서 이진용이 오른손에 글러브를 끼는 순간 비릿한 미소를 지었다.

　'오냐, 오늘 사생결단을 내자.'

　당연한 말이지만 오늘 이 경기에서 최정훈은 순순히 물러

설 생각은 없었다.

벼랑 끝, 그곳으로 자신을 몰아세웠다.

그리고 그것은 이진용을 바라보는 데블스 선수단 모두의 심정이기도 했다.

오늘 데블스 타자들은 이진용을 상대로 벼랑 끝 승부를 할 생각이었다.

이기지 못한다면 그대로 그냥 벼랑 너머로 자신들의 몸을 내던질 속셈이었다.

사즉생 생즉사!

그 각오를 품은 데블스 선수단의 눈빛은 서슬이 퍼렇기 그지없었다.

"플레이볼!"

그 서슬 퍼런 살기 속에서 드디어 게임이 시작됐다.

이진용, 그가 초구를 던질 준비를 했다.

'응?'

그 무렵이었다.

'저거?'

데블스 더그아웃에 있던 눈 좋은 선수들이 이진용으로부터 무언가 이상한 점을 발견한 건.

펑!

그렇게 이진용이 왼손으로 던진 초구가 그대로 포수의 미트에 꽂혔다.

구속은 147킬로미터.

그러나 데블스 더그아웃의 선수들의 눈은 그런 이진용의 구속이 찍힌 전광판을 향하지 않았다.

"저거 그거지?"

"맞아. 좌완투수용 글러브야. 양손 글러브가 아니야."

이진용, 그가 오늘 경기에 임하는 각오만을 바라볼 뿐.

-진용아, 날 처음 만난 사람들이 가장 궁금해하는 게 뭔지 알아? 안다고? 그래, 너도 알다시피 날 만난 사람들은 내가 이토록 신사적이고, 스마트하고, 인텔리한데 왜 마운드에서 가끔 야수처럼 날뛰는지 의문을 품고는 하지.

김진호는 말했다.

-아니, 표정이 왜 이래? 어쨌거나 이야기를 이어가면 프로의 세계에 살아남기 위해서는 다양한 얼굴을 가져야 해.

한 가지 얼굴만으로는 프로의 세계에서 살아남기 쉽지 않다고.

-기술적으로, 깔끔하게, 원하는 표적을 피 한 방울 흘리지 않고 사냥하는 건 분명 대단하지. 하지만 자꾸 보다 보면 당하는 사냥감 입장에서도 익숙해지게 마련이야. 양들의 침묵을 처음 보면 한니발 박사 얼굴만 봐도 오줌을 지리지만 열 번쯤 보면 안소니 홉킨스 얼굴은 보이지도 않고, 조디 포스터만 보면서 진짜 예쁘네, 이렇게 된다니까? 물론 내가 그렇다는 건 아니고.

그렇기에 김진호는 조언했다.

-어쨌거나 진용이, 너한테 부족한 건 그거야. 넌 지금 뛰어난 사냥꾼이야. 덫을 깔고, 함정을 파고, 사냥감을 유인한 후에 사냥감이 널 찾기도 전에 사냥을 하지. 그리고 그 사실에 널 상대하는 상대 팀은 물론 너랑 같은 팀도 익숙해졌고. 이대로 가면 네 개인 커리어는 완벽하겠지.

 보여주라고.

 -하지만 네가 원하는 건 그게 아니잖아? 그렇지? 그럼 어떻게 해야 할까? 어떻게 하긴, 보여줘야지. 이진용이란 투수가 겉보기에는 개뽀록 허접쓰레기 쥐방울 투수처럼 보이지만, 호랑이도 물어뜯어 죽일 만큼 무시무시한 맹수라는 걸 보여줘야지. 마치 광견병 걸린 치와와처럼. 아니, 닥스훈트가 좋으려나?

 야만적인 모습을.

 그저 무자비한 폭력만을 행사하는 폭력적인 모습을.

 -그리고 이제 넌 그래도 돼. 150이 넘는 패스트볼을 던지는 왼손이 있으니까.

 그리고 지금 이진용은 그 조언을 따랐다.

 펑!

 149킬로미터.

 자신의 왼손만으로 거침없이 패스트볼만을 스트라이크존에 뿌리고 있었다.

 그뿐이었다.

 이진용의 오늘 피칭에 세련됨 같은 건 없었다.

 뇌를 쥐어짜는 듯한 수싸움도 없었고, 상대의 심장을 덜컥

하게 만드는 속임수 따위도 없었다.

그저 자신이 던지고자 하는 공을 스트라이크존을 향해 전력으로 던질 뿐!

결코 막연한 느낌이 아니었다.

타석에 선 데블스의 타자들은 이진용의 의지를 분명하게 느낄 수 있었다.

펑!

'이호우, 이 새끼 그냥 찔러 넣고 있어.'

데블스 타자들을 상대로 어렵게 머리를 굴릴 생각이 없다고.

두뇌를 쓰는데 드는 당분조차 아껴서 지금 던지는 공을 쓰는 데 써먹겠다고.

그 증거로 마운드 위에 있는 이진용은 이호찬의 사인에 단 한 번도 고개를 젓지 않았다.

"스트라이크, 아웃!"

그리고 주심의 아웃 콜에도 이진용은 단 한 번의 환호성도 내지르지 않았다.

호우!

그 소리를 단 한 번도 내지르지 않은 채 조용히 마운드를 내려가고 있었다.

그 사실에 데블스 타자들이 느낀 감정은 두 가지였다.

'저 새끼가 아주 우릴 좆으로 보는군.'

이제는 자신들을 상대로 승부가 아닌 무차별적인 폭력만을 행하는 이진용에 대한 지극한 분노.

'씨발…….'

그럼에도 그런 이진용을 상대로 어찌할 방법이 없다는 사실
에 대한 허탈함.

그랬다.

지금 이진용의 단순한 폭력을 데블스는 당장 어떻게 할 방
법이 없었다.

포심 패스트볼 평균 구속 148킬로미터.

컷 패스트볼 평균 구속 144킬로미터.

슬라이더 평균 구속 138킬로미터.

심지어 보이는 구속보다 훨씬 더 강력한 구위를 가진 그 공
을 확실하게 공략할 만한 타자가 있다면 그 타자는 한국프로
야구가 아니라 메이저리그에 있어야 할 테니까.

[현재 5이닝 무실점 피칭 중입니다.]

그런 이진용의 너무나도 단순하기 그지없는 폭력적인 피칭
에 데블스 타자들의 눈동자는 흔들리기 시작했다.

동시에 엔젤스 선수들의 눈동자에는 잠시 동안 사라졌던
빛이 어리기 시작했다.

야구는 팀 스포츠다.

선수 한 명이 혼자 힘으로 팀을 우승시키는 일은 결단코 있을 수 없다.

그러니까 우승을 하고 싶다면, 그렇다면 어떻게든 팀을 바꿔야 한다.

팀이 우승을 간절히 바라도록.

우승을 위해서는 모든 것을 불태울 수 있도록.

좀 더 나아가서는 이제는 본인이 원치 않아도 눈앞에 보이는 우승을 위해 불타오를 수밖에 없도록 만들어야 한다.

펑!

"스윙 스트라이크, 아우우웃!"

"Fuuuck!"

7회 초, 데블스의 5번 타자인 제이슨 애킨스를 이진용이 왼손만으로, 오로지 슬라이더만을 던져 두 번째 아웃카운트를 잡는 순간 엔젤스 선수들은 그렇게 바뀔 수밖에 없었다.

'이진용, 이 괴물 새끼.'

'역시 이 녀석은 괴물이야.'

엔젤스 선수들은 이진용이란 선수의 존재가 얼마나 대단한지, 상상 이상의 존재임을 깨달았다.

그리고 그 사실 앞에서 엔젤스 선수단은 전부 그릴 수 있었다.

'이 녀석과 함께라면 한국시리즈에 올라가는 순간 우승은 정말 일도 아닐 거야.'

'한국시리즈만 올라가면 무조건 우승이지.'

'저런 괴물이 우리 편인데, 우승을 못 하면 이상한 거지.'

우승!

이제까지 이미지화조차, 상상조차 되지 않았던 것이 너무나도 선명하게 그려졌다.

오히려 우승하지 못하는 그림을 그리라면 그려지지 않을 정도.

이진용의 오늘 피칭은 그랬다.

이진용은 자신의 피칭을 통해 그 누구도 아닌 동료들에게 분명하게 말해줬다.

-이런 투수를 두고 플레이오프부터 차근차근 오르는 생각을 하면 그건 눈깔이 나간 거지. 하물며 페넌트레이스 1위하는 순간 한국시리즈 직행인데, 뭐하러 쉬운 길 놔두고 어려운 길을 가?

괜히 저울질하지 말고 페넌트레이스 1위를 하라고.

한국시리즈에 직행으로 가라고.

그러면 이진용이란 투수가 알아서 당신들을 그리고 엔젤스를 우승으로 이끌어줄 거라고.

그런 이진용의 무언의 말을 이해하는 순간 엔젤스 선수단에게 있어서 그동안의 연패를 하면서 쌓인 부담감이나 부상에 대한 우려, 걱정, 고민은 소멸됐다.

'그래, 진용이 같은 투수 두고 계산은 무슨 계산이야?'

'정규시즌 1위가 한국시리즈 우승 확률은 8할 이상이다. 여기에 이진용이 더해지면?'

'한국시리즈 직행하면 우승에 내 모든 재산과 오른손을 걸수도 있어.'

오늘 경기를 포함해 앞으로 남은 10경기를 제대로 끝낸다면, 1위로 마친다면 다른 무엇도 아닌 그토록 간절히 바라던 한국시리즈 우승이 반쯤 손에 들어온다는 사실만이 보였다.

각성의 순간이었다.

그리고 그 각성의 순간은 곧바로 나왔다.

빠악!

7회 초 2아웃 상황.

이진용이 던진 초구가 한가운데 몰렸고, 그 공이 벼락과도 같은 소리를 내며 외야를 향해 날아갔다.

큼지막한 타구였다.

다른 구장이었다면 외야수가 공을 쫓아갈 이유가 없을 정도로 아주 큼지막한 타구.

오로지 잠실구장이기에 홈런을 확신할 수 없는 타구.

-큽니다! 큽니다!

그러나 펜스에만 맞아도 이미 질주를 시작한 주자가 홈베이스를 밟을 만한 타구.

때문에 그 순간 모두가 생각했다.

'설마?'

'여기서 무실점이?'

이대로 가면 이진용의 기나긴 무실점 이닝이 깨질 수도 있다고.

오늘 어쩌면 데블스가 정말 말도 안 되는 일과 함께 엔젤스를 나락으로 침몰시킬지도 모른다고.

그때 우익수가 그대로 펜스를 향해 자신의 몸을 던졌다.

일말의 망설임은 없었다.

마치 이 공을 잡기만 한다면 이 시간부로 시즌 아웃이 되더라도 괜찮다는 듯이.

그렇게 찰나의 순간이 지났을 때 펜스에 부딪힌 우익수가 그대로 튕겨 나와 바닥을 굴렀다.

주자는 여전히 달리는 상황.

그 상황에서 우익수가 그대로 자리에서 일어나면서 자신의 글러브를 번쩍 들었다.

-맙소사, 이걸 잡습니다!

-정말 대단한 플레이네요! 몸을 사리지 않는 멋진 플레이예요!

7회의 마지막 아웃카운트가 잡히는 순간.

그 순간 이진용은 미소를 지었다.

'오케이.'

이제 분명하게 느낀 것이다.

이 팀을 옥죄고 있던 무언가가, 불길하면서도 불안한 것이 사라졌음을.

그런 그에게 김진호가 말했다.

-수비 도움 없었으면 엉엉 울었을 새끼가 실실 쪼개고 있어.

너, 인마 오늘 경기 끝나면 반성의 시간 2시간이야.

"에이, 진짜."

-에이 진짜? 1시간 추가할까?

"진짜 감사하다고요."

-반성의 시간이 감사하다고? 오케이, 4시간으로 해줄게.

"에이, 씨발."

-허허, 진용이 많이 컸네. 아니지, 크진 않지.

그렇게 김진호와 이야기를 나누며 이진용이 마운드를 내려갔다.

그리고 더그아웃에 들어온 이진용이 곧바로 준비해 놓은 글러브를 다시 꺼냈다.

그때 들어오던 이호찬이 말했다.

"오른손으로 던지게?"

"예."

"왜?"

그 물음에 이진용이 너무나도 당연하다는 듯이, 조금의 고민도 없이 대답했다.

"데블스 애들 더 좆같으라고요."

"뭐?"

"그렇잖아요? 한국시리즈 직행했는데 플레이오프에서 데블스 애들이 이기고 올라올지도 모르는데, 그 전에 아주 뇌리에 심어줘야죠. 우리 엔젤스를 건드리면 좆되는 거라고."

그 말에 이호찬이 미소를 지었다.

이진용, 그가 한 말보다 더 완벽한 건 없었으니까.

8회 초, 이진용이 대놓고 왼손에 글러브를 낀 채 등장하는 순간 데블스 선수단과 팬들이 느끼는 감정은 하나였다.

"악마 같은 새끼."

이진용, 그는 지옥에서 온 악마가 분명하다는 것.

솔직히 데블스 입장에서 오로지 왼손만 던지는 이진용은 힘들지만 해볼 만한 상대였다.

이진용의 왼손은 오른손과 다르게 제구가 좋지 못했으니까.

구속에 대해서 적응만 하면 충분히 좋은 타구를 만들 수 있었다.

실제로 7회 초 우익수의 몸을 사리지 않는 허슬 플레이가 아니었다면 이진용의 무실점 이닝이 끝났어도 이상할 게 없었다.

참담함 속에서 희망이 조금이나마 보였다.

아니, 오히려 데블스는 와신상담을 꾀했다.

이진용의 왼손에 거듭 당하면서, 쓴맛을 참으면서 반전을 꾀했다.

'씨발, 해도 해도 너무하네.'

'아, 저 악마 새끼. 저 새끼는 어떻게 된 놈이 날이 갈수록 더 좆같이 경기를 하냐?'

'적응이 안 되네, 적응이 안 돼.'

그런 상황에서 등장한 오른손은 맞아서 우는 애 앞에서 몽둥이를 들고 오는 것과 같았다.

당연한 말이지만 8회 초, 데블스는 이진용을 제대로 공략조차 하지 못했다.

할 수 없었다.

좌완 패스트볼, 그것도 오버핸드로 머리 위에서 내리꽂히듯 오는 150짜리 공을 쉴 새 없이 보던 와중에 이제는 쓰리쿼터로, 꽈배기처럼 꼰 몸뚱이에서 그야말로 스트라이크존의 아슬아슬한 경계면만을 파고 들어오는 오른손 피칭을 상대하는 건, 그냥 전혀 다른 종목이나 마찬가지였으니까.

"스트라이크 아웃!"

그렇게 이진용은 단숨에 세 타자 연속 삼진을 잡아내며 8회 초를 마치고 마운드를 내려갔다.

그러자 마운드를 내려가는 이진용의 뒤로 수비를 마친 야수들이 하나둘 붙었다.

그것은 마치 영화 속 한 장면처럼 보였다.

어느 조직의 보스가 부하들을 이끌고 다른 조직과의 전쟁을 하러 가는 듯한 모습.

-이제야 좀 팀답네.

그리고 그게 정답이었다.

이곳은 전쟁터. 규정상에 문제가 되지 않는 선에서, 상대방에게 어떻게든 더 치명적인 상처를 입게 만드는 곳.

조직폭력배들처럼 저마다의 무기를 이용해 상대방을 가차

없이 때려야 하는 곳.

지금 엔젤스는 그것을 깨달았다.

살아남기 위해선, 위로 올라가기 위해서는 신사답게 게임을 해서는 안 된다는 것을.

'어떻게든 이번 시리즈에서 데블스 놈들 죽여 버린다.'

'1승 1패는 무슨, 2연패 처먹이고 다시는 위도 보지 못하도록 박살을 내버리겠어.'

당연한 말이지만 이 순간 엔젤스 선수들의 최우선 목표는 오로지 하나가 되었다.

'일단 8회 말, 점수를 낸다.'

데블스를 짓밟은 후에 그것을 발판 삼아 돌핀스에 빼앗긴 1위 자리를 다시 쟁탈하는 것!

그리고 한국시리즈 우승을 마친 후에 치열하게 싸워 올라온 상대를 가차 없이 뭉개는 것.

그렇게 엔젤스가 데블스와의 1차전을 승리로 가져갔다.

승리투수는 이진용.

당연히 완봉승이었다.

야구는 단판을 치르는 경우가 거의 없다. 아주 특별한 경우를 제외하면 시리즈를 치른다.

그렇기에 정말 강한 팀은 두 가지를 할 줄 안다.

질 때 정말 그냥 깔끔하게 지는 것.

그리고 이길 때 그냥 단순히 1승이 아니라, 다음 날 혹은 그 다음에 만날 때까지 후유증이 남을 정도로 치명적인 승리를 거두는 것.

엔젤스에게 있어 데블스와의 2연전의 첫 승은 그런 승리였다.

이진용, 그가 데블스에게 결코 하루아침에 치료할 수 없는 깊은 상처를 줬다.

당연히 일요일에 치러진 2연전 마지막 경기 역시 경기 초반부터 엔젤스가 승기를 잡았다.

-큽니다, 큽니다!

-넘어갔어요!

-이호찬 선수의 그랜드 슬램!

-아, 대단하네요. 이호찬 선수, 최근 기세 정말 대단해요.

1 대 0으로 리드하던 7회 말, 이호찬이 1사 만루 상황에서 도망가는 만루홈런을 때린 것이다.

그리고 이호찬은 때리는 순간 소리쳤다.

"호우!"

더그아웃까지 들릴 정도로 큰 그 소리에 김진호는 눈살을 찌푸리며 투덜거리듯 말했다.

-아무리 생각해도 이거 병 같단 말이야. 또라이병 같은 게 퍼지는 게 분명해.

그 말과 함께 김진호가 고개를 돌려 이진용을 바라봤다.

-응?

그런 이진용은 슬그머니 자신의 글러브를 챙기고 있었다.

그 모습에 김진호가 놀라며 소리쳤다.

-야, 너 뭐해? 너 설마 마무리 뛰게?

말을 하던 김진호가 어처구니가 없다는 식으로 이진용을 바라봤고, 그런 이진용의 모습을 투수코치도 확인했다.

"야!"

이진용이 글러브를 챙기는 모습을 확인한 투수코치가 기겁하며 다가와 말했다.

"야, 이호우! 뭐 하는 거야?"

너무 놀란 나머지 이름조차 헷갈리는 투수코치를 향해 이진용은 별거 아니라는 듯이 말했다.

"불펜 가서 피칭하려고요."

그 말을 들은 좌중이 그대로 얼어붙었다.

'지금 내가 잘못 들었나?'

'뭐? 어제 완봉승 거둔 놈이 오늘 마무리로 뛴다고?'

다른 경우도 아니고 9이닝 무실점 완봉승을 거둔 투수가 오늘 마무리투수가 되어 마운드에 오른다?

비상식을 뛰어넘는 몰상식한 상황!

그 사실에 모두가 어이가 없는 표정으로 이진용을 바라봤다.

"정말 마무리로 나오려는 거냐?"

투수코치가 그런 이진용에게 재차 질문했다.

그 말에 이진용이 대답했다.

"제가 미쳤어요? 어제 완봉했는데 오늘 어떻게 마무리로 나갈 수 있겠어요?"

"그, 그렇지?"

너무나도 당연한 말에 투수코치가 당황하며 반문했다.

"그럼 장비는 왜 챙기는 거냐?"

"불펜에서 공 좀 던지려고요."

그리고 다시 말도 안 되는 소리가 나왔다.

이 모순과도 같은 이진용의 모습에 투수코치가 이제는 더 이상 이해조차 안 된다는 식으로, 멍한 눈으로 이진용을 바라만 봤다.

그런 투수코치를 향해 이진용이 밝은 미소를 지으며 말했다.

"불펜에서 그냥 몸만 가볍게 풀 겁니다. 남들 다 보는 앞에서 그냥 가볍게 몸만 풀 거예요."

그제야 모두가 이해할 수 있었다.

-신이시여, 여기 사악한 악마가 있사옵니다.

이진용, 그가 정말 데블스를 다시는 엔젤스를 바라볼 수 없을 정도로 무참히 짓뭉개려고 한다는 것을.

타자에게 있어 가장 끝내주는 것은 역시 만루홈런이다.

그랜드 슬램!

그야말로 타자가 타석에서 해낼 수 있는 가장 완벽하고도 황홀한 결과물이다.

달리 말하면 투수 입장에서 당할 수 있는 가장 치명적인 결과물이다.

그렇기에 만루홈런은 흔들리는 투수를 그리고 팀을 담담하게 만들고는 한다.

'맞은 건 어쩔 수 없지.'

'그래, 차라리 그냥 맞을 거 깔끔하게 맞는 게 낫지.'

'뭐, 이제 그라운드는 깨끗하네.'

만루 상황, 투수와 팀이 가장 스트레스받는 상황이 사라졌으니까.

다시 처음부터 시작하면 되니까.

그렇기에 데블스는 오히려 만루홈런을 맞는 순간 더 침착한 모습으로 돌아갈 수 있었다.

침착한 상태에서 데블스는 오히려 역전의 기회를 노렸다.

'그래, 이렇게 된 거 개싸움 한 번 해보자.'

'씨발, 엔젤스 놈들에게 질 땐 지더라도 그냥 이렇게 질 수는 없지.'

작년 시즌 우승팀의 저력과 자존심.

그리고 다른 누구도 아닌 지상 최대의 라이벌 팀을 상대로는 가위바위보도 지기 싫다는 마음.

그러한 것들이 데블스를 보다 굳건하게, 단단하게 만들었다.

어제 입은 상처를 치료하게 만들었다.

질 때 지더라도 다음을 기약할 수 있는 패배를 감수하고자
했다.

'기회는 있다.'

'필승조를 가동하겠지만, 최근 엔젤스 필승조는 피로도가
높다.'

'이진용에 비하면 애교지.'

더 나아가 가능성도 엿봤다.

타선의 파괴력이 리그에서 손꼽히는 데블스라면, 엔젤스의
필승조를 상대로 5점 정도는 정말 한 이닝 만에 만들어도 이
상할 게 없었기에.

그렇게 데블스가 역전의 불씨를 키우기 시작했다.

그 무렵이었다.

호우!

잠실구장에 때아닌 호우 콜이 들리기 시작했다.

마치 파도처럼.

호우!

1루에서 시작된 호우 콜이 그대로 번지며 결국에는 3루까
지, 그리고 3루 쪽에 있는 데블스의 더그아웃에도 들어왔다.

그 소리에 데블스 선수단과 코칭스태프들이 기겁한 표정을
지었다.

"이건 또 무슨 지랄이야?"

"작작하자, 작작해!"

"무슨 호우를 시도 때도 없이 해? 이진용이 나오는 것도 아

닌데?"

그때였다.

"저기 이진용 불펜에 등장했답니다."

그 말에 데블스 선수들은 더 이상 기겁한 표정조차 지을 수 없었다.

이 말도 안 되는 상황에서 그들의 사고는 그대로 정지해 버리기 시작했다.

그리고 8회가 시작되었을 때, 이진용이 불펜 피칭을 시작했다는 이야기를 들었을 때.

그때 데블스 선수들은 잠깐 생각했다.

'이게 말이 돼?'

'어제 완봉했잖아?'

'뭐지? 몰래카메라인가?'

어제 9이닝 완봉승을 거둔 투수가 다음 날 마무리투수로 뛰는 게 말이 될까?

그와 동시에 데블스 선수들은 이진용의 얼굴을 떠올렸다.

'놈이라면……'

'그 또라이 놈이라면……'

'하고도 남지.'

그 순간 더 이상 데블스 선수들은 의문을 가지지 않았다.

'8회에 어떻게든 점수 내야 해. 9회에 이호우 새끼 올라오면 점수는 없어.'

그들에게 더 이상 9회는 없었다.

오로지 8회 안에서 어떻게든 승부를 내야 한다는 초조함만이 그들을 지배할 뿐.

하지만 언제나 그렇듯 초조함으로는 그 무엇도 할 수 없는 법.

결국 8회 초에도 데블스는 점수 한 점도 내지 못한 채 0점으로 이닝을 마무리했다.

그 순간 데블스는 경기를 포기했다.

'끝이다.'

'아, 끝났다.'

이제는 단두대에 선 사형수의 심정이 되어 9회에 이진용이이 길었던 전쟁에 종지부를 찍어주기를 기다렸다.

그렇게 그들이 기다리던 9회가 됐을 때.

"어?"

"왜 여기서 우성균이 나와?"

"이진용 아니었어?"

이진용은 마운드에 없었다.

그제야 데블스는 깨달았다.

'속았다.'

자신들이 얻을 수 있는 가장 치명적인 패배를 당했다는 것을.

그렇게 엔젤스가 데블스전을 2전 2승으로 마무리했다.

9월 30일.

호우우!

잠실구장으로 이제는 팬들이 호울링이라고 부른 엔젤스만의 승리의 환호성이 울려 퍼지기 시작했다.

-오늘 승리로 엔젤스가 자신들의 매직 넘버를 제로로 만들었습니다. 예, 이번 한국프로야구 2017시즌 페넌트레이스의 1위는 엔젤스입니다!

엔젤스가 남은 잔여 경기의 승패와 상관없이 정규시즌 1위를 찍은 것에 대한 환호성이었다.

"드디어 1위다!"

"한국시리즈 직행이다!"

20년 넘게 쌓아왔던 울분의 분출이기도 했다.

당연한 말이지만 그 울분이 그저 함성 몇 번 내지르는 것으로 끝날 리 만무했다.

잠실구장을 가득 채운 2만 명의 엔젤스 팬들.

검고 붉은 엔젤스의 유광 점퍼를 입고 있는 그들이 모두가 소리 내어 내뱉었다.

"승리의 함성을 다 함께 외쳐라!"

엔젤스의 응원가를 힘차게 토해냈다.

그리고 자신들에게 이토록 아름다운 날을 선물해 준 이의 이름을, 이제는 영웅을 넘어 전설이 되어 마땅한 이름을 부르짖었다.

"호! 우! 호! 우!"

그 무렵이었다.

이제까지 더그아웃에서 잠자코 있던 자그마한 체격의 사내가 그라운드로 천천히 발걸음을 옮기기 시작했다.

이제는 쌀쌀해진 날씨, 가을 날씨에 어울리는 두꺼운 유광 점퍼를 입고, 엔젤스의 로고가 선명하게 박힌 모자를 깊게 눌러쓴 채 등장한 사내는 느릿한 걸음 속도에 자신을 덮고 있는 것을 하나씩 치우기 시작했다.

점퍼의 지퍼를 내리는데 세 걸음, 점퍼를 벗는데 네 걸음 그리고 모자를 벗는데 두 걸음.

마치 패션쇼를 하는 듯한 그 모습에, 그 패션쇼 끝에 얼굴을 드러낸 이진용을 향해 엔젤스 팬들은 소리쳤다.

"호우!"

그리고 이진용은 그러한 팬들의 환호에 미소를 지은 채, 모자를 쥔 손을 흔들었다.

그리고 그 모습을 본 김진호는 말했다.

-쇼를 한다, 쇼를 해.

명백한 비아냥거림.

그러나 그 비아냥거림을 내뱉는 김진호의 입가에는 옅은 미소가 걸려 있었다.

-뭐, 그래도 이 느낌은 좋네. 심장이 벅차오르는 이 느낌.

그 미소를 지은 채 김진호는 기나긴 전쟁의 승자가 된 이들을 바라봤다. 뛸 리 없는 심장이 두근거리는 듯한 느낌을 받으면서.

"김진호 선수 덕분입니다."

그런 김진호의 귀로 이진용의 목소리가 들렸다.

그 말에 김진호는 피식 웃었다.

-그래, 내 덕이지. 그러니까 앞으로 나한테 잘해, 인마.

이진용은 대답 대신 씨익 미소를 지었다.

-그래서 준비는?

그리고 이어진 김진호의 질문에 이진용은 미소를 지은 채
나지막이 대답했다.

"당연히 끝났죠."

-좋아, 그럼 10월 3일 개천절에 한 번 날뛰어보자.

"예."

이진용, 그의 정규시즌은 아직 끝나지 않았다.

김진호는 말했다.

-난 특별한 일이 없으면 언제나 정규시즌 마지막 경기에 출
전시켜달라고 했어. 좀 더 정확히 말하면 후반기 시작 전에 감
독을 찾아가서 분명하게 말했어. 로테이션을 어떻게 짜든 알
바 아닌데, 포스트시즌 일정에 영향을 주지 않는 선이면 무조
건 마지막 경기에는 날 출전시켜 달라고.

페넌트레이스, 그 기나긴 전쟁의 마지막 경기는 언제나 자

신의 이름으로 그리고 존재로 장식하고 싶었다고.

그냥 듣는 것만으로도 낭만적인 일이었다.

-유종의 미?

페넌트레이스의 마지막 무대. 이제 다시는 돌이킬 수 없는, 만약 포스트시즌 진출에 실패했다면 그해에 팬들 앞에서 자신을 보여줄 수 있는 마지막 무대를 자신의 이름과 투구로 수놓을 수 있다는 건.

그야말로 유종의 미라는 표현이 그 무엇보다 어울리는 일이었다.

-야, 진용아. 넌 내가 유종의 미 같은 거 좋아하는 놈으로 보이냐? 응?

물론 김진호는 그런 이유로 마지막 경기에 나오는 게 아니었다.

-내가 말했지? 이 바닥에서는 이미지가 반은 먹고 들어간다고. 그렇잖아? 동네 지나가는 똥차에도 벤츠 마크 박히면 특별해 보이는 것처럼, 야구도 마찬가지야. 처음과 끝에 남는 인상이 그 무엇보다 중요하지. 그래서 마지막에 나오는 거야.

보다 강렬한 인상을 남기기 위해서.

-그리고 말이야 생각해 봐. 시즌 최후의 경기가 어떨 것 같아? 응? 정말 온몸을 불사르다 못해 이번 시즌 끝나고 그냥 시즌 아웃될 기세로 뛸까? 포스트시즌 진출이 걸려 있다면 그러겠지. 하지만 시즌 최후의 경기에 포스트시즌 진출이 좌우지되는 경우는 극히 드물잖아? 그래, 다들 대충 뛴단 말이야.

그리고 꿀을 빨기 위해서.

말 그대로였다.

-엔트리도 그래. 확장 로스터 시행되면서 마이너에서 데려온 애송이들만으로 엔트리를 짜는 경우가 다반사지. 날 상대해 본 적 없는 마이너 애송이들이 1번부터 9번까지 있는 거야. 최소한 삼진 열다섯 개는 챙길 수 있지. 방어율도 떨어뜨리고 완봉은 보너스고.

최후의 경기는 승패의 값어치가 어느 때보다 무가치한 그 경기가 될 수밖에 없으니까.

-그렇게 마지막 경기에서 탈삼진 17개 정도 잡고 완봉승으로 시즌 마쳐 봐. 시즌이 끝난 겨울 동안 선수들이 모이면 십중팔구는 내 이름을 들을 때마다 온몸을 떨 테니까.

그런 김진호의 조언을 들은 이진용은 당연한 말이지만 일찌감치 감독을 찾아가 말했다.

시즌 마지막 경기에 출전시켜 달라고.

물론 즉답을 받은 건 아니었다.

미스터 제로, 한국프로야구 역사에 다시는 나오지 않을 방어율 0점의 투수를 굳이 최후의 시험대에 올릴 이유가 없다는 것.

그 리스크를 엔젤스의 홈경기가 아닌 샤크스의 홈경기에서 짊어질 이유가 없다는 것.

엔젤스 코칭스태프는 물론 구단 전체가 그 부분에 대한 고민을 시작했다.

그리고 답변이 나왔다.

[스위칭 효과가 발동합니다.]

[에이스 효과가 발동합니다.]

[퀄리티 스타트 효과가 발동합니다.]

10월 3일 개천절.

이진용, 그가 엔젤스의 정규시즌 마지막 무대에 올라섰다.

10월 3일.

이제는 날씨가 제법 쌀쌀한 가을이 온 듯, 해가 꺼진 문학 구장은 무척 추웠다.

"어휴 춥다. 이제 진짜 가을이네."

"며칠 지나면 바로 겨울이지."

"이렇게 추운데도 거의 만원 관중이라니."

그러나 그렇게 추운 문학구장은 오히려 평소보다 훨씬 더 많은 관중들로 가득 차 있었다.

정규시즌 마지막 경기, 솔직히 말해서 티켓 판매량이 많을 순 없는 경기였다.

더욱이 오늘 경기의 승패는 이제 정해진 정규시즌 순위와 아무런 상관이 없었다.

현재 리그 5위인 샤크스는 승패와 상관없이 4위인 타이탄 스와 와일드카드 결정전을 앞두고 있었고, 리그 1위인 엔젤스는 당연히 한국시리즈 무대를 준비하고 있었으니까.

좀 더 들어가면 이미 한국시리즈가 확정된 엔젤스는 무리할 필요가 없는 경기였고, 샤크스 입장에서도 와일드카드전을 앞두고 전력을 다하기보다는 전력을 추스르는 것이 목적이 될 수밖에 없는 경기였다.

양 팀 다 투수 자원은 최대한 아끼면서, 타자들 역시 컨디션만 유지할 수 있도록 하는 것이 목적인 경기.

그 증거로 오늘 샤크스의 선발이 이번 시즌 선발로는 단 2경기만 던진 루키, 김진호라는 것이 증거였다.

"김진호가 선발이라…… 참 재미있어."

"벌써 김진호가 죽은 지 십 년이 넘었네."

물론 그 김진호는 메이저리그의 지배자였던 그 김진호가 아니었다.

메이저리그의 지배자라 불리었던 김진호와 이름만 같은 동명이인이었다.

"지금 샤크스 김진호가 딱 김진호 키드이지. 지금 고졸로 막 들어온 1, 2년 차 애들이 태어났을 때가 김진호가 메이저리그를 막 폭격하기 시작할 때였으니까."

"그러고 보니 그러네. 그러면 저기 김진호는 막상 김진호 경기는 못 봤겠네?"

"김진호가 죽기 전에 초등학생이었을 텐데 뭘 알았겠어? 그냥 아버지가 김진호 경기보다가 김진호 이름 말하면, 깜짝 놀라서 거실로 나오고 그랬겠지."

"세월 참 빠르다."

어쨌거나 그런 경기임에도, 결과에 그 어떤 의미도 부여할 수 없는 경기임에도 문학구장은 꽤 많은 사람으로 북적거렸다.

당연히 샤크스의 김진호를 보기 위해 온 이들이 아니었다.

"그러고 보니 궁금하네. 이진용하고 김진호하고, 과연 둘이 붙으면 누가 이길지."

이진용.

오늘 엔젤스 선발로 출전하는 그가 문학구장을 채운 관중들의 발걸음을 움직이게 한 장본인이었다.

"당연히 김진호가 이기지. 규격이 다르잖아? 김진호는 9회에도 160짜리 공을 던지던 괴물이라고."

"야, 이번 정규시즌 무실점으로 마친 괴물이 당연히 더한 괴물이지. 김진호도 방어율 0점으로는 시즌 못 끝내."

기어코 무실점으로 정규시즌을 마칠 듯한, 한국프로야구 역사에 다시는 없을 방어율 0점 투수가 된 이진용의 정규시즌 마지막 피칭을 본다는 것은 전설의 마지막 페이지를 보는 것과 마찬가지이기에.

그렇기에 문학구장은 어느 때보다 많은 기자들로 가득 차 있었다.

이진용의 마지막을 기사로 쓰기 위해서.

"그보다 왜 굳이 이진용을 내보낸 걸까? 경기 감각을 위해서라고 보기에는 오늘 경기랑 한국시리즈 1차전까지 텀이 너무 길잖아? 나오나 안 나오나 별 차이는 없을 텐데?"

"여기서 실점하면 그것도 나름 대단한 일이겠지. 미스터 제로가 미스터 영점일이 되는 거니까."

"그러니까 의문이지. 그런 리스크를 부담할 이유가 있을까?"

그리고 혹시 일어날지도 모를 역사적인 기록을 기사로 쓰기 위해서.

그런 이유로 모인 무리 속에는 당연히 이번 시즌 누구보다 이진용의 경기를 많이 봤던 황선우도 있었다.

"마지막 경기에 나온다…… 그가 떠오르는군."

"그렇지? 나도 똑같은 생각을 했는데."

더불어 변형채 전력분석팀장 역시 문학구장에 있었다.

"김진호가 저랬지. 포스트시즌 일정에 영향을 주지 않을 때면 로테이션을 바꾸는 한이 있더라도 마지막 경기에는 무조건 나왔지."

"이유도 대단했지. 마지막 경기에 나와서 아주 그냥 상대를 짓뭉개는 인상을 남기려고."

"김진호다운 이유였지. 그 어떤 이유보다 합리적이고 효과적이고 위력적인 결과물을 원했으니까."

그런 그 둘은 아득했던 날의 기억을 추억했다.

"아마 이진용이 올라온 이유도 그 때문이겠지."

"맞아, 이진용은 김진호와 비슷한 야구를 하니까."

그 추억 덕분이었다.

"재미있겠군."

"글쎄, 재미있다기보다는 아주 잔인할 것 같은데 말이야. 아무런 준비도 안 하고 1.5군을 내보낸 샤크스. 반대로 그런 샤크스 앞에 등장한 건 오늘 작정하고 학살을 하려고 선발을 자처한 이진용."

그 둘은 오늘 경기가 어느 때보다 일방적인 경기가 되리라 짐작할 수 있었다.

"분명한 건 이진용이 마운드에 올라올 때 미소를 지으리란 거겠지."

"아무렴. 아마 그 어느 때보다 큰 함박웃음을 지을 거야."

그리고 그 예상대로였다.

1회 초, 샤크스의 선발로 나온 김진호가 이미 2실점을 한 채 마운드를 내려갔을 때, 마운드에 올라오는 이진용은 멀리서도 알아볼 수 있을 정도로 확연한 미소를 짓고 있었다.

"픕."

심지어 그는 웃음소리마저 흘리고 있었다.

"김진호라니…… 픕!"

-아! 김진호라는 이름이 어때서! 아주 그냥 남자답고 위대한 영웅 같은 이름이네!

"픕."

-웃어? 지금 웃어?

"픕픕."

-지금 웃음이 나오냐?

"예, 너무 웃음이 나와서 공 못 던질 정도입니다."

-너 이 새끼, 못 던지기만 해봐!

김진호의 그 경고에 이진용이 씨익, 미소를 지었다.

"다른 건 몰라도 김진호한테는 못 지죠. 아무렴, 김진호한테 지면 나가 뒈져야지."

그 말과 함께 마운드에 선 이진용이 아주 진지하게 말했다.

"전력투구."

초전박살.

그 의지를 품은 그 말에 김진호가 샤크스 더그아웃에 고개를 푹 숙인 김진호를 향해 소리쳤다.

-젠장, 김진호 파이팅!

그렇게 이진용의 시즌 마지막 경기가 시작됐다.

리그 1위 팀.

한국시리즈 우승을 위해서는 무조건 넘어야 하는 팀.

당연한 말이지만 그 팀의 에이스가 나오는 정규시즌 마지막 경기에 포스트시즌에 진출한 모든 구단의 전력분석관들이 모였다.

홈경기를 치르는 샤크스는 물론 4위 타이탄스는 당장 와일드카드 상대인 샤크스 탐색을 위해서 평소의 곱절이 되는 인력을 파견했고, 3위인 데블스 역시 라이벌 팀의 에이스를 탐색하기 위해 보낼 수 있는 모든 전력을 보냈으며, 2위 돌핀스 스카우트들은 그 어느 팀보다 일찌감치 자리를 잡고 있었다.

그렇게 자리를 잡은 그들의 목표는 하나였다.

'이진용의 피칭을 볼 수 있는 마지막 기회다. 여기서 이진용에 대한 모든 걸 기록해야 해.'

'이진용의 숨소리조차 기록으로 남긴다.'

'이진용이 마운드에서 하는 발짓조차 기록한다.'

이진용.

한국시리즈 우승을 위해서는 기필코 넘어야 하는 그의 약점을 찾아내는 것.

그것을 위해 모든 전력분석관들이 이진용의 일거수일투족은 물론 그의 숨소리에마저 귀를 기울였다.

그런 그들 앞에서 이진용은 조금의 망설임도 없이, 주저함 없이 자신의 모든 것을 보여줬다.

말 그대로였다.

두 손.

그리고 그 두 손으로 부릴 수 있는 모든 구종.

더 나아가 그 두 손으로 만들어낼 수 있는 모든 스타일의 야구를 보여줬다.

그렉 매덕스처럼 오른손을 이용해 타자를 완벽하게 잡아내는 피칭은 물론 톰 글래빈처럼 스트라이크존의 바깥쪽만을 집요하게 물고 늘어지는 피칭과 함께 랜디 존슨을 떠올리게 하는 좌완 강속구와 슬라이더를 던져냈다.

그 피칭을 통해 이진용은 분명하게 말했다.

-이진용 선수의 피칭을 보니, 이제 이 선수와 비교할 수 있

는 투수는 한 명밖에 떠오르지 않는 것 같습니다. 예, 이제는 고인이 된, 한국야구 역사 그리고 메이저리그 역사에도 길이 남을 김진호 선수만이 이제 이진용 선수의 유일한 비교 대상이라 생각됩니다.

날 상대하고 싶으면 지옥에 있는 김진호라도 데려오라고!

그 호통과도 같은 피칭 앞에서 문학구장에 모인 전력분석팀들이 내린 결론을 하나였다.

'괴물 새끼.'

'이 새끼는 답이 없다. 누군가가 이진용의 부모님을 납치해서 실점하라고 협박을 하지 않는 이상 실점할 일은 없다.'

'답은 하나, 이진용이 안 나오는 경기를 이기는 수밖에.'

이진용이 나오지 않는 경기에서 승수를 챙기는 것.

"스윙, 스트라이크 아웃!"

그렇게 한국프로야구 정규시즌 마지막 경기가 끝이 났다.

"오예, 김진호 이겼다! 김진호 별거 아니네. 그렇죠?"

-닥쳐!

"왜 그렇게 화를 내세요? 아니, 김진호 별거 아니라니까요?"

-셧업!

"아, 사실을 말해도 화를 내시네."

승리투수는 이진용.

패전투수는 김진호였다.

◆ 4화 ◆

한국시리즈

10월 3일 한국프로야구 페넌트레이스가 끝났다.

[포스트시즌 개막!]
[이제 최후의 전쟁이다!]

그리고 10월 5일 포스트시즌이 시작됐다.

와일드카드전을 시작으로 준플레이오프와 플레이오프를 거쳐 한국시리즈에 이르는, 살아남은 자들의 전쟁이 시작된 것이다.

정규시즌에서 1위를 달성한 엔젤스는 그 전쟁에서 그 무엇보다 큰 보상을 받았다.

정규시즌이 끝난 10월 3일부터 한국시리즈가 시작되는 10월 24일까지, 무려 20일에 걸친 휴식이란 보상을.

하지만 마냥 기뻐할 수만은 없는 보상이기도 했다.

"뭐든 과하면 문제가 되는 거지."

"20일짜리 휴식이면 경기 감각이 무너져도 이상할 게 없지."

좋은 약은 때때로 독이 될 수 있으니까.

20일이란 휴식일이 엔젤스에게 있어 치명적인 독이 될 가능성은 분명 존재했다.

더불어 엔젤스에는 악재가 몇 개 더 있었다.

-벤자민 결국 시즌 아웃됐다며?

-실금이래. 최소 8주짜리 아웃.

-그럼 이제 선발은 넷 남은 건데?

└이도섭은 제외해야지. 막판에 던지는 거 보니까 롱릴리프로 써야지, 선발로는 못 쓰겠더라.

└원래 이도섭은 제외지. 언제부터 이도섭이 믿을 수 있는 선발이었다고.

일단 벤자민이 선발진에서 이탈했다.

어떤 팀을 상대로 어떤 경기를 치르게 될지 모르는 상황에서 정규시즌 내내 선발의 한 축을 담당했던 선발투수의 이탈은 그저 투수 한 명이 빠지는 수준의 일이 아니었다.

-엔젤스 애들도 골치 아프겠네.

-벤자민이 빠진 것도 빠진 건데, 이런 상황 두고 빠지면 더 혼란할 수밖에 없으니까.

정규시즌 1위를 가능케 했던 전력, 그 온전한 전력을 그대로 발휘할 수 없다는 것은 분명한 불안 요소였으니까.

당연한 말이지만 엔젤스의 몰락을 바라는 이들은 그런 부분을 집요하게 물고 늘어지기 시작했다.

[벤자민 시즌 아웃!]
[엔젤스의 불안 요소는?]
[엔젤스, 우승 경험이 없는 것이 가장 큰 불안요소!]
[엔젤스에게 휴식은 약일까, 독일까?]

특히 이제는 작정하고 엔젤스에 적대감을 드러내는 언론은 엔젤스를 향해 저주를 퍼부었다.

물론 그 저주에 대한 엔젤스의 해답은 간단했다.

-응, 이호우만 있으면 돼.

-어, 우리 이호우 있음.

-이호우가 다 해주실 거야.

이진용.

그의 존재가 그 어느 때보다 엔젤스의 한국시리즈 우승 가능성을 높게 만들어주고 있었다.

때문에 모두가 생각했다.

-이호우가 1차전, 4차전, 7차전에 나올 테니까 최소 3승은 확보하는 셈이지.

-이호우가 최소한 2경기는 선발로, 2경기는 불펜으로 나올 듯.

-무쇠호우 모름? 한국시리즈 최소 3승이다.

이진용이 제힘으로, 7차전까지 가는 한이 있더라도 엔젤스를 우승시켜주리라고.

1984년 한국시리즈. 그곳에서 최동원이 만들었던, 세계 야구 역사에 길이 남을 전설에 비할 바는 못되겠지만 분명 그날을 떠올리게 만들 만한 기념비적인 모습을 보여줄 것이라고.

하지만 이진용은 조금도 그럴 생각이 없었다.

-진용아.

"예."

-다들 네가 최동원 선배처럼 7차전까지 가는 걸 보고 싶은 것 같다. 어떻게 할래? 7차전까지 가서 눈물의 우승 같은 거 할래?

"제가 미쳤어요? 7차전까지 가면 사실상 모 아니면 도인데, 미쳤다고 7차전을 염두에 둡니까?"

-너 또라이 맞잖아?

"제가 어딜 봐서 또라이입니까? 어쨌거나 7차전까지 가는 건 바보짓이고, 위험한 짓이죠."

이진용, 그는 7차전까지 갈 생각이 없었다.

"어떻게든 4차전에 끝내야죠. 깔끔하게."

10월 28일, 한국시리즈 4차전이 치러지는 그날 이진용은 모든 걸 끝낼 생각이었다.

"그래서 김진호 선수가 보기엔 어느 팀이 올라올 것 같아요?"

-타이탄스랑 샤크스, 두 팀은 힘들어. 결국 데블스랑 돌핀스 중 하나가 될 텐데, 내가 보기에 돌핀스가 될 거 같다.

"돌핀스요?"

-응.

"어떻게 확신하세요?"

-야, 내가 야구 귀신 아니냐, 야구 귀신! 애들 눈빛만 봐도 누가 이길지 알 수 있지. 그러는 넌?

"데블스요."

-왜?

"별 이유는 없고, 김진호 선수가 돌핀스 고른 거 보니까 데블스가 올라올 것 같아서요."

-쯧쯧, 이래서 개뽀록 또라이 투수는 안 된다니까. 이런 놈이 무슨 야구를 한다고…….

그런 이진용의 상대가 정해졌다.

-게임 끝!

10월 19일, 한국시리즈에 올라갈 주인공을 가리는 플레이오프가 끝이 났다.

-데블스가 돌핀스를 잡으며 한국시리즈 티켓을 움켜쥡니다!

승자는 데블스.

-돌핀스를 3 대 0으로 잡은 데블스가 드디어 잠실구장에서 한국시리즈를 성사시킵니다!

3 대 0, 데블스가 정규시즌 2위인 돌핀스를 압도적으로 짓뭉갰다.

단순히 보이는 스코어만 압도적인 것이 아니라, 경기 내용도 압도적이었다.

"데블스 애들 왜 이래? 다 미쳤네?"

"이게 작년 우승팀의 저력이지. 누가 뭐라고 해도 작년 시즌 한국시리즈 우승한 팀이라고. 고기도 뜯어본 놈이 뜯어본다고, 그런 의미에서 보면 데블스는 고기 킬러지, 킬러!"

"투타에서 틈이 없네."

데블스는 와일드카드전에서 승리해 올라온 타이탄스를 2 대 0으로 압도한 후에 플레이오프 상대인 돌핀스로부터 시리즈 내내 압도적인 경기를 펼치며 승리를 거두었다.

"포스트시즌 5연승인 상태에서 한국시리즈라…… 경기 감각은 문제없겠군."

"문제없는 정도가 아니라 이보다 더 좋을 수도 없는 정도이지."

"휴식일도 적당해. 3 대 0으로 이긴 덕분에 4일 동안 쉴 수 있으니까. 경기 감각은 유지하면서 체력과 정신력을 회복하기에는 가장 완벽하지."

데블스가 자신들이 그릴 수 있는 베스트 시나리오 그대로 한국시리즈에 오른 상황이었다.

당연히 사람들의 관심은 이제 엔젤스를 향했다.

"그럼 이제 남은 건 엔젤스인데……."

"부담이 없다면 거짓말이겠지. 어쨌거나 작년 우승팀에, 다른 무엇도 아닌 잠실벌 라이벌이잖아?"

"그래도 이진용이 있으니까 데블스가 부담감이 크지 않을까?"

"아니, 어떻게 보면 엔젤스가 더 부담감이 크지. 엔젤스는 이겨도 본전인 게임이잖아? 그런데 만약 진다면……."

과연 데블스를 한국시리즈 상대로 마주한 엔젤스가 어떻게 나올지.

"어쨌거나 1차전 선발투수가 발표되면 알겠지. 엔젤스야 당연히 이진용을 내세우겠고, 데블스가 어떤 투수를 내보낼지에 따라서 그들의 의지가 보일 테니까."

그런 상황에서 양 팀이 한국시리즈 1차전 선발투수를 발표했다.

[엔젤스, 1차전은 미스터 제로 이진용에게 맡긴다!]

엔젤스는 1차전 선발투수로 그들의 에이스를, 리그 최고를 넘어 한국프로야구 역사상 최고의 투수를 내보냈다.

[데블스, 1차전 선발은 김경훈!]

그리고 데블스는 그런 이진용에 맞상대로 4선발 투수인 김경훈을 내보냈다.

데블스, 그들이 자신들의 의지를 보여줬다.

-김경훈이라니, 왜 김경훈이 여기서 나와?
└이진용 상대로 에이스 카드 붙여봤자 버리는 카드 될 테니까, 그냥 버리는 카드를 내보내는 거지.

이진용을 인정하겠다.

데블스가 이진용을 두려워한다는 것을 인정하겠다.

데블스는 이진용을 상대로 약자임을 인정하겠다.

그래, 자존심 버리는 거 맞다.

-아니, 아무리 그래도 한국시리즈 1차전인데 그래도 2선발 정도는 내보내야 하는 거 아니야? 자존심이 있지.
└자존심을 버리더라도 어떻게든 한국시리즈를 이기겠다는 거잖아!

그렇게 자존심을 버리는 한이 있더라도 어떻게든 한국시리즈 우승을 노리겠다!

그 강력한 의지에 엔젤스 역시 당황할 수밖에 없었다.

"데블스 애들이 우리 상대로 이렇게 자존심을 굽힐 줄이야……."

"독을 품었네, 아니, 칼을 품었어."

나름 짐작은 했지만, 그래도 다른 팀도 아닌 데블스가 이 정도로 자존심을 굽힐 줄은 몰랐으니까.

작년 한국시리즈 우승팀이, 그리고 최근 포스트시즌 5연승으로 기세가 불타오르다 못해 하늘을 뚫을 듯한 그들이 이렇게 과감하게 결단을 내릴 줄 몰랐으니까.

물론 그는 당황하지 않았다.

-아니, 내가 보기엔 분명 돌핀스가 올라올 것 같았는데…….

"야구 귀신은 무슨, 그냥 잡귀지. 역시 이래서 잡귀 말은 믿으면 안 된다니까. 돌핀스는 무슨……."

-야! 누가 잡귀야!

"그럼 한국시리즈 우승은 어느 팀이 할 거 같아요?"

-응?

"데블스랑 엔젤스 중에 우승팀 골라보시라고요. 이것도 못 맞추면 잡귀 인정하시는 거죠?"

-으 으…….

"데블스에 베팅?"

이진용, 그는 데블스가 이런 모습을 보인다는 사실에 당황하지 않았다.

-에이 씨발! 엔젤스 우승!

"역시 야구 귀신다운 안목이시군요. 응원 감사합니다."

-젠장, 이 굴욕은 내가 기필코······.

당황할 이유는 어디에도 없었으니까.

있는 건 오직 하나.

"자, 그럼 악마를 사냥해 봅시다."

이진용의 마지막 사냥뿐.

10월 24일.

이제는 가을을 지나 겨울이 보이는 시기.

그러나 잠실구장은 그런 쌀쌀함의 흔적이라고는 조금도 찾아볼 수 없을 만큼 뜨거웠다.

엔젤스 대 데블스.

한국프로야구 역사상 최초로 한국시리즈 무대에서 붙게 된 두 라이벌 팀의 대결이 만들어내는 열기는 계절마저 무색하게 만들 정도로 뜨거웠다.

당장 티켓 구매부터가 전쟁이었다.

홈팀은 1루, 원정팀은 3루.

대개는 그렇게 응원하는 팀에 따라 관중석이 구분이 되지만, 이번 경기는 달랐다.

"어어? 데블스 애들이 왜 여기 있어? 응? 야! 데블스 새끼들아 3루로 꺼져!"

"지랄하네, 엔젤스 네놈들이 3루 쪽 다 차지하는 바람에 여기도 간신히 예매했다!"

"젠장, 데블스 놈들을 옆에 두고 9이닝 내내 경기 봐야 한다니!"

"젠장, 엔젤스 놈들 호우 소리를 9이닝 내내 듣게 생겼네!"

응원지정석을 제외한 나머지 좌석은 데블스와 엔젤스 팬들이 뒤섞여 있었다.

그마저도 잠실구장 내에서 그런 푸념을 뱉는 이들은 사정이 나은 편이었다.

"티켓 없어요?"

"입석 안 됩니까? 예? 조용히 경기만 볼게요."

"젠장, 암표상이라도 좋으니까 티켓 좀 파세요! 10배에도 사겠습니다!"

잠실구장 밖은 티켓을 구하지 못했지만 혹시나 하는 마음으로 야구장을 찾아온 두 팀의 팬들로 장사진을 이루었다.

심지어 그중에는 엔젤스와 데블스 팬이 아닌 다른 8개 구단 팬들도 있었다.

"아! 마산이면 그냥 문 따고 들어가는 건데."

"잠실이라고 못할 건 없지. 예전 마산구장보다 낡으면 낡았지, 신식은 아니잖아?"

"한 번 뚫어봐?"

2017시즌 한국시리즈 무대는 그 정도였다.

어느 때보다 뜨거운 열기를 뿜어댔다.

도무지 가을의 끝자락에 다다랐다는 것을 피부로 느낄 수가 없을 정도였다.

툭!

오로지 한 곳, 마운드 위에서만큼은 가을의 끝자락에 도달했음을 느낄 수 있었다.

툭툭!

기온이 내려간 탓에 평소보다 좀 더 딱딱하게 굳은 마운드, 이진용은 그 마운드를 제 발로 두드린 후에야 오늘이 가을의 끝자락이라는 사실을 체감할 수 있었다.

-어때? 한국시리즈의 마운드에 선 느낌이?

"한국시리즈 무대답네요."

그렇게 마운드를 밟고 나서야 오늘이 2017시즌 야구를 할 수 있는 마지막 무대, 한국시리즈 무대임을 선명하게 알 수 있었다.

-그래서 기분이 어떻다는 거야? 좋다는 거야, 아니면 떨린다는 거야?

김진호의 그 말에 이진용은 대답 대신 비릿한 미소를 지었다.

그 미소를 본 김진호가 말했다.

-또라이 놈, 말을 해달라니까 실실 쪼개고 지랄이야. 야! 심정을 말해달라고!

그 모습에 이진용이 눈살을 찌푸렸다.

"아니, 이 정도면 말하지 않아도 알잖아요? 굳이 말이 필요해요?"

-내가 무슨 귀신도 아니고, 말 안 하는데 어떻게 알아!

"귀신이잖아요?"

-아, 그렇지. 나 귀신이지. 아니, 근데 귀신이라고 해서 무슨 마음을 읽을 수 있는 줄 알아? 그래서 기분이 어때?

"뭔가 굉장히 분위기 있고 좋았었는데, 갑자기 좆같아지네요."

-그래? 실점할 것 같아? 오늘 좆될 것 같아? 응? 경기 망할 것 같아?

기대감 어린 눈빛으로 말하는 김진호의 모습에 이진용은 대답 대신 고개를 절레절레 흔들었다.

"후우."

이윽고 내뱉는 숨이 하얗게, 선명하게 눈앞을 채웠다.

그 입김을 내뱉으며 이진용이 3루 쪽 더그아웃을 향해 고개를 돌렸다.

이제 이진용이 사냥해야 할 마지막 사냥감들이 보였다.

그리고 데블스 역시 자신들이 오늘 우승을 위해 넘어야 하는 괴물을 바라봤다.

그렇게 뜨거운 열기로 가득했던 그라운드에 숨 막히는 긴장감이 깔리기 시작했다.

이윽고 경기가 시작됐다.

[선두타자 보너스가 적용됩니다. 포인트 획득량이 20퍼센트 증가합니다.]

[선발투수 보너스가 적용됩니다. 포인트 획득량이 15퍼센트

증가합니다.]

[첫 타자 보너스가 적용됩니다. 포인트 획득량이 15퍼센트 증가합니다.]

[에이스 효과에 의해 포인트 획득량이 20퍼센트 증가합니다.]

[퀄리티 스타트 효과에 의해 포인트 획득량이 10퍼센트 증가합니다.]

[한국시리즈 보너스가 적용됩니다. 포인트 획득량이 100퍼센트 증가합니다.]

이진용, 그가 다시 한번 숨을 내뱉었다.

"호우."

한국프로야구 역사에 길이 남을 한국시리즈가 시작됐다.

끝날 때까지는 끝난 게 아니다.

요기 베라의 그 말처럼, 그 어떤 경기도 끝나기 전까지는 알 수 없다.

"야구는 9회 말 2아웃까지는 모르는 거지."

알 수 없기에 사람들은 기대감을 가지고는 한다.

"아무렴. 혹시 누가 알아? 김경훈이 완봉할지?"

한국시리즈 1차전.

이진용 대 김경훈.

이번 시즌 방어율 0점대 투수 대 방어율 4점 후반대 투수.

결과는 명명백백해 보임에도 경기를 보는 이들은 기대감을 품을 수 있었다.

-김경훈 잘 던졌으면 좋겠다.

-최근 경기는 잘 던졌잖아? 준플옵에서 타이탄스 상대로 8이닝 2실점 했음!

-작년 시즌에 완봉도 해봤어.

└누구 상대로?

└엔젤스 상대로.

└오!

그리고 그러한 기대감을 가진 이들 대부분은 엔젤스가 아닌 데블스를, 이진용이 아닌 김경훈을 주목했다.

이상한 일은 아니었다.

로마의 콜로세움에서 사자와 사람을 1 대 1로 붙여둔다면, 그리한다면 모두가 사자와 싸우는 사람을 주목하는 것과 같은 이야기였다.

"호우!"

사자가 포효를 내질러도 사람들은 그러려니 한다.

"스윙 스트라이크, 아웃!"

-아! 이진용 선수 역시 대단합니다. 공 3개만으로 삼진을 잡

아냅니다!

　-이진용 선수의 삼진을 잡는 피칭은 그야말로 귀신이 곡할 노릇이죠.

　그 사자가 제 발톱으로 상대를 피투성이로 만들어도, 이 역시 그러려니 한다.

　지금 한국시리즈 1차전은 그러했다.

　경기를 보는 대부분의 사람들은 이진용이 5회까지 3개의 피안타를 내주고, 3개의 병살타를 이끌어내며 3개의 탈삼진을 잡았다는 사실에 주목하지 않았다.

　-공이 높게 뜹니다. 포수가 움직입니다.

　-잡나요? 잡나요?

　-잡았습니다!

　"오!"

　"막았다! 이걸 또 막았어!"

　오히려 김경훈이 5이닝 동안 4개의 피안타 2개의 볼넷을 내주면서 만루 상황을 두 번이나 마주한 상황 속에서도 기어코 무실점으로 이닝을 막았다는 사실에 주목했다.

　"아슬아슬하게 잘 버티네."

　"제구는 흔들려도 찔러 넣긴 찔러 넣으니까. 구위도 살아 있고"

　그리고 주목할 만했다.

누가 보더라도 패배가 자명했던 경기, 다윗이 되어 골리앗을 상대해야 하는 상황에서 김경훈은 무너지지 않은 채 자신다운 피칭을 했다.

140대 중후반의 묵직한 직구를 있는 힘껏 엔젤스 타자들의 스트라이크존에 찔러 넣었다.

"이거 오늘 김경훈이 일낼지도 모르겠는데?"

"이대로라면 7이닝까지는 무실점으로 막을 수 있겠어."

물론 그럼에도 불구하고 그 누구도 김경훈이 승리투수가 되어 마운드를 내려가리라고는 생각하지 않았다.

"연장만 가도 데블스가 남는 장사지."

"그렇지. 이진용 내놓고 불펜도 내놓으면 엔젤스는 거기서 이미 손해 보고 들어가는 거지."

대신 김경훈을 필두로 한 데블스가 이진용에게 손쉬운 승리를 주지 않으리라 생각할 뿐.

당연한 말이지만 그건 엔젤스 입장에서 나올 수 있는 최악의 경우였다.

"아, 엔젤스 빠따 새끼들 또 기부천사 모드 들어가네."

"이호우만 나오면 아웃을 기부한단 말이야."

엔젤스를 응원하는 이들 입장에서는 슬슬 찌푸려진 얼굴로 걱정 어린 소리를 내뱉을 수밖에 없는 상황.

"팀장님 괜찮을까요?"

현재 경기를 분석하고 있는 엔젤스의 전력분석팀의 팀원 중한 명이 자신의 팀장인 변형채에게 그런 질문을 한 이유였다.

그 질문에 변형채는 담담히 대답했다.

"뭐가?"

"예? 아니, 그야 이대로 가면……."

팀원은 이대로 가다가 지면 어떻게 합니까? 라는 말을 쉽사리 내뱉을 수 없었다.

자기 팀 타자들 탓에 졌다, 그런 말을 다른 무대도 아닌 한국시리즈 무대에서 어찌할 수 있을까?

"투수들 입장에서 가장 짜증 나는 일이 뭔지 알아?"

그런 팀원에게 변형채는 질문을 던졌고, 그 질문에 팀원은 반사적으로 대답했다.

"그야 타자들 모두가 공 하나만 노리고 타석에 설 때죠."

"잘 아는군."

반사적으로 나온 것치고는 훌륭한 대답이었다.

그 말대로 투수 입장에서 가장 짜증 나는 건 타자들이 자신의 똑같은 공만 노리는 경우다.

예를 들어 상대 팀 타자들 전부가 자신의 패스트볼만을 노리는 경우, 그 경우 투수는 고민에 빠진다.

과연 패스트볼을 많이 던져야 할지, 아니면 오히려 적게 던져야 할지.

그 순간 이미 투수는 제한된 선택지를 두고 고민하게 된다.

그래서 투수 입장에서 짜증이 난다는 거다.

"하지만 대부분은 그렇게 안 하지."

그러나 그런 식으로 타자들이 합심을 해서 투수의 구질 하

198 마운드 위의 절대자 7

나만을 노리는 경우는 많지 않다.

"그렇죠. 다들 죄다 똥고집들이니까요."

저마다의 스타일이 있으니까.

패스트볼을 노리는 걸 선호하는 타자가 있고, 변화구를 노리는 걸 선호하는 타자가 있으니까.

그런 상황에서 모두가 한마음으로 투수가 던지는 하나의 구종만을 노린다?

누군가는 제 스타일을 포기해야 한다는 의미.

그건 곧 그 타자가 안타를, 타점을, 득점을, 타율을 포기한다는 의미이기도 했다.

그러니까 그렇게 안 한다.

누가 보더라도 감탄이 나올 만큼 화려하기 그지없는 타자들로 구성된 타선이 막상 시즌이 시작되면 제힘을 못 쓰는 일이생기는 경우가 바로 이런 경우다.

흔히 말하는 케미가 일어나지 않는 경우.

"그렇지. 그런데 이진용이 선발로 나오는 경기에서는 이야기가 달라지지."

그럼에도 불구하고 타자들이 자신의 자존심을, 스타일을 버리는 경우가 있다.

"너라면 이진용이 선발로 나오는 경기에 1점도 안 나오는 상황에서 자존심 세울 수 있어?"

자존심을 내세울 때가 아닐 때.

그렇기에 변형채의 그 말에 그 누구도 더 이상 문제를 제기하지 않았다.

변형채 역시 마찬가지였다.

그는 점수가 나오지 않는 현 상황에 대해 딱히 위기감을 느끼지 않았다.

'안타와 볼넷은 계속 나오고 있고 엔젤스 타자들은 여전히 투수를 괴롭히고 있다. 시간이 흐르면 점수는 무조건 나온다.'

오늘 승패에 대한 걱정 역시 없었다.

'그리고 오늘 이진용의 피칭은 완벽, 그 자체다.'

때문에 이 순간 변형채는 기대했다.

'이보다 더 효율적인 피칭은 없다.'

오늘 경기가 끝난 이후 사람들이 짓게 될 표정을.

그리고 6회가 시작됐다.

6회 초 이진용의 피칭은 완벽했다.

공 5개만으로 데블스의 하위타순을 완벽하게 봉쇄했다.

삼자범퇴.

이보다 더 완벽할 수 없는 피칭이었다.

그리고 곧바로 시작된 6회 말, 드디어 오늘 경기 첫 득점이 나오기 시작했다.

-세이프! 엔젤스가 드디어 선취 득점에 성공합니다!

한 점이 아니었다.

-안타! 또다시 주자가 쌓입니다.
-볼넷! 아! 김경훈 선수 흔들리나요?

연속 안타로 2점을 낸 상황에서, 여전히 주자 1, 2루 상황에서 잠실구장을 가소롭게 만드는 큼지막한 타구가 나왔다.

그 타구에 엔젤스 유니폼을 입은 이들은 모두가 기다렸다는 듯이 한마음으로 소리쳤다.

"호우움런!"

팽팽했던 실이 끊어지는 순간이었다.

"에이, 그러면 그렇지. 잘 버티나 했다."

"으하하! 그러면 그렇지. 이제 게임 끝! 데블스 새끼들 호우주의보 발령이다!"

자연스레 경기장을 지배하던 기대감이 사라졌다.

그리고 그 기대감과 함께 긴장감도 사라졌다.

'결국 경훈이가 무너지네.'

'여기까지 버틴 게 대단한 거지. 엔젤스 타자들이 작정하고 패스트볼만 노렸으니까.'

'그래도 이런 경기에서 이 정도로 던지는 걸 보면 내년 시즌에는 크게 발전할 거야.'

팬들만이 아니라, 데블스 선수단의 눈빛에서도 투쟁심이 사라지기 시작했다.

'끝났군.'

'끝났어.'

그 누구도 오늘 경기를 뒤집을 수 있으리라 생각하지 않았다.

그리고 그럴 수밖에 없었다.

7회 초, 이제는 추가 득점을 포함해 7점이라는 든든하기 그지없는 점수를 등에 업은 채 마운드에 등장한 등번호 1번, 이진용이란 이름을 가진 투수 앞에서 8득점으로 역전을 꾀한다는 것은 상상조차 할 수 없는 일이었으니까.

"결국 오늘도 이진용 완봉승이겠군."

"그래도 노히트노런이나, 퍼펙트게임 안 당한 게 어디야?"

"노히트노런 안 당해서 다행이다! 아주 다행이다!"

지금 상상할 수 있는 건 오직 하나, 이진용이 한국시리즈 1차전을 완봉승으로 마치며 마운드 위에서 전력을 다해 환호성을 내지르고, 잠실구장이 호우 소리로 가득 차는 그림뿐이었다.

그런 그들의 상상을 현실로 만들려는 듯, 이진용이 7회 피칭을 시작했다.

빡!

첫 타자를 상대로 초구 투심 패스트볼을 던져 유격수 앞 땅볼을 얻어냈다.

빡!

두 번째 타자를 상대로 이번에는 체인지업을 던져 2루수 앞 땅볼을 얻어냈다.

그리고 마운드를 내려갔다.

'응?'

'어?'

그 사실에 모두가 고개를 갸웃했다.

그뿐이었다.

그 사실에 패닉 상태에 빠질 정도로, 경기를 일으킬 정도로 놀라는 이는 없었다.

'아웃카운트 착각했나?'

'2아웃인데, 쓰리아웃으로 착각해나 보네?'

그저 이진용이 아웃카운트를 착각하고 잠시 실수를 할 것이라고, 이진용이 이진용답게 또라이 짓을 한 번 한 것뿐이라고, 그리 생각할 뿐이었다.

그러나 그런 이진용을 향해 그라운드의 그 누구도 그의 실수를 지적하지 않았다.

내야수들은 모두가 꼿꼿이 자신의 자리를 지키고 있었다.

포수인 이호찬 역시 잠시 자리에서 일어나 자신의 두 다리를 풀고 있었다.

그리고 불펜의 문이 열렸다.

-엔젤스가 여기서 좌완 원포인트를 올립니다. 이게 과연 무슨 의미일까요?

-모르겠군요. 왜 이진용 선수를 여기서 내리는 건지…….

그제야 사람들은 깨달았다.

"진짜 교체야?"

"이진용 내려간다고?"

이 모든 것이 해프닝이 아니라, 이미 사전에 계획된 투수 교체라는 사실을.

당연히 그 사실을 깨닫는 이들은 패닉 상태에 빠졌다.

"왜?"

"아니, 이진용 오늘 투구수 관리도 잘했잖아? 그런데 왜 여기서 내리는 거야?"

"기껏해야 60구를 던졌을 뿐이잖아!"

6.2이닝 동안 고작 57구만을 던진 선발투수를 내려야 할 상식적인 이유는 하나도 없었으니까.

"아니, 내일 선발로 쓸 것도 아닌데 여기서 내린다는 게 말이 돼?"

있다면 비상식적인 이유뿐.

"응?"

"어?"

"잠깐, 내일 이진용 나올 수 있어?"

"그, 그럴 리가…… 이틀 연속 선발이라니…….'

"하지만 50구 정도면, 어떻게 보면 다른 투수들은 2이닝에서 3이닝 정도 던지는 투구수잖아?"

"그렇긴 하지만…… 아니, 롱릴리프도 2, 3이닝 정도 던지면 휴식일 주잖아?"

"3일 휴식 후에 완봉하는 이진용인데?"

"20일 동안 쉰 이진용인데?"

"이진용인데?"

그리고 이진용이란 투수는 이제까지 비상식을 현실로 만들어낸 투수라는 것뿐.

그 사실에 도달했을 때 더 이상 잠실구장에 뜨거운 열기 같은 건 존재하지 않았다.

'아…….'

'와…….'

고요한 탄식만이 존재할 뿐.

승자만이 살아남는 포스트시즌.

-내가 포스트시즌에서 엿 좀 먹어보면서 느낀 건 뭔지 알아?

패자가 되는 순간 그것으로 모든 것이 끝나는 그 무대에서 김진호가 얻은 교훈은 하나였다.

-몇 승을 거뒀느냐, 삼진 몇 개를 잡았느냐, 몇 이닝을 소화했느냐, 그런 건 진짜 아무런 의미가 없다는 거야. 어차피 지면 끝이니까.

다음은 없다는 것.

-그러니까 경기 전체를 봐. 스스로의 기량을 가늠한 후에 그 경기 전체, 1차전부터 7차전까지, 총 63이닝짜리 경기에서

어떻게 나와야 4승을 챙길 수 있는지 봐. 너한테 있을 리 없지만 상식 같은 게 있으면 버려.

그리고 어떻게든 승리를 챙기면 된다는 것.

거기서 이진용은 생각했다.

"1차전에 60구 정도 던지고, 곧바로 2차전에서 7이닝 정도 던지는 거 가능할까요?"

자신이 1차전과 2차전, 두 경기에 연달아 나오는 것이 가능한지.

그것을 놓고 고민을 시작했다.

-안 될 건 없지. 퀄리티 스타트 효과로 얻는 체력 어드밴티지를 생각하면 오히려 체력은 남아돌 거야.

"중요한 건 타선 지원이겠죠?"

-그래, 3점 차 정도라면 무조건 완봉으로 가야지. 최소한 5점 차 이상 점수가 나야 안심할 수 있어. 네가 7이닝을 끝으로 내려갔는데 역전패를 당하면 그 리스크는 이루 말할 수 없으니까.

"그러면 김진호 선수라면 어떻게 하겠어요?"

-내가 월드시리즈 무대에서 이런 질문을 받는다면 이렇게 대답했지.

"이렇게?"

-우승 아니면 죽음을.

"그래서 돌아가신 건가요? 우승 못해서?"

-에이 진짜!

고민 끝에 이진용과 김진호는 결론을 내렸다.

하면 된다!

안 되면 되게 한다!

그 후에 곧바로 이진용은 봉준식 감독을 찾아가 자신의 이 또라이 같은 계획을 설명했다.

봉준식 감독은 그런 이진용의 계획에 경찰서에 전화를 거는 대신 수석코치와 투수코치 그리고 전력분석팀장인 변형채에게 전화를 걸었고, 그렇게 모인 이들과 머리를 맞대고 고민을 시작했다.

그렇게 시작된 고민 나온 의문은 하나였다.

"꼭 이렇게까지 해야 할까?"

그리고 그 질문에 대한 대답은 하나였다.

"우승을 위해서라면 뭔들 못하겠어?"

그렇게 엔젤스는 이 말도 안 되는 계획을 실현시키기 위한 준비를 시작했다.

그 결과는 대성공이었다.

-게임 끝! 우성균 선수가 팀의 승리를 지켜냅니다!

8 대 0.

엔젤스가 한국시리즈 1차전을 승리로 가져가는 순간이었다.

완벽한 승리였다.

이진용 그가 6.2이닝을 무실점으로 막아낸 후 곧바로 좌완 원포인트를 투입해 7회를 마무리.

이후 셋업맨과 마무리투수가 완벽하게 2이닝을 틀어막았다.

이진용이 아닌 엔젤스가 데블스를 잡는 순간이었다.

"데블스가 크게 당했네. 설마 이진용을 거기서 내리고 불펜 진을 가동할 줄이야."

"이 승리는 꽤 크군."

"혹여 내일 선발로…… 아니겠지. 아무렴, 설마. 나와도 불펜 으로 나오겠지."

당연히 이 1차전의 MVP는 이진용이 선정됐다.

한국시리즈 1차전은 여기까지였다.

승자가 정해지고 경기 MVP까지 정해진 상황에서 더 이상 할 건 없으니까.

이제 모두가 채널을 돌리거나 다른 곳에 관심을 가지며, 내 일 있을 2차전을 준비할 때.

"지금 시청자 몇 명이라고?"

"인터넷 중계방송 101만 명."

"공중파 시청률은 16퍼센트 찍었어."

"한국시리즈 본 경기보다 이진용 인터뷰가 시청률 가장 높 게 나오는 거 아니야?"

그러나 오히려 경기가 끝나자, 사람들이 잠실구장에 이목을 집중시키기 시작했다.

"진짜 내일 나오는 거야?"

"인터뷰에서 나오겠지. 설마 그냥 모르겠다고 하겠어?"

"누구든 간에 내일 선발은 발표하겠지."

다름 아니라 자신들이 지레짐작하고 있는 것이 사실인지 아닌지 확인하기 위해서.

그렇게 한국시리즈 본 경기보다 더 관심을 받는 인터뷰가 시작됐다.

"이진용 선수 오늘 6.2이닝만 던지고 마운드를 내려가셨는데요, 체력 안배 차원에서였나요?"

"예."

"혹시 보다 자세한 이유를 말씀해주실 수 있으신가요?"

그런 세간의 궁금증에 이진용은 기꺼이 대답했다.

"지금 몸 상태가 굉장히 안 좋습니다. 포스트시즌 기간 내내 고열에 시달렸습니다."

"예?"

"어제까지만 해도 열이 39도까지 오르는 바람에 오늘 경기도 나오지 못할 뻔했습니다. 5이닝만 던지는 게 목표였는데 이렇게 승리할 수 있어서 다행입니다."

그 대답에 모두가 멍한 표정을 지었다.

그러나 상식적으로 보면, 어찌 보면 그것이 가장 상식적인 이유였다.

-몸이 아파서 도중에 내려갔다고? 그게 말이 돼?

└응? 그게 말이 되는 거 아님?

└내일 경기 나오려고 6.2이닝만 던진 게 말이 안 되는 거 아님?

└그러네.

몸이 아프니까 조금 던지고 내려갔다, 이것보다 확실한 이유는 없을 테니까.

너무나도 상식적인 대답.

그런데 그 상식적인 대답에 모두가 멍한 표정을 지었다.

인터뷰를 하던 아나운서조차 제 역할을 잊었고 심지어 오더를 내려야 하는 PD조차 말문이 멎었다.

일순간 방송에 침묵이 이어졌다.

1초, 2초, 3초……

이제는 사실상 누구 한 명은 사유서를 써야 하는 방송 사고나 다름없는 상황.

그 상황에서 이진용이 입을 열었다.

"아, 뻥입니다."

그 말과 함께 이진용이 말했다.

"내일 경기 선발로 나옵니다. 다들 기대해 주세요."

그 모습에 모두가 멍한 표정을 짓는 사이, 오직 김진호만이 어처구니가 없다는 표정을 지으며 말했다.

-아직도 얘가 얼마나 또라이 새끼인지 모르는 놈들이 너무 많네.

한국시리즈 1차전이 끝났다.

그리고 2차전 선발이 공개됐다.

데블스의 선발은 명실상부한 데블스의 에이스 더스틴 버틀러.

엔젤스의 선발은 이진용이었다.

한국시리즈 1차전이 끝나는 순간, 언론과 여론이 주목하는 건 다름 아니라 경우의 수다.

[한국시리즈 1차전 승리팀이 우승할 확률은?]
[한국시리즈 1차전에서 패배한 팀이 역전한 사례!]

역대 한국시리즈의 사례들을 언급하며, 서로에게 유리한 해석을 내놓기 시작하는 것이다.

그러나 이번 한국시리즈는 달랐다.

세간은 그런 경우의 수 같은 것에 조금의 관심도 주지 않았다.

[이진용, 2경기 연속 선발 등판!]

한국시리즈 1차전에 나온 선발투수가 2차전에서도 선발투수로 나온다는 사실, 이 말도 안 되는 사실 앞에서 다른 무언가를 볼 여유 같은 건 없었으니까.

-야, 이런 경우가 있냐?
-메이저리그에도 없을 듯?
-아니, 고교야구도 아니고, 그냥 경기도 아니고 2경기 연속 선발이 말

이 됨?

문자 그대로 미증유의 사태였다.

어떤 사례를 언급하며 상황을 분석하는 것이 불가능한 사태.

당연히 이 사태 앞에서 많은 이들이 혼란을 느꼈다.

그리고 데블스는 혼란을 넘어 공포를 느끼고 있었다.

"2차전도 이진용이라니……."

"2경기 연속 던지면 오히려 약점이 생기지 않을까?"

"고작 50구 정도 던졌을 뿐이야. 이진용한테 그 정도는 몸풀기 수준이라고."

"그마저도 오른손 위주로 던졌고, 빠른 공도 없었지. 거의 다 맞혀 잡았다고. 힘들여서 던진 공은 없었어."

"어쩐지 공이 배트에 잘 맞더라……."

데블스, 그들은 이진용을 이기지 못하겠다고 인정한 후에 자존심을 굽히면서까지 1차전을 포기했다.

와신상담, 쓴맛을 참고 어떻게든 다른 곳에서 1승을 얻어내고자 했다.

그런데 이진용은 그조차도 허락하지 않을 생각이었다.

"이진용은 7차전까지 갈 생각이 없는 거야. 그게 아니면 이렇게 나올 리가 없잖아?"

"그냥 최대한 빨리 끝장을 내겠다는 거야."

초전박살.

이진용은 그 의지를 분명하게 보여줬고, 이제는 모두가 그 사실을 알게 됐다.

딱 거기까지였다.

-얘네들은 아직도 모르네.

사람들은 거기까지만 생각할 뿐이었다.

"뭘요?"

-네가 얼마나 대단한 또라이인지.

"칭찬으로 듣겠습니다."

이진용, 그가 노리는 목표는 그 이상이라는 것을 아는 이는 아직 없었다.

10월 25일, 한국시리즈 2차전이 시작됐다.

그뿐이었다.

그 경기를 보는 이들은 그 2차전이 어떤 의미를 가지며, 그 승패에 따라 어떤 결과가 나오고, 어떤 경우의 수가 생기며, 누가 활약을 할 것 같고, 누가 키포인트다! 같은 이야기 따위에 관심을 가지지 않았다.

-이진용 선수가 마운드에 올라옵니다. 재방송이 아닙니다. 1차전 선발로 나와 6.2이닝 무실점을 거둔 이진용 선수가 2차전 선발투수로 다시 데블스를 상대합니다.

오늘 2차전 선발투수로 이진용이 마운드에 올라와 공을 던진다는 것.

사람들은 그 사실에만 관심을 가졌다.

모두가 이진용의 일거수일투족은 물론 이진용이 내뱉는 하얀색 숨결에까지 주목했다.

-진용아, 이야기 들어 보니까 오늘 경기 시청률이 20퍼센트 정도 나온다던데.

"그래요?"

그렇게 모두의 관심 속에서 마운드에 선 이진용이 검은색 양손 글러브로 제 입을 가린 채, 김진호와 대화를 나누었다.

-이런 날도 쉽게 오지 않을 텐데 사람들 뇌리에 영원히 남을 선물을 주는 게 어때?

"어떤 선물이요?"

-여기서 바지 벗는 거 어때?

"에이, 진짜."

정말 쓸모없는 대화였다.

-장난이야.

"장난은 개뿔, 만약 폴더가이스트 같은 거 가능했으면 내 바지를 한 서른 번은 벗겼을 거면서."

-어떻게 알았어? 야, 내가 요즘 연습하는 게 그거야.

"시끄러워요."

달리 말하면 그런 대화를 해도 될 정도였다.

김진호도, 이진용도 오늘 경기의 승리에 대해서 일말의 의

심도 없었다.

근거 없는 자신감이 아니었다.

-그래서 오늘 피칭 스타일은?

오히려 반대, 오늘 이진용은 1차전을 했을 때보다 훨씬 더 승리에 대한 자신감과 근거가 있었다.

"어떻게든 내 투구수를 늘리려고 내 공을 최대한 보려는 타자들을 상대로 쓸 스타일은 하나죠."

지금 이 순간 이진용의 귀에는 데블스 타자들의 마음의 소리가 들리고 있었으니까.

그들이 지금 어떤 생각을 하고, 어떤 마음을 가지고 타석에 서는지 알 수 있었으니까.

-어떤 스타일?

"김진호 스타일이요."

-김진호 스타일이 뭔데?

"그야……."

그렇기에 이진용은 자신했다.

"삼진으로 죽이는 거죠."

-짜식, 뭘 좀 아네.

오늘 경기, 자신이 먹는다고.

그 자신감 속에서 게임이 시작됐다.

데블스는 이미 한국시리즈가 시작되기 전 모두에게 보여줬다.

"우린 이진용에게서 점수를 못 낸다. 내더라도, 승리를 확신할 만큼 점수를 못 낸다."

이진용을 이길 자신이 없다고.

"2차전도 마찬가지이다. 어제 60구 남짓 던지긴 했지만, 이진용의 체력은 불가사의한 수준이다. 심지어 어제 피칭을 보면 알겠지만 맞혀 잡는 피칭을 했다. 전력투구를 거의 하지 않은 피칭. 20일이란 휴식기를 고려하면 정말 몸풀기 정도라고 봐도 된다."

1차전에 선발로 나온 이진용이라고 해도 이길 자신이 없다고.

"하지만 체력적인 데미지가 없을 순 없다. 즉, 이진용의 맥시멈 투구수는 많아야 100구다. 그 이상은 이진용이 던진다고 해도 엔젤스 벤치에서 이진용을 불러올 거다."

그래서 그들은 꾀했다.

"그럼 최대한 이진용의 투구수를 많이 뜯어내고, 그 후에 나오는 불펜을 상대로 승부를 건다."

이진용에게서 점수가 아닌 투구수를 뽑아내기 위한 타격을 하겠다고.

"초구는 무조건 본다. 한가운데 오더라고 그냥 봐. 절대 초구를 건드리지 마."

어떻게든 이진용의 투구수를 늘려서, 그가 마운드를 내려간 다음을 노리겠다고.

"어쨌거나 우리도 저스틴이 선발이다. 1점 또는 2점이면 돼. 7회 이후 홈런 하나만 쳐도 이길 수 있다."

그런 준비를 한 데블스를 향해 이진용은 기꺼이 공격적인 피칭을 했다.

"스트라이크!"

모든 타자를 상대로 초구 스트라이크를 잡아냈다.

"스트라이크, 아웃!"

"스윙 스트라이크 아웃!"

"스트라이크, 아우우웃!"

그리고 그렇게 초구로 스트라이크를 잡아낸 타자들을 상대로 삼진을 뜯어냈다.

그것도 그냥 삼진이 아니었다.

-데블스 애들이 겁에 질려서 본질을 잊었군.

5이닝 동안 12개의 삼진을 잡아냈음에도 이진용의 투구수는 고작해야 64구에 불과했다.

데블스 타자들은 삼진을 헌납하면서도 이진용으로부터 투구수를 뜯어내지 못한 것이다.

-투수의 투구수 관리에서 가장 중요한 건 맞혀 잡는 게 아니라, 초구를 스트라이크로 잡는 건데 말이야.

김진호의 말대로 본질을 잊은 탓이었다.

"계획대로죠."

그리고 그것이 이진용이 노리던 바였다.

이진용, 그는 그저 단순히 많은 경기를 나오기 위해서 2차전에 나온 게 아니었다.

-그래, 계획대로지.

이진용은 자신이 2차전에 나왔을 경우 어떤 메리트가 있는지 다각도로 분석했다.

그 분석 끝에 이런 결과가 나오리라 예상했고, 그렇기에 이진용은 오늘 이 마운드에 올라온 것이다.

더불어 그런 분석과 준비를 한 건 이진용만이 아니었다.

이진용이 5이닝 무실점으로 마운드를 내려오는 순간, 봉준식 감독은 선글라스 너머로 3루 쪽 더그아웃에서 모습을 드러내는 저스틴을 주목했다.

'역시 이쪽을 보는군.'

4이닝 무실점, 에이스다운 피칭을 하는 저스틴의 시선은 다른 곳도 아닌 엔젤스의 더그아웃을 향하고 있었다.

'좋은 투수야.'

자신이 잡아야 하는 게 투수가 아니라 타자라는 사실을 명확하게 파악한다는 증거였다.

'에이스에 어울리는 실력과 책임감을 동시에 가진 투수.'

그때 봉준식 감독이 사인을 내보냈고, 그 사인에 이제까지 잠자코 있던 투수 한 명이 일어났다.

"Yes, boss."

앤디 곤잘레스.

이번 시즌 13승 8패, 3.50의 방어율로 충분히 훌륭하게 제몫을 한 그가 글러브를 챙기며 보란 듯이, 그 누구도 아닌 저스틴에게 보란 듯이 불펜으로 향했다.

그리고 그 장면을 확인한 저스틴이 살짝 눈살을 찌푸렸다.

그 찌푸림에 봉준식 감독의 입가에 미소가 그어졌다.

'앤디가 불펜으로 가는 걸 본 이상 저스틴은 머릿속으로 연장전 승부를 염두에 둔다. 그리고 자신이 최대한 많은 이닝을 소화해야 한다는 책임감을 느끼겠고.'

그 미소 사이로 봉준식 감독이 타격코치에게 사인을 보냈다.

'그렇다면 투구수 관리를 하는 피칭을 시작할 터.'

그 사인을 받은 타격코치가 고개를 끄덕였다.

'맞혀 잡는 피칭을 한다, 그럼 이쪽에서는 맞히는 타격으로 들어가면 될 터.'

그 순간 봉준식 감독이 잠시 선글라스를 벗은 후에 제 미간을 주물렀다.

그 찰나의 순간 드러난 봉준식 감독의 눈빛은 독사의 눈빛처럼 빛나고 있었다.

언제나 그렇다.

모든 것은 작은 것부터 시작된다.

거대한 댐이 무너지는 것도 결국은 아주 작은 균열에서부터 시작되기 마련이다.

저스틴 버틀러.

2017시즌 26경기에 나와 189이닝을 소화하며 16승 6패를 기록.

방어율은 2.30, 187개의 삼진을 잡아내며 데블스의 에이스 자리에 부족하지 않은 결과물을 보였던 투수.

그야말로 데블스의 마운드를 지키는 거대한 댐과 같았던 그를 무너뜨린 건 작은 요소였다.

'내가 최소한 8이닝까지는 던져야 한다.'

앤디 곤잘레스가 불펜으로 가는 것을 본 저스틴은 오늘 경기가 연장전으로 가리라 생각했고, 당연히 자신이 보다 많은 이닝을 소화해야 한다는 의무감을 품었다.

'투구수를 아껴야 해.'

그 의무감 속에서 그는 맞혀 잡는 피칭을 염두에 두었다.

결과는 좋았다.

5회 말, 저스틴은 고작 6개의 공만 던져서 삼자범퇴로 이닝을 마무리했다.

그리고 6회 말도 분위기는 좋았다.

저스틴은 선두타자를 상대로 2구만 던져 땅볼로 아웃을 잡아냈다.

효율적인 피칭의 진수. 본인 스스로가 보기에도 자신감이 생길 만한 피칭이 시작됐다.

그런 그가 다음 타자인 홍우형을 상대로 맞혀 잡는 피칭을 하지 않을 이유는 어디에도 없었다.

그리고 그 사실을 예상하고 있던 홍우형은 저스틴이 던진 151짜리 포심 패스트볼, 몸쪽에 바짝 달라붙어 오는 공을 때려냈다.

사실 그건 좋은 코스의 공이 아니었다.

정말 잘 때려야 안타가 나오는 공.

정말 뛰어난 타격 재능이, 장타력이 있어야만 그나마 외야에 도달할 만한 큰 타구를 만들 수 있는 공.

만약 그 공을 홈런으로 만들 수 있다면 100억이란 돈을 줘도 아깝지 않을 정도의 공.

그게 이유였다.

"으아아아악! 넘어갔다!"

"호우훔런이다!"

"호우형이 해냈다!"

엔젤스가 시즌 시작 전 홍우형에게 기꺼이 100억 원이란 돈을 주면서 그를 영입한 이유.

1 대 0.

균형이 무너졌다.

1 대 0.

6회 말 드디어 깨진 균형 앞에서 데블스의 타자들은 입이 바짝 마르기 시작했다.

그 순간 데블스 타자들의 목표는 오로지 하나였다.

'젠장, 이진용 저 새끼만 내려가면……'

'어떻게든 이진용의 투구수를 늘려야 해.'

1이닝이라도 더 빨리 이진용을 마운드에서 끌어내려야 한다는 것.

그사이 데블스 더그아웃으로 희소식 하나가 들어왔다.

"우성균 불펜으로 갔어!"

엔젤스의 마무리투수인 우성균이 이제 불펜으로 이동했다는 소식이었다.

"이제 얼마 안 남았어!"

그건 곧 이진용이 조만간 교체된다는 사인이기도 했다.

이미 엔젤스의 불펜에서는 선발투수인 앤디가 몸을 풀고 있었다. 그런 상황에서 마무리투수인 우성균마저 불펜에 투입한다는 건 엔젤스가 연장전까지 갈 생각 없이 9이닝에 우성균을 내보내고 이닝을 마무리할 속셈이라는 증거였으니까.

"일단 이진용 내려가면 앤디가 올라오겠지."

"쉽진 않겠지만 점수를 못 낼 것도 없어. 저번에도 앤디 상대로 이겨봤잖아?"

"앤디는 슬로우 스타터 기질이 있어. 아무리 몸을 일찍 풀어도 분명 틈은 나와."

데블스가 그 사실에 희망을 품기 시작했다.

그런 상황에서 7회 초가 시작됐을 때, 당연한 말이지만 데블스의 선수와 팬들 중 그 누구도 득점을 기대하지 않았다.

오히려 몇몇 이들은 확신했다.

'이번 이닝만 넘어가면 돼.'

이진용이 나오는 건 7회까지라고.

'이진용은 7회에 투구수가 100개 근처가 된다.'

'이진용은 7회까지야. 8회에 앤디가 올라오고, 9회에 우성균이 올라오겠지.'

어제 선발로 출전한 투수의 투구수가 100구에 이르렀다는 사실을 기반으로 내놓은 아주 상식적인 확신이었다.

그렇기에 그 확신을 가진 이들은 1초라도 빨리 7회가 끝나기를 바랄 뿐이었다.

"스트라이크, 아웃!"

그리고 7회 초가 끝났다.

7이닝 무실점 16탈삼진 투구수는 98구.

자신에게 주어진 임무를 완벽하게 마무리한 이진용이 그대로 마운드를 내려갔다.

"드디어 내려갔다."

"이제부터 시작이다. 정신 차려! 어떻게든 1점을 뽑아야 해."

그 사실에 꺼져 있던 데블스의 눈빛에 전의가 불타오르기 시작했다.

그런 그들을 향해 이진용은 말했다.

"어? 호우 새끼 왜 점퍼 입는 거야?"

"아이싱을 안 해?"

누가 내가 7회까지만 던진다고 말했지?

"아, 씨발…… 속았다."

"엔젤스 저 악마 같은 새끼들!"

이진용, 그가 8회를 준비했다.

-공이 높게 뜹니다. 타구가 뻗지 못합니다. 중견수가 내려옵니다. 잡았습니다!

이제는 싸늘해진 밤.

-경기 끝! 엔젤스가 데블스를 상대로 1 대 0, 승리를 가져가며 한국시리즈 2차전마저 가져갑니다! 그리고 이진용, 그가 자신의 커리어 첫 한국시리즈 완봉승을 기록합니다!

[한국시리즈 첫 완봉승에 성공했습니다. 플래티넘 룰렛 이용권이 지급됩니다.]
[현재 누적 포인트는 24,911포인트입니다.]

그 싸늘한 밤의 잠실구장으로 마치 늑대 무리의 하울링과 같은 것이 흘러나오기 시작했다.
"호우우우!"
"호우우우!"
호울링.
오직 한 명만을 위한 그 환호성 속에서 마운드 위로 엔젤스 선수들이 모이기 시작했다.

"이호우, 너 이 자식!"

"이 괴물 같은 호우 새끼!"

한국시리즈 첫 완봉승 그리고 2차전 승리를 거두게 해준 이 말도 안 되는 투수를 어떻게든 축하해 주기 위한 짐승들의 질주였다.

당연히 그들의 눈에는 뵈는 게 없었다.

그 무엇보다 격한 방법으로 에이스의 승리를 축하할 생각이었다.

-오예! 와라! 와! 죽여 버려!

그렇게 몰려드는 선수들을 향해 이진용은 말했다.

"스탑!"

-스탑?

그 외침에 마운드 주변으로 몰려들던 선수들이 저도 모르게 이진용 앞에서 멈추기 시작했다.

그들에게 이진용은 손짓했다.

그 손짓에 선수들이 무언가에 홀린 듯 이진용에게 좀 더 가까이 모여들었다.

그렇게 마운드 위로 엔젤스 선수단이 모여 무리를 만들었다.

그 무리 속에서 이진용이 말했다.

"남은 다섯 경기, 그중 한 경기만 잡아주십시오."

간절하게.

"그럼 남은 1승은 제가 마운드에서 죽는 한이 있더라도 해 내겠습니다."

그 어느 때보다 간절하게 자신의 소망을 말했다.

그 순간 엔젤스 선수단은 깨달았다.

'그래, 아직 끝난 게 아니야.'

'2승을 거뒀을 뿐이야, 아직 2승을 더 거둬야 해.'

아직 그들이 이룬 것은 단 하나도 없다는 것을.

이제 고작 그들이 원하는 것까지 반절 정도 왔다는 것을.

"그럼 잘 부탁합니다."

그렇기에 이진용의 이 말을 듣는 순간 엔젤스 선수들 중 그 누구도 승리의 여운에 젖지 않았다.

여전히 굶주린 맹수가 된 눈빛으로 데블스를 바라보며 더그 아웃으로 향하기 시작했다.

-짜식.

그 광경에 김진호는 진심으로 감탄했다.

-그래, 그게 맞다. 아직 무엇 하나 이루지 못했는데 기쁨에 취할 필요는 없지. 취하는 건 한국시리즈가 끝난 후에 해도 될 테니까.

그 감탄에 이진용은 대답했다.

"뭔 개소리예요."

-응?

"어휴, 잘못했으면 맞아 뒈질 뻔했네."

말과 함께 이진용이 긴 한숨을 내뱉었다.

-무슨 소리야?

"거기서 그냥 놔뒀으면 선배들이 절 가만히 놔뒀겠어요? 개

패듯 팼겠지."

그제야 김진호는 이진용의 지금까지 행동이 맞기 싫어서 한 연기라는 것을 알 수 있었다.

"아, 다행이다. 이렇게 넘어가서. 그보다 제 연기력 좋았죠?"

그 모습에 김진호는 잠시 동안 말문이 막힌 듯, 멍한 표정으로 이진용을 바라봤다.

그런 김진호의 표정을 아는지 모르는지, 더그아웃으로 향하는 이진용은 관중석을 향해 말했다.

"호우!"

아주 신나게.

-이 미친 또라이 새끼.

2차전이 끝났다.

그리고 3차전을 앞둔 달콤한 하루의 휴식이 시작됐다.

한국시리즈는 크게 세 번의 시리즈를 치른다.

정규시즌 1위를 기록한 팀을 기준으로 홈에서 2경기 어웨이에서 2경기 그리고 마지막으로 홈에서 3경기.

당연히 이 경기 사이사이에는 이동일을 위한 휴식일이 주어진다.

하지만 2017시즌 한국시리즈의 경우에는 이동일 같은 건 없었다.

엔젤스와 데블스, 잠실구장을 홈으로 공유하는 그 두 팀은 군이 긴 여정을 위해 버스에 몸을 실을 필요 없이 곧바로 휴식일을 취할 수 있었다.

그 덕분이었다.

"잠실벌 라이벌이 붙으니까 이렇게 경기 도중에 만나서 이야기도 할 수 있군. 술이라도 한잔할까?"

"미친 소리 하지 말고, 그냥 콜라로 만족하자고."

황선우와 변형채, 그 둘이 한국시리즈 도중에, 밤중에 만날 수 있었던 건.

"어떻게 그런 이야기를 언질도 안 해줄 수 있냐? 응?"

"무슨 소리야?"

"이진용 말이야, 이진용."

그런 그 둘의 이야기의 시작점은 당연히 이진용이었다.

"1차전과 2차전 출전이라니, 메이저리그 역사에도 없는 짓을 꾀하고 있을 줄이야."

황선우의 말에 변형채가 미소를 지었다.

"그래서 극비로 취급했지. 이 작전이 노출되면 오히려 데블스가 제대로 찌르고 들어올 수 있으니까."

"이진용이 제안한 건가?"

"아무렴. 설마 코칭스태프 쪽에서 이진용보고 1, 2차전에 선발로 출격하라고 제안했겠어?"

1차전과 2차전, 두 경기 연속 선발로 출전하고 두 경기에서 승리투수가 된 유일무이한 사나이.

"대단한 놈이야."

그 사나이에 대한 이야기만으로도 밤을 지새우는 건 너무나도 쉬운 일이었다.

"뭐, 그 이야기는 한국시리즈 끝난 이후에 마저 하고."

그렇기에 황선우는 그 이야기가 길어지기 전에 멈췄다.

"이진용이 한국시리즈 우승 후에 조건 없이 방출된다는 찌라시가 도는데 말이야, 그쪽에서 흘린 거 맞지?"

그 질문에 변형채는 모르겠다는 표정을 지으며 말했다.

"그건 운영팀이나 홍보팀 일이지, 전력분석팀 일이 아닌데."

"그 찌라시 내용, 사실이야?"

"맞아도 내가 여기서 맞다고 말할 순 없잖아?"

그런 변형채의 모습에 황선우는 더 이상 사실 여부 같은 건 묻지 않았다.

"조건 없는 방출이라…… 아니, 정확히 말하면 한국시리즈 우승을 조건으로 방출이겠지. 안 될 건 없지만, 그게 터지면 분명 어떤 식으로든 태클이 들어올 텐데, 괜찮겠어?"

불도저처럼 이야기를 이끌어갈 뿐.

그런 황선우를 상대로 변형채 역시 굳이 얼굴 표정을 찌푸리지 않았다.

애초에 정말 정보를 숨기려고 했으면 이 자리에 오지도 않았을 테니까.

"뭐, 정말 그렇게 되면 소란스럽겠지. 하지만 우리 운영팀장님이 그런 소리 듣는 걸 무서워하실 분은 아니잖아?"

구은서.

그녀를 떠올린 황선우가 저도 모르게 고개를 끄덕였다.

"오히려 주변이 구 팀장을 무서워하겠지."

"아무렴."

그녀라면 세간이 뭐라고 하든 오히려 그들을 향해 그래서 뭐 어쩌라고? 그리 대답할 테니까.

"더불어 그런 중요한 문제를 가지고 손만 놓고 있으실 정도로 무능력한 분도 아니지."

"이미 작업을 했다?"

"찌라시가 그냥 도는 게 아니잖아?"

말을 하던 변형채는 씨익 웃었다.

"그리고 내가 보기에 이진용이 메이저리그에 간다면 엔젤스 팬 말고 반대할 팬이나, 야구계 관계자는 정말 단 한 명도 없을 것 같은데."

그 말에 황선우도 피식, 웃었다.

그 말 그대로였다.

지금 만약 이진용이 엔젤스를 떠난다면 엔젤스 팬들은 울고 불고하겠지만 엔젤스 외 9개 구단 팬들은 장담컨대 이진용의 해외진출을 위한 비용 모금에 기꺼이 자기 돈을 넣어줄 것이다.

더 나아가 이진용이 메이저리그 어느 구단의 유니폼을 입는 순간, 한국프로야구의 팬 중 절반 이상이 이진용 이름이 박힌 그 메이저리그 구단 유니폼을 구매할 것이다.

"그 순간 국민 호우되는 거지."

이진용을 향해 여론과 언론이 드러내는 적대감은 곧바로 환호성으로 바뀔 것이다.

"그래서 그동안 홍보팀에서 반박기사 한 줄 써달라고 나오지 않은 거군."

"글쎄 난 홍보팀 사정 모른다니까. 전력분석하러 전국 다니는 것만으로도 벅차. 다른 이야기를 하자고."

그 말에 황선우가 앞에 놓인 콜라를 한 모금 마신 후에 질문을 던졌다.

"3차전 선발은 당연히 차운호겠지?"

"아무렴. 차운호를 100억을 들여서 데려온 이유는 다른 무엇도 아니고 그가 한국시리즈에서 무려 4승을 거둔 선발투수라는 것, 오로지 그거 하나 때문이었으니까."

"앤디는 몸만 풀었으니 차운호 다음인 4차전 선발이겠고, 5차전이 이진용 등판일인가?"

"계획상으로는."

"계획상으로는?"

황선우가 고개를 갸웃했다.

"뭔가 다른 게 있어?"

"내가 보기에 이번 시리즈는 5차전까지 가지 않을 것 같거든."

-내가 봤을 때 이번 시리즈 5차전까지 안 간다.

김진호의 말에 이진용이 이 양반이 웬일이야? 뭘 잘못 드셨나? 하는 표정을 지었다.

-이번 시리즈 4승 0패로 엔젤스의 승리다.

"성불하실 때가 오신 거 아니죠?"

-뭐 인마?

"아니, 매일 저주만 퍼부으시던 분이 갑자기 좋은 이야기를 꺼내주시는 게 신기해서요."

그 말에 김진호가 반발했다.

-야! 내가 언제 저주 퍼부었어!

"조금 전까지만 해도 룰렛 돌릴 때 망하라고 아주 그냥 지랄 지랄을 하셨잖아요?"

-야! 그건 저주가 아니라 쓰레기 게임 밸런스 패치 좀 하라고 제작사에다가 항의한 거지!

"예예, 그러시겠죠."

말과 함께 이진용의 자신의 능력치를 바라봤다.

[이진용]

-최대 체력 : 124

-최대 구속 : 143

-보유 구종 : 포심 패스트볼(S), 투심 패스트볼(S), 스플릿 핑거 패스트볼(S), 컷 패스트볼(B), 체인지업(S), 슬라이더(S), 커브(B).

-보유 스킬 : 심기일전(D), 일일특급(D), 라이징 패스트볼(A), 마법의 1이닝, 무쇠팔(C), 리볼버, 컨트롤 마스터(A), 철인, 에이스, 철

마(A), 전력투구, 마구(E), 스위칭(B), 수호신

'오케이, 구속 오르고.'

이번 시리즈 동안 얻은 포인트로 구속이 무려 2킬로미터나 늘어난 것에 미소가 그어졌다.

'그리고 드디어 볼 마스터를 썼고.'

그러나 그 무엇보다 마음에 드는 건 2차전 승리와 함께 얻은 플래티넘 룰렛에서 나온 구질 등급 향상 아이템이었다.

'이제 체인지업도 마스터 랭크다.'

이제는 체인지업도 마스터 랭크가 된 상황.

-여하튼 쓰레기 게임이야. 골드 룰렛 네 번 돌려서 구속이 두 번 나오는 게 말이 돼?

김진호가 거듭 투덜거릴 수밖에 없는 상황이었다.

"그래서 엔젤스 승리를 확신하시는 이유가 뭔가요? 분명 무언가 낌새를 보셨으니 그런 말을 하셨을 텐데?"

그런 김진호를 상대로 이진용이 슬쩍 화제를 돌렸다.

-일단 차운호는 내일 이길 거거든.

"차 선배가요?"

-응.

"어떻게 확신하세요?"

-야, 눈빛만 봐도 알지. 내가 야구 귀신…… 야, 너 또 잡귀라고 하려고 했지?

"왜요? 찔리세요?"

-진짜 이진용이 이 자식 때문에 어디 가서 귀신이라고도 말 못 하겠네. 여하튼 차운호 자체가 큰 무대에 강한 타입이야. 내일 쉽게 무너지지 않는 모습을 보여줄 거야. 반대로 데블스는 이미 빈사 상태야. 1패만 더하면 사실상 게임 끝이거든.

"누구 때문에 빈사 상태가 된 걸까요?"

-누구긴 전국적으로 유명한 또라이 새끼의 또라이 짓에 당해서 그런 거지.

말을 하던 김진호가 이진용을 노려보듯 바라보며 말했다.

-그래서 옛말에 미친놈과 똥은 보면 피해라, 라는 말이 있었지.

"비유를 꼭 그런 식으로 해야겠어요?"

-알잖아? 난 거짓말하면 입에 가시 돋는 거. 보여줄까? 아아 아아!

"입 좀 닥쳐요."

-어쨌거나 3차전은 엔젤스 승리. 그럼 남은 건 1승뿐인데, 솔직히 이쯤 되면 데블스 입장에서는 게임 끝! 그럼 4차전도 끝! 4 대 0 엔젤스 한국시리즈 우승!

그 말에 이진용은 가볍게 고개를 끄덕였다.

'드디어 한국시리즈 우승이구나.'

다른 누구도 아닌 김진호가 그리 말한다면, 그렇게 될 테니까.

'이제 드디어 메이저리그구나.'

그리고 그렇게 되면, 그 후에 이진용에게 남은 것은 별들의 세상, 메이저리그가 될 테니까.

"끝내주네요."

그 사실에 이진용의 심장이 두근두근하기 시작했다.

'이제 김진호 선수가 뛰던 무대에, 내가 그 무대에 오를 수 있다.'

다른 무엇도 아닌 메이저리그의 타자들, 그 괴물과도 같은 놈들과 전쟁을 치른다는 사실에.

-그래, 끝내주지. 이진용, 네가 호우호우 지랄하는 꼴을 더 이상 볼 일이 없으니까.

"예?"

-4차전에 게임 끝나면 네가 나올 일이 없잖아?

"어?"

그제야 이진용은 이해할 수 있었다.

"어!"

김진호의 말대로 이야기가 진행된다면 더 이상 이진용이 나올 일은 없다는 것을.

그 사실에 이진용이 놀랐고, 그 모습에 김진호가 말했다.

-그래서 내가 매일 새벽에 일어나서 제발 이번 한국시리즈는 4차전에 끝나게 해달라고 새벽기도를 했지!

"에이, 진짜 그런 쓸데없는 짓을 하고 그래요!"

-꼬우면 너도 새벽에 일어나서 기도해. 제발 우리 팀 한국시리즈에서 지게 해달라고.

"아니, 그건……."

-응? 나 포인트 쌓아야 하니까 팀이 지는 걸 원한다고? 에이, 설마. 아무리 포인트에 눈이 먼 이진용이라도 설마 그 정도까

지 사악한 생각은 안 하겠지. 그렇지?

"다, 당연하죠."

-그럼 당연히 4차전은 더그아웃에서 봐야겠네. 포인트 얻는 것 하나 없지만 팀의 우승을 응원해야겠네. 그렇지?

"그건……."

결국 이진용이 말문이 막힌 듯 입을 꽉 다물었다.

그리고 3차전이 시작됐다.

10월 27일, 하루 휴식일을 마치고 다시 잠실에서 시작된 한국시리즈 3차전.

-게임 끝!

승자는 엔젤스였다.

-차운호 선수가 한국시리즈에서 완봉승을 거둡니다!

"캬! 차운호가 한국시리즈에서 완봉승이라니!"

"이 맛에 현질하지!"

"구 회장님, 차운호 사주셔서 감사합니다. 만수무강하시옵소서!"

차운호.

그가 100억 원이라는 돈을 받고 엔젤스에 온 이유를 세상에 완벽하게 증명하는 순간이었다.

"아, 끝났다."

"3패…… 이제 남은 경기 잡으면 뭐하겠냐? 어차피 이진용 나와서 1승 거둘 텐데."

동시에 한국시리즈 우승을 향해 여전히 뛰고 있던 데블스의 심장에 비수가 꽂히는 순간이었다.

팬들은 물론 데블스 선수단에도 더 이상 승리에 대한 열의는 존재하지 않았다.

오히려 일부는 생각했다.

'차라리 이진용 만나서 패배할 바에는 그냥 깔끔하게 내일 경기에서 끝나는 게…….'

'아, 이진용 그 새끼를 또 만나기는 싫은데…….'

5차전 선발로 예정된 이진용을 만날 바에는 그냥 차라리 4차전에서 깨끗한 패배를 당하고 싶다고.

물론 그 속내를 입 밖으로 내뱉는 이는 없었다.

모두가 그 사실을 속으로 삭인 채, 이제는 패배자가 되어 그라운드에서 사라질 뿐.

그리고 그 광경을 이진용은 어색한 표정으로 바라봤다.

'김진호 선수 말대로 데블스의 전의는 완벽하게 소멸됐다.'

이 순간, 이진용은 떠나는 데블스의 표정을 통해, 분명하게 확신할 수 있었다.

'내일 경기, 지고 싶어도 질 수 없는 경기다.'

-내 말이 맞지? 응?

김진호의 말대로 내일 열리는 4차전이 엔젤스의 이번 시즌 최후의 무대가 되리라고.

동시에 내일 경기가 이진용의 2017시즌 최후의 경기가 되리라고.

그 사실에 이진용은 이내 길게 한숨을 내뱉었다.

'그래, 우승했으면 된 거지.'

그 순간 이진용은 자신의 마음속에 있었던 자그마한 미련을, 아쉬움을 그대로 토해냈다.

"예, 내일 우승하면 헹가래 해야죠."

그 모습에 이진용을 놀리려던 김진호가 피식, 웃었다.

더 이상 이것을 가지고 이진용을 놀릴 수 없다는 사실을 알게 됐으니까.

더 나아가 이진용이 그 무엇보다 우승에 만족하는 모습을 보게 됐으니까.

-이르긴 하지만 미리 말하마. 수고했다.

"예."

그때였다.

툭툭!

차갑게 식은 그라운드로 위로 굵직한 빗줄기가 한두 방울 떨어지기 시작했다.

그 사실에 몇몇 이들이 고개를 들어 하늘을 바라봤다.

"어? 비 오는 거야?"

"기상청이 비 온다고 했는데 왜 비가 오지?"

"기상청이 뭐라고 했지?"

"오늘 밤부터 내일까지 비 어마어마하게 쏟아진다고……."

그 말에 엔젤스 선수단과 관계자들 몇몇이 스마트폰을 꺼내 상황을 살폈다.

이윽고 프런트 관계자 한 명이 팬들에게 인사를 하기 위해 선수와 코치들이 남아 있는 더그아웃으로 들어와 말했다.

"내일 호우주의보 발령됐습니다. 엄청 퍼붓는답니다. 어쩌면 우천취소 될지도 모릅니다."

우천취소!

-아니, 내일 우천취소라니? 이게 무슨 소리야! 내일 폭우라니? 내일 경기가 취소가 됐다, 이 말이야?

그 말에 김진호가 믿을 수 없다는 표정으로 하늘을 바라봤다.

반면 이진용은 짧게 소리쳤다.

"호우!"

그리고 10월 28일, 잠실구장 위로 걷잡을 수 없는 폭우가 내리기 시작했다.

자연히 한국시리즈 일정이 하루 연장됐다.

[10월 29일, 한국시리즈 4차전 시작!]

그리고 시작됐다.

[엔젤스 선발은 이진용!]

2017시즌 한국프로야구의 마지막이 될지도 모르는 한국시리즈 4차전이.

1984년.

한국프로야구 역사에 믿을 수 없는 일이 일어났다.

한국시리즈 무대에 한 명의 투수가 5경기에 출전해 40이닝을 던지면서 1.80의 방어율을 기록, 4승 1패라는 성적을 거두며 팀을 우승시킨 것이다.

역사의 주인공은 무쇠팔 최동원!

전설을 넘어 신화와도 같은 일이었고, 당연히 이제 그 누구도 그 신화에 도전하지 못하리라 생각했다.

그런데 지금 한 사내가 그 신화에 나름의 도전장을 냈다.

-이진용이 4차전에서 이기면 어떻게 됨?

└완봉으로 이기면 24.2이닝 무실점 3승 0패 됨.

└최동원 선수만은 못하네?

└단순 기록은 못하겠지만, 4차전까지 해서 3승 0패에 무실점에 2완봉승이면 비빌 수는 있지 않을까?

└분명한 건 최동원 선수 전설을 누구도 넘보지 못한 것처럼, 이호우 기록도 누구도 넘보지 못한다는 거겠지.

이진용.
이미 1차전과 2차전에 등판해 두 번의 승리를 거둔 그가 4차전에 세 번째 승리에 도전했다.
있을 수 없는 일.
믿을 수 없는 일.

-그래서 데블스가 이호우 잡을 거 같아?
└내가 봤을 땐 김진호가 지옥에서 살아 돌아올 확률하고 비슷하다고 봄.
└야, 그게 말이 됨?
└그러니까.

하지만 모두가 이진용이 이 말도 안 되는 전설을 완성시키리라는 사실을 믿어 의심치 않았다.

-그냥 깔끔하게 졌으면 좋겠다. 어차피 여기서 이호우 잡아도 결국 7차전에 또 이호우잖아?
└ㅇㅇ 그냥 여기서 패배하는 게 나음.

심지어 데블스 팬들조차 이제는 더 이상 데블스의 승리를 응원하지 못할 정도.

이미 승패는 정해진 바와 같았다.

그렇기에 그 누구도 이제 더 이상 승패에 관심을 가지지 않았다.

그러자 사람들은 관심 대신 불만을 가지기 시작했다.

-이게 말이 됨? 투수 한 명이 3승해서 한국시리즈 우승한다는 게 말이 됨?

└안 될 게 뭐 있어?

└젠장, 이게 무슨 야구야! 이호우가 혼자 다 해먹는 거잖아!

└꼬우면 니들도 호우하든가!

└아니, 엔젤스 놈들은 운 좋게 이진용 뽑아서 우승하는 주제에 왜 이렇게 거만해? 야, 이진용을 너희들이 키웠냐? 유망주 무덤 소리 듣던 놈들이!

└뭐 어쩌라고? 그럼 니들도 뽑든가!

└뭐 인마? 막말로 이건 개뽀록이지! 2017시즌 엔젤스 한국시리즈 우승은 무효 처리해야 함!

└응, 호우.

이 말도 안 되는 사태에 대해서 근거 없고, 이유 없는 불만을 토로하기 시작했다.

[한국시리즈 4차전 우천취소!]

그 불만은 4차전 우천취소가 확정되는 순간, 이루 말할 수 없을 만큼 험악한 분위기로 바뀌었다.

엔젤스 입장에서는 결코 좋지 못한 분위기였다.

"여론이 험악하네. 이대로 가다가는 엔젤스가 우승해도 욕 먹게 생겼는데?"

"박수받으면서 우승하긴 힘들게 됐지."

"딱히 엔젤스 입장에서는 분위기나, 여론을 반전시킬 방법 도 없으니, 죽을 맛이겠군."

정말 우승을 하고도 축하는커녕 욕을 먹을지도 모르는 상황.

당연한 말이지만 엔젤스는 그런 상황을 가만히 두고 볼 생 각이 없었다.

"홍보팀장님, 일은 어떻게 처리됐죠?"

"예, 그게……."

최소한 구은서, 그녀는 홍보팀이 이런 상황에서 아무것도 하지 않고 월급을 타가는 꼴을 볼 생각이 없었다.

"……아주 잘됐습니다."

더 나아가 구은서는 이미 준비해 두었다.

"이형세 기자가 떡밥을 물었습니다. 아마 몇 시간 뒤면 기사 로 뜰 겁니다."

"그동안 참고 두고 본 보람이 있었으면 좋겠군요."

"아주 보람찬 일이 될 겁니다."

그렇게 구은서 그리고 홍보팀이 준비하고 있던 것이 거센 빗 줄기로 소란스러운 야구판에 기사 하나가 뿌려졌다.

[엔젤스, 이진용과 이면계약! 이번 시즌 끝으로 무조건 방출!]

이진용을 좋아하는 팬은 많다.

정말 많다.

자신이 응원하는 팀을 상대로 이진용이 나오면 쌍욕을 퍼붓지만, 다른 팀을 상대로 공을 던지는 이진용을 향해서는 얼마든지 응원을 보낸다.

하지만 이진용을 좋아하는 야구관계자는 지극히 적다.

선수는 물론, 기자, 프런트 직원, 그 외에 여러모로 한국프로야구라는 시장으로 돈을 버는 이들은 이진용을 좋아할 수가 없다.

작은 도마뱀들의 세상에 공룡 한 마리가 등장한다면, 과연 어느 도마뱀이 그것을 좋아할까?

당연히 이진용을 물어뜯을 수 있는 곳이 생긴다면, 그들은 가차 없이 물어뜯을 생각이었다.

"선배! 기사 터졌어요!"

그런 그들이 이진용과 엔젤스의 이면계약, 드디어 이진용을 물어뜯을 수 있는 그 기회를 그냥 넘어갈 리 만무했다.

"알아."

"이거 큰일 난 거 아니에요?"

후배 기자의 그 말에 황선우는 다른 대답을 했다.

"이형세가 물었네."

말을 하는 황선우는 스마트폰으로 단독이라는, 기자들이 가장 좋아하는 타이틀을 내건 이의 이름을 확인하고는 비릿한 미소를 지었다.

그 미소에 후배 기자는 짐작했다.

"큰일 난 게 아니에요?"

그 물음에 황선우는 되물었다.

"이번 일 터져서 곤란한 사람이 있나?"

"그야 엔젤스죠!"

"왜?"

"당장 한국프로야구위원회에서 치고 들어올 텐데요? 나머지 구단들도 가만히 있지 않고요. 구단 애들이 어떤 놈들인데, 이런 걸 가만 놔둘 리가 없잖아요? 최소한 높으신 분 중에 한 분은 옷 벗어야죠."

"그래, 일을 저지른 운영팀장하고 단장이 옷 벗으면 되겠지. 그리고 엔젤스 단장은 모기업에서 굵직한 사업부의 임원으로 발령받겠고, 운영팀장은 우승 트로피를 가지고 구 회장의 병실을 방문하겠지."

"아……."

후배 기자가 저도 모르게 탄식을 토해냈다.

그 모습에 황선우는 피식 웃었다.

그 웃음 사이로 황선우가 말을 이어갔다.

"그리고 생각해 봐. 네가 야구단 단장이라고 해보자. 혹은 감독이나 선수라고 해봐. 이진용이 이번 시즌 끝나면 자유계약 신분으로 일본이든 미국이든 갈 텐데, 이 판 뒤집어엎어서 그거 막고 싶어? 이진용이 앞으로 6시즌 더 한국프로야구에서 뛴 후에, 어쩌면 1억 달러 넘는 포스팅 입찰금액을 엔젤스에 안겨주고 가는 꼴 보고 싶어?"

"그, 그럴 리가요."

그 순간 후배 기자가 말했다.

"하지만 엔젤스 팬들이 반대하지 않을까요?"

"정규시즌 동안 방어율 0점을 기록하면서 팀에게 정규시즌 우승을 안겨주고, 한국시리즈에서 4차전 치르는 동인 세 경기에 선발 나와서 팀이 20년 넘게 이루지 못한 우승에 기여한 선수가 메이저리그 도전하겠다는데, 거기서 면전에다가 메이저리그 도전 같은 개소리는 집어치우고 앞으로 노예처럼 6년 동안 엔젤스에서 뛰어! 그렇게 말한다? 그것도 재미는 있겠네."

그 말에 후배 기자는 더 이상 의문을 던지지 않았다.

대신 감탄을 내뱉었다.

"그래서 선배님이 수호 기자 역할을 안 한 거군요. 모두가 이진용이 떠나는 걸 반기도록."

그 감탄에 황선우는 옅게 웃었다.

말 그대로였다.

그동안 엔젤스 홍보팀은 이진용을 향한 쏟아지는 비난과 힐난 속에서 이렇다 할 대응을 하지 않았다.

못한 건 절대 아니다.

다른 누구도 아닌 구은서가 있는 엔젤스 프런트다. 구은서가 작심하고 기자들을 움직인다면, 스포츠신문사 사장과도 얼마든지 면담을 가질 수 있다.

그럼에도 움직이지 않은 이유는 지금 이 상황을 위해서였다.

이진용과 아름다운 이별을 위해서.

그리고 그 노림수는 적중했다.

지금 당장은 엔젤스에 대한 비판이 가득하겠지만, 그 비판조차 오래가지 않을 것이다.

'시기도 적절하군.'

내일 열리는 4차전에 이진용이 등판하는 순간, 이런 이야기가 나올 틈 따위는 없을 테니까.

그렇기에 황선우는 이번에 터진 기사의 여파에는 별 관심이 없었다. 대신 그는 궁금했다.

'과연 이 소식을 들은 데블스 선수들의 표정이 어떨지 궁금하군.'

내일 4차전에서 패배한다면, 그 순간 더 이상 이진용을 보지 않아도 된다는 사실 앞에서 데블스 선수들이 어떤 표정으로 이진용을 마주할지.

'여러모로 전설적인 한국시리즈가 됐군.'

그리고 4차전이 시작됐다.

10월 29일 일요일.

어쩌면 신이 기획했다고 볼 수밖에 없을 정도로 완벽한 일정이었다.

한 선수가 만들어낸 전설의 마침표를 다른 어느 날도 아닌 휴일인 일요일에 찍게 해줬으니까.

-끝내주는 날이군.

그런 날답게 하늘은 구름 한 점 찾아보기 힘들 정도로 청아했고, 날씨는 10월의 말답지 않게 적당히 쌀쌀했다.

달구어진 몸을 적당히 식히기에 딱 좋은 날씨였다.

"호우."

그 날씨 앞에서 이미 예열을 마친 이진용이 길게 숨을 내뱉었다.

-야, 넌 대체 어떻게 된 놈이 한숨을 쉬어도 호우고, 숨을 쉬어도 호우고, 잠꼬대를 해도 호우냐?

그런 이진용의 모습에 김진호가 한 소리를 뱉었다.

이진용이 눈썹 한쪽을 치켜들었다.

"말이 되는 소리를 하세요. 숨소리나 잠꼬대 소리가 다 거기서 거기죠."

-뭐?

"의식하니까 그렇게 들리는 거예요. 그렇잖아요? 진호박 빨리 해보세요."

-진호박? 진호박진호박진호박……

"진호 바보처럼 들리죠?"

-뭐, 그렇게 들리기도 하…… 에이, 진짜!

김진호가 어처구니가 없다는 표정으로 이진용을 바라봤다.

씨익!

해맑은 미소를 짓는 이진용의 모습, 그 웃는 얼굴에 차마 침을 뱉을 수 없던 김진호는 그저 푸념만 뱉었다.

-어떻게 된 놈이 그런 쪽으로만 대가리가 굴러가냐? 응? 대체 머릿속에 뭐가 들었길래?

"믿음, 용기, 희망이 들어 있죠."

-……역시 넌 또라이가 맞아.

그 무렵 하나둘 더그아웃 안으로, 그라운드 안으로 선수들이 모습을 드러냈다.

그리고 일찌감치 몇몇 외국인들이 그라운드와 가까운 관중석까지 내려와 두리번거리기 시작했다.

데블스 선수들과 메이저리그 스카우트들.

-그야말로 진수성찬이군.

이제는 이진용의 사냥감이 된 그들을 바라본 김진호가 이진용을 향해 말했다.

-네 운명을 네 손으로 결정지을 수 있는 기회다. 이런 기회 놓칠 거면 그냥 야구 접어.

그 말에 이진용이 대답했다.

"호우."

-미친 또라이 새끼.

경기가 시작됐다.

2017시즌 한국프로야구의 마지막 경기가 될지도 모르는 한국시리즈 4차전, 그 4차전을 0승 3패의 성적으로 맞이한 데블스의 처지는 벼랑 끝에 매달린 것과 같았다.

어느 영화 속 캐릭터의 말대로 오늘만 살아야 하는 상황, 이제는 오로지 독기만이 남아 있어야 마땅한 상황이었다.

"기사 이거 진짜일까? 이진용, 이 새끼 정말 이번 시즌 끝으로 메이저리그 가는 거냐? 구라 아니야?"

"이형세 기자가 이 바닥에서 먹은 짬이 얼만데, 아무런 소스 없이 기사를 썼을까? 사실이겠지."

그러나 그런 4차전을 준비하는 데블스 선수단의 눈빛 어디에도 독기 같은 건 없었다.

"Really?"

"Yes."

심지어 오늘 선발투수로 이진용보다 먼저 이른 1회 초의 마운드에 서야 하는 저스틴 버틀러조차 경기에 집중하기보다는 놀란 표정을 지은 채 거듭 통역사와 이야기를 나누고 있었다.

독기가 빠진 정도가 아니라, 경기에 대한 집중력조차도 찾아보기 힘들 지경.

그 경기 분위기는 게임이 시작되는 순간에도 달라지지 않았다.

"플레이볼!"

주심의 선언과 함께 엔젤스의 선공으로 시작된 1회 초.

"볼!"

그 경기에서 저스틴은 선두타자를 상대로 볼넷을 내주는 모습을 보였다.

이후 남은 타자들을 상대로 아웃카운트를 잡아내며 이닝을 마쳤지만, 저스틴이 볼넷을 내준 것은 분명 이상한 일이었다.

컨디션에 아무런 문제도 없는 선발투수가 1회 초 선두타자에게 볼넷을 내주는 일은 거의 없으니까.

정확히 말하면 컨디션에 문제가 없는데 1회 초 선두타자를 상대로 볼넷을 주는 투수를 선발로 내보내는 감독은 없으니까.

당연히 엔젤스의 모든 이들이 시그널을 포착했다.

'지금 데블스 애들 반쯤 맛이 갔다.'

'한국시리즈 치르는데 정신이 다른 곳에 갔어.'

지금 데블스가 독기를 품기는커녕, 가지고 있는 독기조차 구멍 난 풍선처럼 빠졌다는 사실을.

'이것 봐라?'

그 사실에 엔젤스의 눈빛이 달라졌다.

'여기서 우릴 상대로 방심을 해?'

한국시리즈 우승을 정할 수 있는 무대.

영광을 쟁취할 수 있는 무대.

그 누구도 아닌 라이벌 팀을 상대로, 작년 시즌 한국시리즈 우승을 해내며 다른 어느 팀보다 엔젤스의 속을 썩어 문드러지게 했던 라이벌 팀을 짓밟고 우승을 확정지을 수 있는 무대.

'이진용 나오는데?'

심지어 그 어떤 이보다 절대적인 존재감을 자랑하는 투수가 올라오는 무대.

'오냐, 먹어달라는데 먹어줘야지.'

그 사실에 엔젤스 선수단은 마치 약속이라도 한 듯 모두가 저마다 내질렀다.

"호우!"

"호우!"

그 외침에 막 마운드로 오르려던 이진용과 김진호가 놀라며 주변을 두리번거렸다.

그리고 곧바로 이진용이 실소를 흘리며 마운드로 향했고, 김진호는 기합을 거듭 내지르는 엔젤스 선수단을 보며 말했다.

-우승할 줄 모르던 허접한 팀이 미친 또라이 팀이 됐군. 아주 그냥 미친놈들이 됐어.

그 말과 함께 김진호도 미소를 머금었다.

이진용이 마운드에 올라오는 순간 어수선한 분위기는 삽시간에 정리되었다.

모두가 이진용의 모습에 주목했다.

관중들은 물론, 기자들을 비롯해 오늘 급하게 경기장을 찾아온 메이저리그 스카우트들까지.

그 이목 앞에서 이진용은 마운드에 서는 순간, 이미 앞선 이의 발자국을 보는 순간, 그 발자국을 사뿐히 지려밟는 순간 분명하게 느낄 수 있었다.

"아."

그리고 김진호도 분명히 느낄 수 있었다.

-6월 중순이었지?

6월 13일.

-그때도 잠실구장이었지.

잠실구장.

-상대도 데블스였고.

그곳에서 이진용이 지금 마주 보고 있는 데블스를 상대했던 그날의 느낌.

완벽한 게임을 이룩했던 그 날의 느낌을.

그 느낌에 이진용이 미소를 지었다.

"펙트 폭행 들어갑니다."

오래전 일이다.

어느 기자가 자신의 두 번째 사이영상을 수상한 김진호에게 찾아와 질문했다.

"투수가 혼자 힘으로 퍼펙트게임을 하는 방법이 있냐고?"

그 질문에 김진호는 대답했다.

"당연히 있지."

투수가 오로지 자기 힘으로 퍼펙트게임을 만들 수 있다고.

"1회부터 2회까지는 그렉 매덕스가 던지는 거야. 그리고 3회부터 4회까지는 랜디 존슨이 던지는 거지. 그 후에 5회와 6회는 톰 글래빈이 던진 후에 7회와 8회는 페드로 마르티네즈가 던진다고 생각해 봐. 물론 9회에는 리베라가 올라오고. 1번부터 9번까지 배리 본즈로 채우지 않는 이상 도박꾼들은 대부분이 퍼펙트게임이 나오는 데 돈을 베팅할걸?"

물론 그 말에 질문자는 물었다.

진심으로 하는 소리이냐고.

김진호는 그 말에 피식 웃으며 대답했다.

"물론 진심으로 하는 말은 아니지. 단지 내가 하고 싶은 말은 퍼펙트게임을 위해서는 그런 피칭이 필요하다는 거야. 동시에 팀의 도움도 절대적이지. 퍼펙트게임을 한 투수는 최소한 그 경기에서만큼은 상대 팀 타자조차 지배할 만한 절대적인 카리스마를 발휘해야 해. 절대 힘만으로, 기술만으로 퍼펙트게임을 할 수는 없어."

그 말과 함께 김진호는 말했다.

"그래, 내가 추구하는 게 바로 그런 피칭이야. 그런 피칭이 가능하다면 그 무엇도 해낼 수 있을 테니까. 심지어 우승조차도 해낼 수 있을 테니까. 아마 그런 투수가 있다면 어느 팀이든, 그 팀이 몸을 불사를 정도로 우승에 목이 말라 있다면 그팀을 우승시킬 수 있을 테니까."

그리고 그 말끝에 고개를 절레절레 흔들었다.

"물론 말도 안 되는 또라이 같은 소리이지. 그런 게 가능한 인간이 세상에 어디 있겠어? 막말로 그런 식으로 야구를 하면 그건 또라이야, 또라이. 정신 나간 또라이."

고개를 흔드는 그에게 기자는 재차 질문했다.

그런 투수가 있을 수도 있지 않냐고.

그 질문에 김진호는 비웃으며 말했다.

"혹시 있을 수도 있지 않냐고? 만약 그런 투수가 있다면 내가 그 사람을 평생 형님으로 모시지. 내 이름을 걸고 신께 맹세한다."

그리고 지금 김진호 앞에 등장했다.

[퍼펙트게임에 성공했습니다. 플래티넘 룰렛 이용권이 지급됩니다.]

[한국시리즈 우승에 성공했습니다. 다이아몬드 룰렛 이용권이 지급됩니다.]

"호우!"

김진호가 말한 이상향을 펼칠 수 있는 투수가.

2017시즌, 한국프로야구가 끝났다.

기나긴 전쟁, 하지만 그 기나긴 전쟁을 설명하는 데에 긴 이야기는 필요 없었다.

필요한 이야기는 두 가지였다.

[엔젤스, 4승 0패로 한국시리즈 우승!]
[엔젤스, 드디어 23년의 숙원을 풀다!]

엔젤스, 그들이 2017시즌 기나긴 전쟁의 승자가 됐다는 것.

[이진용, 결국 그가 해냈다!]
[이진용의, 이진용에 의한, 이진용을 위한 시즌!]

[엔젤스, 잠실구장의 중심에서 호우를 외치다!]

그리고 이진용, 그가 한국프로야구 역사에 길이 남을 살아
있는 전설이 되었다는 것.

2017시즌 한국프로야구에 대한 설명은 그 두 가지면 충분했다.
무엇보다 더 이상 그 이야기에 귀를 기울일 필요가 없었다.

[엔젤스, 이진용 조건 없는 방출!]

그 어느 때보다 뜨거운 겨울이 시작됐으니까.
말 그대로였다.

[엔젤스, '대승적인 차원에서 이진용 선수 방출!']
[엔젤스, '이진용 선수의 도전을 위한 결정!']

이진용 방출!

[이진용의 다음 행선지는 일본? 아니면 미국?]

그것은 곧 이진용이 더 큰 세계에 얼마든지 도전할 수 있다
는 의미였기에.

-이호우 해외진출이다!

-내년 시즌에는 이호우 상대할 걱정 안 해도 된다!

-나도 한 번 해보자, 호우!

└호우!

└호우!

└호우!

그 사실에 한국프로야구 팬들은 이제까지의 전쟁이 무색할 정도로, 대화합의 날을 맞이하고 있었다.

불만이 없는 건 아니었다.

-아니, 아무리 그래도 규정이 있는데 이게 말이 됨? 이런 식이면 규정이 무슨 소용임?

-그런 식이면 포스팅이 무슨 소용이고 FA가 무슨 소용임? 제도를 바꾸든가, 이게 무슨 개수작임?

엔젤스 그리고 이진용이 룰을 위반했다는 사실에 분노를 표하는 이들이 있었다.

-너 엔젤스 팬이지?

-엔젤스 팬 빼고 죄다 환영인데 왜 지랄?

-일본은 선수랑 구단이 합의하면 7년이고 나발이고 바로 포스팅인데, 한국프로야구 규정이 좆같은 거지! 당장 오타니도 이번 시즌 끝나고 포스팅으로 가잖아!

물론 그 불만을 품은 여론은 소수에 불과했다.

언론도 마찬가지였다.

[이진용, 그의 아름다운 도전을 응원해 주자!]
[이진용, 빅리그 도전에 박수를 쳐줄 때!]

언론은 굳이 이진용이 제 발로 떠나는 것을 막고자 하지 않았다.

결정적으로 이 사태에 대해 책임지는 이들이 나왔다.

[엔젤스 김채석 단장 사퇴.]
[엔젤스 구은서 운영팀장 사퇴.]
[한국프로야구위원회 엔젤스 구단에 벌금 3천만 원!]

단장 그리고 운영팀장, 그 둘이 책임을 지고 엔젤스에서 물러났고 한국프로야구위원회가 엔젤스에 벌금형을 선고했다.

이제 엔젤스가 이진용 사건으로 법적인 책임을 더 이상 질 필요가 없게 된 것이다.

"……김채석 단장의 사퇴로 엔젤스 야구도 새로운 전환점을 맞이하게 됐다."

그에 대한 기사를 쓰던 황선우는 자신의 키보드에서 손을 뗀 후에 피식, 웃었다.

'그렇게 사퇴해서 간 자리가 현성 전자 배터리 사업부 임원 자리라…… 아주 제대로 승진했군.'

그 웃음과 함께 황선우의 머릿속으로는 구은서의 얼굴이 떠올랐다.

'구은서는 이제 본격적으로 움직일 수 있겠고.'

구은서, 그녀가 병실에 있는 구 회장에게 한국시리즈 우승 트로피를 가져다 안겨준 후에 현성 그룹 임원진들이 소집되었다는 이야기를 떠올린 황선우는 짧게 혀를 찼다.

'대단한 여인이야.'

여러모로 대단한 여인.

'어쨌거나 이진용을 뽑고, 그를 영입한 건 그녀였으니까.'

만약 그녀가 아닌 다른 이였다면, 결코 이진용을 그런 식으로 데려올 수 없었을 테니까.

거기까지 생각이 닿았을 때 황선우의 머릿속에는 이제 오로지 한 사내의 존재만이 남았다.

이진용.

그를 떠올린 황선우의 표정이 굳어졌다.

'일본은 어림도 없다.'

이진용이 일본으로 진출할 예정이며, 일본에서 돈 많은 구단들이 이진용 영입에 혈안이 됐다는 기사가 나오고 있지만 황선우는 이진용이 일본에 갈 리가 없다고 확신했다.

'거기 가봤자 결국 1년을 낭비할 뿐, 이진용이 일본에 안 좋은 감정이 있어서 아주 짓밟고 싶은 게 아니면 갈 이유는 없다.'

결국 가는 곳은 메이저리그!

'문제는 어느 구단을 가느냐……'

그리고 모두의 의문은 과연 이진용이 메이저리그 30개 팀 중 어느 팀의 유니폼을 입는가, 하는 부분이었다.

'과연 이진용이 무슨 옷을 입게 될지 궁금하군.'

그때였다.

우웅!

황선우의 스마트폰이 울렸고, 반사적으로 스마트폰에 뜬 이름을 확인하는 순간 황선우가 비릿하게 웃었다.

'이제 본격적으로 움직이는군.'

말과 함께 전화를 받은 황선우가 말했다.

"헤이 콜, 뉴욕 날씨는 어때?"

그곳은 20평짜리 아파트였다.

이진용이 자신의 가치를 증명하면서, 엔젤스 구단이 전세로 구해준 아파트.

'여기서 반년을 지냈구나.'

반년 남짓하지만, 이진용에게 있어 돌아올 수 있는 곳이었던 그곳은 깨끗하게 정리되어 있었다.

'반년 동안 며칠 있지도 않은 것 같은데 생각보다 짐이 많네.'

한 곳에 정리된 파란색 박스가 이제 이곳의 주인이 이곳을 떠날 준비가 됐음을 말해주고 있었다.

'나름 잘 지냈다.'

그렇게 이제는 집을 떠나게 된 이진용이 옅게 미소를 지었다.

-진용아, 뭐하냐? 가야지!

그런 이진용을 향해 김진호가 재촉하듯 말했고, 그 말에 이진용이 주섬주섬 가방을 짊어졌다.

'아.'

그때 이진용이 발걸음을 잠시 멈춘 후에 뒤를 돌아봤다. 이제는 한동안 쓸쓸해질 공간을 바라봤다.

-왜? 아쉽냐?

"아쉽죠."

-그래도 어쩌겠냐? 가야 할 길은 가야지.

김진호의 그 말에 이진용이 입꼬리 한쪽을 축 늘어뜨렸다.

그 입꼬리 사이로 긴 탄식을 내뱉었다.

"아, 이제 정말 가는구나."

그 말과 함께 이진용이 손에 쥐고 있는 모자를 썼다.

"빌어먹을 예비군 훈련."

일명 개구리 마크라고 불리는 예비군 마크가 아주 선명하게 박혀 있는 모자였다.

-캬! 진용아, 너 군복 잘 어울린다. 야, 그냥 이번 기회에 직업을 바꾸는 게 어때? 응?

그렇게 전투모를 쓴 이진용을 향해 김진호가 좋아 죽을 듯한 미소를 지으며 거듭 엄지를 치켜들었다.

"시끄러워요."

그런 김진호를 향해 이진용이 그 어느 때보다 사납기 그지없는 표정으로 말했다.

물론 김진호에게 씨알도 먹힐 리 없는 표정이었다.

-사나이로, 태어나서, 할 일도 많다만!

오히려 우렁찬 목소리로 군가를 부르기 시작했다.

-너와 나! 나라 지키는!

"젠장, 그냥 일찌감치 시즌 끝나고 미국으로 튀었어야 했는데, 빌어먹을 비자 발급……."

사실 야구선수들은 예비군 훈련을 피할 수 있다.

연기를 거듭하다가 연말쯤 되면 그냥 해외로 나가면 되니까.

하지만 이진용은 그러지 못했다.

비자가 아직 발급되지 않았고, 아직 한국에서 할 일이 남아 있었으니까.

-아니, 이 새끼가 감히 어디서 신성한 국방의 의무를 그런 식으로 재낄 생각을 하고 있어? 응? 아주 쌍놈의 새끼네!

그렇게 푸념을 내뱉는 이진용을 향해 김진호가 훈계하듯 말했고 그 말에 이진용이 어이가 없는 표정으로 그를 바라보며 말했다.

"병역 특례로 면제받고, 4주 훈련만 받으신 분이 하실 소리는 아니지 않나요?"

김진호, 그는 2000년 시드니 올림픽 야구 종목에서 메달을 따며 병역 특례를 받았다.

물론 그 사실에 의구심을 가지는 이는 없었다.

-꼬우면 너도 메달 따든가.

시드니 올림픽에서 나오는 경기마다 완투승을 거두며, 결국에는 일본마저도 완투승으로 짓뭉개고 딴 올림픽 메달이었으니까.

"젠장, 도쿄 올림픽 때 봅시다."

-야, 소름 돋는 소리하지 마. 나 그때까지 네 얼굴 보기 싫거든?

이진용은 김진호를 더 이상 상대하기 싫다는 듯 몸을 휙 돌렸다.

그런 이진용에게 김진호가 질문했다.

-그런데 진용아, 이번 동원훈련 가서도 평소처럼 지랄할 거냐?

그 물음에 이진용이 전투모를 고쳐 쓰며 말했다.

"에이, 그래도 제가 이제는 전국구 야구선수인데 그러면 되겠습니까? 있는 듯 없는 듯 조용히 지내다 올 겁니다. 조용히, 은밀하게. 아마 제가 예비군 갔다는 걸 같이 훈련받는 사람들도 모를 겁니다."

"호우!"

2박 3일짜리 동원훈련을 마치고 이제는 집으로 돌아갈 준비를 하는 예비군들이 한 사내를 향해 소리를 내질렀다.

그리고 그 소리에 한 사내가 엄지를 높게 치켜들며 소리쳤다.

"호우!"

결코 상식으로는 이해할 수 없는 광경.

하지만 그 광경 속에 이진용이라는 사내가 들어가는 순간 그 광경은 이해 가능한 광경이 됐다.

-이진용, 진짜 이 생또라이 새끼.

그 광경을 보는 김진호의 기진맥진한 표정이 지난 2박 3일 동안의 나날이 범상치 않고, 심상치 않았음을 말해줬다.

사실 어떻게 보면 예정된 결과였다.

지루하다 못해 짜증이 나는 2박 3일짜리 동원 예비군 훈련. 악마가 와서 네 수명 일주일을 주면 2박 3일짜리 훈련을 바로 끝내주겠다는 말에 모든 예비군이 몰려드는 바람에 추첨을 해서 당첨자를 뽑아야 할 정도로 지리멸렬한 훈련에 한국프로야구의 역사를 쓴 선수가 왔다?

이야기는 끝, 그냥 모든 것이 그 선수를 중심으로 돌아갈 수밖에 없었다.

심지어 이진용은 그런 주변의 관심과 기대에 부담감을 느끼기는커녕 그걸 즐기는 성격 아닌가?

"아, 즐거운 훈련이었다."

-훈련 같은 소리하네.

그야말로 광기의 나날이었다.

-내가 죽어서 그런 광경을 보게 될 줄은 정말 죽기 전까지는 상상도 못 했는데…….

마치 호우라는 말만으로 대화를 나누는 원시부족이 존재

하는 느낌.

좀 과장하면 현역 시절 그랬으면 무조건 정신병으로 의병 제대도 가능했을 수준이었다.

-이런 또라이에게 현역 복무 판정을 내리다니, 역시 대한민국 국방부는 정상이 아니야.

그런 김진호의 푸념에 이진용이 피식 웃으면서 걸음을 내디뎠다.

그런 이진용이 걸음을 멈춘 건 다름 아니라 부대 내 주차장에 이르렀을 때였다.

'응?'

-응?

이진용과 김진호가 잠시 발걸음을 멈춘 채 주차장을 바라봤다.

그런 그들의 눈에는 정말 어디를 가도 눈에 띌 수밖에 없는 시커먼 자동차 한 대가 있었다.

G바겐.

-진용아, 네 차 아니야?

"굳이 말하면 제 차는 아니죠."

-아, 그렇지, 구은서 차지.

이진용이 구은서로부터 받아서 시즌 내내 나름 알뜰살뜰하게 탔던 것과 같은 차였다.

물론 그 차가 세상에 한 대밖에 없는 차인 건 아니었다.

구은서의 차량은 업체에서 특별히 내놓은 한정판 모델이지만 외형적으로 비슷한 모델은 지금도 구하고자 하면 구할 수 있다.

-그런데 아무리 봐도 구은서 차 맞는 거 같은데?

하지만 그래도 차이는 분명 있다.

더군다나 이진용은 구은서의 차를 반년 가까이 탔다. 다들 그렇지만 자기 차는 보면 안다.

-근데 왜 저게 여기 있냐?

문제는 이진용이 이미 그 차를 구은서에게 반납했다는 것.

빌려 탔던 차였을뿐더러 이제는 엔젤스로부터 방출된 이진용이 더 이상 구은서의 차를 탈 명분은 없었다.

즉, 저 차가 이곳에 있을 이유는 두 가지뿐이었다.

-혹시 그거 아니야? 저번에 그 트랜스포머 영화에서 나온 그…… 범블비! 그래, 오토봇! 진용아, 아무래도 네 자동차가 오토봇이 된 모양이다. 그래, 드디어 진용이가 세상을 구하기 위해 여정을 떠나는구나.

"말이 되는 소리를 하세요."

-그럼 구은서가 여기까지 차 끌고 왔다고?

김진호의 말처럼 어느 기계문명의 외계인이 이진용과 함께 지구를 구하기 위해 왔거나 혹은 구은서 본인이 차를 끌고 왔거나.

물론 상식적으로는 후자였다.

그리고 실제로도 후자였다.

이진용이 G바겐 조수석 근처로 가자, 기다렸다는 듯이 창문이 내려가며 구은서의 목소리가 들렸다.

"타세요."

그 말에 이진용이 문을 열고 차량에 탑승했다.

부아앙!

그리고 곧바로 자동차가 거친 소리를 내며 군부대를 빠져나갔다.

그렇게 시작된 드라이빙.

-진용아 기회다. 작업 걸어봐? 응? 야, 메이저리그가 대수냐? 여기서 꼬시면 재벌집 막내사위가 되는데? 진용아 내가 가르쳐 준 대로만 하면 무조건 성공이다.

'열애설 한 번 터뜨리지도 못하신 양반이 무슨 개소리를 하시는 건지.'

당연한 말이지만 로맨스 같은 건 없었다.

"한국시리즈 3승 한다면 뭐든 해주겠다는 약속을 지키려고 왔어요."

구은서, 그녀가 온 건 다름 아니라 약속을 지키기 위해서였으니까.

"원하는 게 뭐죠?"

-사귀자고 그래!

그런 구은서의 질문에 이진용은 대답했다.

"메이저리그 진출을 좀 도와주셨으면 합니다."

사실 이진용 역시 그날의 약속을 기억하고 있었다.

기억하는 정도가 아니라 이진용이 한국에 남은 이유 중 하나였다.

'지금 이대로는 맨땅에다 헤딩이지.'

만약 이진용이 단순한 메이저리그를 원한다면 딱히 고민할 건 없다.

팀의 역량이 부족하거나 자금력이 부족한 팀은 이진용에게 마이너리그 옵션 거부권이 포함된 제안을 할 테고 그 제안을 받기만 해도 미국 생활에 문제는 조금도 없으니까.

하지만 이진용이 원하는 건 그런 게 아니었다.

자신에게 그 어느 때보다 유리한 계약을 따내는 것!

'메이저리그는 장난이 아니니까.'

때문에 구은서가 찾아오지 않았다면 이진용 본인이 그녀를 찾아가 어떻게든 지원을 받아냈을 것이다.

그런 이진용의 심중을 예상했다는 듯 구은서가 곧바로 준비해 온 대답을 뱉었다.

"전폭적인 지원은 힘들어요. 알다시피 당신은 이제부터 엔젤스와 전혀 상관없는 사람이니까."

"예."

"그리고 솔직히 말하면 메이저리그에서 우리가 어떻게 할 수 있는 게 없어요. 당신이 입단한 메이저리그 구장의 광고판 하나를 구매하는 정도? 실상 그마저도 쉽진 않죠. 우리가 아니더라도 그 광고판을 사고 싶은 회사는 넘칠 테니까."

"그럼 어떤 지원이 가능합니까?"

"현성 산하 기업 중 한 곳의 임원으로 만들어드릴 수 있어요. 미국 내에서 현성 그룹 임원이 누릴 수 있는 정도의 혜택이 제공될 거예요. 물론 보수는 없을 거예요. 보수가 지급되면 골치 아파지니까."

-임원 대우?

"임원 대우요?"

그 말에 김진호와 이진용이 놀랐다.

임원 대우라는 말에 놀란 건 아니었다.

-야, 대기업 임원은 뭐가 좋은 거냐? 보수도 안 준다잖아?

"임원 대우라는 게 어느 정도입니까?"

임원 대우라는 것이 뭔지 모른다는 것.

그게 놀라는 이유였고, 그런 그 둘에게 구은서가 설명을 이어갔다.

"비행기 표는 비즈니스로 업그레이드 가능, 현성 그룹 산하 제품 구매 시 할인 혜택, 저렴하게 자동차 할부 구매 가능, 낮은 금리에 주택 담보 대출 가능, 제휴한 리조트 이용 가능, 의료보험 혜택."

그 설명에 김진호가 말했다.

-메이저리거 되면 줘도 필요 없는 것들이네. 야, 그냥 좆까라고 해.

김진호의 말대로 그렇게까지 매력적인 제안들은 아니었다.

-차라리 현금으로 10억쯤 달라고 해. 너 지금 빈털터리잖아? 미국 갈 비행기 표만 사도 모은 돈 다 날아가는 땅딸보 또라이 거지.

차라리 현금으로 그냥 10억 원 정도는 받는 게 훨씬 더 이진용에게 도움이 될 지경.

"물론 별 쓸모는 없죠."

그 사실을 구은서도 잘 알고 있었다.

"대신에 현성 그룹의 임원에게는 전담 비서가 붙죠."

그래서 준비했다.

"당신의 메이저리그 진출에 도움이 될 나름 이 분야 최고의
실력자를 데려왔어요."

그 말에 이진용과 김진호의 눈빛이 달라졌다.

본격적인 사냥을 준비하는 맹수의 눈빛, 그 눈빛을 품은 이
진용이 질문했다.

"그 실력자의 성함이 어떻게 됩니까?"

"이영예."

이영예, 그 이름을 듣는 순간 이진용이 미소를 지었다.

"처음 듣는 이름이지만, 참 예쁜 이름이군요."

스토브리그.

봄부터 가을까지 치러지는 야구 시즌이 끝나면, 모두가 난
로 앞에서 다음 야구 시즌이 올 때까지 겨울을 보낸다고 해서
붙여진 이름이다.

이리 보면 참으로 추워 보이는 표현이다.

"난로 가까이에 붙은 인간들은 뜨거워 돼질 것 같은 시즌이
시작됐군."

하지만 난로 가까이에 있는 이들에게 스토브리그는 오히려 더 뜨거운 시즌이었다.

너무 뜨거워서 몸이 타버릴 것 같을 정도.

지금 황선우의 사정이 그랬다.

"여러모로 뜨거운 스토브리그가 됐어."

사실 황선우의 스토브리그는 언제나 뜨거웠다.

스토브리그 동안 구단과 선수들은 서로에게 유리한 계약을 얻어내기 위해 기자를 이용하며, 나름 인지도와 영향력을 가진 황선우는 구단과 선수에게 큰 관심을 가지니까.

심지어 이번에는 그런 보통의 프로야구선수들과는 비교할 수도 없는 존재가 시장에 등장하고 말았다.

"전화가 열 통이나 왔어."

황선우는 이제 스토브리그라는 표현을 스마트폰이 열을 받아 난로처럼 되는 시즌이라고 부를 필요가 있다고 생각할 정도로, 그 정도로 많은 연락을 받았다.

"뭐, 네 앞에서 이런 말 하기는 뭐하지만."

물론 그런 황선우의 고생은 지금 그의 눈앞에서 커피를 두 잔째 마시고 있는 변형채에 비할 바가 못 됐다.

"몇 통 받았어?"

황선우의 질문에 변형채는 말을 하기도 힘들다는 듯이 손가락 세 개를 폈다.

그 말에 황선우가 고개를 갸웃하며 되물었다.

"세 통? 아."

되물으면서 깨달았다.

"내 3배, 30통 왔다 이 말이군."

후우!

변형채는 대답 없이 한숨만 푹 내쉬었다.

"그런데 딱 30통인 걸 보면 스카우트들이 전화를 걸진 않은 모양이야. 단장급들만 연락을 했나 봐?"

변형채는 그 질문에도 한숨만 푹 내쉬었다.

그 모습을 본 황선우가 자리에서 일어났다.

"커피가 더 필요하겠군. 리필은 한 번밖에 안 되니까 하나 더 주문하지. 케이크도 포함해서."

그리고는 새로운 주문을 위해 카운터로 향하는 사이, 황선우는 짧게 휘파람을 불었다.

'메이저리그 30개 구단 전부가 단장급에서 관심을 가진다, 이 말이군.'

이진용.

엔젤스가 그를 방출하는 순간 메이저리그 모든 구단들은 이진용에 대한 관심을 가졌다.

'하긴 이진용에게 관심을 안 가지면 메이저리그 단장 자격이 없는 거지.'

가져야만 했다.

'방어율 0점 투수인데.'

시즌 방어율 0점.

그것도 고작 몇 경기 나와서 만든 방어율이 아니라 완봉승을 거듭하면서 만든 기록.

심지어 한국시리즈 3경기에 나와 3승 0패를 거두며 팀에 승리를 안긴 선수.

'아무리 메이저리그가 한국프로야구를 트리플A 수준으로 본다고 해도 이 정도면 차원이 다르지.'

흔히 한국프로야구 수준을 마이너리그 중 하나인 트리플A 리그 수준으로 보고는 한다.

자존심 상하는 일이지만, 부정할 수도 없는 일이다.

그만큼 한국프로야구와 메이저리그 사이에는 명백하다 못해 압도적인 격차가 있다.

'트리플A에서도 이진용의 지금 성적을 찍으면 전설이 되고도 남아.'

달리 보면 이진용은 트리플A리그에서 방어율 0점으로 시즌을 마친 것과 비슷한 성적을 낸 셈.

그건 그저 운으로 말할 수 있는 문제가 아니었다.

운이라고 생각하더라도 이진용의 마지막 경기, 한국시리즈 4차전에서 이진용이 보여준 피칭을 본다면 이진용이 이룩한 업적을 감히 운이라고 말할 수 없을 것이다.

'어느 구단이든 이진용 본인이 원하면 들어갈 수 있어.'

당연히 모든 구단이 이진용에게 러브콜을 보낼 것이다.

'하지만 반대로 어영부영 일처리를 하다가는 그냥 잡아먹힌다.'

그렇다고 해서 넋을 놓고 있으면 그 순간 당한다.

메이저리그는 그저 단순히 돈 많이 받는 선수들이 뛰는 리그가 아니다. 어마어마한 돈과 권력이 오고 가는 비즈니스의 세상이지.

야구만 잘하는 20대 초중반의 동양 청년이 제 깜냥만으로 원하는 바를 이룰 수 있는 곳이 아니었다.

아차 하는 순간 계약서에 묶인 채 FA자격을 취득할 때까지 그냥 구단이 원하는 야구만 하게 될 것이다.

'메이저리그는커녕 미국 문화조차 익숙하지 않은 이진용이라면 틈을 보이는 순간 끝난다.'

당연한 말이지만 황선우는 이진용이 그런 식으로 구단에 잡히는 걸 원치 않았다.

힘들어 죽을 지경인 변형채를 부른 이유도 그 때문이었다.

'엔젤스 쪽에서 힘 좀 써줘야지.'

이진용이 그런 식으로 당하지 않도록 엔젤스 구단에서 나름 힘 좀 써달라는 말을 하기 위해서.

'아니면 내가 쓰던가.'

그게 아니라면, 엔젤스가 나설 일이 없다면 황선우가 나서서라도 도와줄 생각이었다.

어쨌거나 엔젤스 구단의 의중을 알고 싶었다.

그렇게 주문을 마친 황선우가 다시 변형채 앞에 앉았다.

"그래서 어떻게 하기로 했어?"

슬그머니 던진 그 질문에 변형채는 스윽, 황선우를 본 후에 긴말하기 싫은 듯 핵심만을 툭 뱉었다.

"이영예가 붙을 거야."

"뭐? 이영예가?"

그 말에 황선우는 더 이상 고민하지 않았다.

"정말 엄청난 인간을 붙여줬군. 정말 여러모로 엄청난……."

엄청난 사내였다.

-우와!

메이저리그의 괴물들 앞에서도 기죽기는커녕 오히려 그들 기를 죽였던 김진호조차 보는 순간 감탄사를 뱉을 정도.

"존경하던 이진용 선수를 이렇게 만나 뵙게 되어서 영광입니다."

"아, 예……."

신장은 199센티미터. 그러나 그런 신장조차 작게 보일 정도로 엄청난 체격이었다.

목은 전봇대를 떠올리게 했으며, 팔뚝의 근육은 대체 어떻게 양복을 입었는지가 궁금할 지경이었다.

무엇보다 외모가 무시무시했다.

그냥 보기만 해도 세상만사에 대한 불만으로 가득 차다 못해 세상을 아주 파괴할 것 같은 외모.

맹수로 따지면 성난 사자를 떠올리게 하는 외모였다.

"이영예라고 합니다."

이영예.

이제부터 이진용의 메이저리그 진출을 도와줄 비서이자, 에이전트가 된 그의 인상은 그랬다.

-백퍼센트야. 얘 미식축구 출신일 거야. 미국에서 이런 애들은 절대 가만 놔두지 않거든.

비서라기보다는 오히려 본인이 메이저리거들조차 혀를 내두르는 괴물들의 무대인 NFL에 도전해야 할 것 같은 수준.

당연히 이진용은 이영예에게 그 질문부터 했다.

"혹시 운동선수 출신이신가요?"

그 질문에 이영예가 놀라며 손을 내저으며 말했다.

"아뇨, 운동을 좋아하지만 선수였던 적은 없습니다."

-말도 안 돼.

"제가 성격상 사람하고 싸우는 걸 못 해서요. 피 같은 거 보면…… 기절하죠."

-맹수가 피를 보면 눈깔 돌아간다는 걸 우회적으로 말하는 거겠지?

"특히 하이스쿨에서 억지로 미식축구를 하다가 크게 피를 보는 바람에 트라우마가 생겨서 그 이후로는 더더욱 못 하게 됐습니다."

-아, 사람 하나 죽였구나! 그래, 몸통 박치기로 사람 죽는 거 보면 나라도 그건 못 하겠네.

"그래도 스포츠는 좋아합니다. 특히 야구를 좋아합니다. 사람 몸끼리 부딪치는 일이 미식축구나 아이스하키나, 농구보다 적으니까요."

-하긴, 야구가 그런 감은 있지. 저 인간하고 몸싸움을 할 바에는 그냥 100마일짜리 공 엉덩이에 한 방 맞고 얼음찜질이나하는 게 훨씬 낫지. 아주 신사다운 분이시네.

"그래서 야구 쪽에는 친분이 있는 사람이 제법 있습니다. 야구를 제대로 한 적은 없지만, 나름 메이저리그 구단 스카우트분들과는 운 좋게 알고 지낼 수 있었거든요."

-그래, 메이저리그 스카우트들이 전화번호를 쥐여주고 제발전화 한 통화 하자고 사정을 했겠지.

"어쨌거나 제 자세한 경력은……."

"잠깐만요."

그렇게 쉴 새 없이 이어지는 두 거대 괴물들의 말 앞에서 잠시 동안 정신을 놓고 있던 이진용이 정신을 차리며 말했다.

"경력은 이미 프로필을 통해 봤습니다. 대단하시더군요."

"아닙니다."

"하지만 아시다시피 저한테 중요한 건 경력이 아니라, 정말제게 도움이 되실 분입니다."

정신을 차린 이진용의 눈빛은 어느 때보다 날카로웠다.

"제 메이저리그 진출에 대한 이영에 씨의 생각을 듣고 싶습니다."

눈앞의 상대가 그저 무시무시한 인상과 체격을 가졌다는사실에 압도당하는 기색은 더 이상 보이지 않을 정도로.

-그래, 메이저리그 가면 이런 애들하고 수틀리면 주먹질해야 하는데 기죽으면 그냥 야구 접어야지.

메이저리그에 도전하는 이가 마땅히 가져야 하는 눈빛이었다.

그 눈빛을 읽은 이영예도 더 이상 자신의 처지를 설명하지 않은 채 본인 역시 두 눈을 부릅뜨며 말했다.

-어우!

'어우!'

그 모습에 김진호와 이진용이 저도 모르게 움찔했다.

"바로 브리핑하겠습니다."

이진용은 자신의 처지를 잘 알고 있었다.

-진용아, 넌 지금 갑이야.

그 누구도 아닌 메이저리그에서 닳고 닳은 김진호가 그의 옆에서 있었으니까.

-넌 구단을 골라갈 수 있어. 필요하면 내가 카디널스나, 레드삭스 단장실 직통 번호 알려줄 수도 있어. 걔네들이 전화번호 안 바꿨으면 지금 당장 통화 가능할걸?

그런 김진호가 봤을 때 이진용이 가진 지위는 매우 좋았다.

메이저리그 구단 중 어느 구단도 들어갈 수 있었고, 그건 정말 선수들에게 있어 꿈같은 일이었으니까.

-그런데 문제는 진용이 네가 아무리 지랄을 해도 각 구단 사정을 알 도리가 없다는 거야. 그게 문제야. 메이저리그 구단이란 건 이진용 너만큼 또라이 같은 논리로 돌아가거든.

문제는 이진용이 선택해서 입단한 구단이 이진용에게 어떤 영향을 보여줄지 모른다는 것.

-나만 해도 그래. 나 우승하고 싶어서 욕을 바가지로 처먹으면서 레드삭스 갔거든? 근데 우승 못 했지.

일단 이진용의 목적은 월드시리즈 우승이었다.

당연했다.

이진용은 그저 단순히 커리어를 쌓기 위해 메이저리그 무대에 가는 게 아니니까.

하지만 지금 당장 월드시리즈 우승팀에 간다고 해서 내년 우승을 기약하기란 쉽지 않았다.

김진호, 그조차도 해내지 못한 것이다.

그 정도면 월드시리즈 우승이 얼마나 어려운 것인지 알 수 있다.

-그 외에도 구단이 좀…… 쉽게 말하면 또라이 같아. 특히 단장 새끼가 또라이인 구단에 걸리면 진짜 골치 아파 돼진다.

또 하나, 이진용은 원하는 바가 하나 더 있었다.

-무엇보다 이진용, 네 야구를 할 수 있는 팀을 찾아야 해. 내가 양키스를 거절한 가장 큰 이유 중 하나가 바로 그 점 때문이야. 양키스에서는 절대 내 멋대로 야구 못 하거든. 호우? 너 양키스에서 그 지랄 떠는 순간 벤치에서 껌이나 팔게 될걸?

자신의 야구를 하는 것.

"정리하겠습니다."

그런 이진용의 의사를 들은 이영예는 과연 이 분야의 실력자답게 곧바로 상황을 정리했다.

"일단 지금 우리에게 필요한 건 메이저리그 30개 구단을 두 종류로 분류하는 겁니다."

"두 종류요?"

"이진용 선수 본인이 원하는 팀과 이진용 선수 영입을 위해서는 1억 달러라도 기꺼이 낼 용의가 있는 팀입니다."

그 말과 함께 이영예는 곧바로 스마트폰을 꺼냈다.

-삐삐인 줄 알았네.

타타닥!

그렇게 스마트폰을 꺼낸 이영예는 그 큼지막한 손으로 놀라울 정도로 빠르게 타자를 치며 단숨에 장문의 문자를 보냈다.

"뭘 하셨는지 물어봐도 될까요?"

"이미 이야기를 마친 기자들에게 기사를 뽑아달라고 문자를 보낸 겁니다. 언론 플레이는 기본이니까요."

"아는 기자들? 기사?"

"예."

"무슨 기사인지 알 수 있을까요?"

그 말과 함께 자신의 손목에 찬 콩알 같은 시계로 시간을 확인한 이영예가 웃으며 말했다.

"10분 후에는 알게 되실 겁니다. 그전에……."

그때 이영예의 표정이 바뀌었다.

진지하게.

-어우, 적응이 안 된다, 적응이.

보는 입장에서는 섬뜩하기 그지없는 표정이다.

"개인적인 질문 하나만 해도 되겠습니까?"

그 표정에 이진용은 감히 싫은데요? 라는 할 수 없었다.

-카드 비밀번호가 뭐냐고 질문해도 대답해 줘. 어차피 통장에 돈도 없잖아?

"예, 하시죠."

"이진용 선수는 내셔널리그와 아메리칸리그, 두 리그 중 어디를 선호하십니까?"

-타석에서 공 맞을 리그랑 안 맞을 리그, 둘 중 하나 물어보는 거 같은데?

그 질문에 이진용은 고민 없이 대답했다.

"내셔널리그요."

그 말에 이영예는 놀란 눈을 떴다.

"아, 그렇습니까? 전 당연히 아메리칸리그를 원하실 거라고 생각했는데……."

"그래요?"

"지명타자 제도가 없는 내셔널리그에서는 이진용 선수가 하던 대로 한다면 타석에 서는 순간 무조건 보복이 올 테니까요."

그런 이영예의 말을 듣는 순간 김진호와 이진용은 정말로 믿을 수 있었다.

-운동선수 출신이 아니라는 것하고 싸움을 싫어한다는 게 거짓말은 아닌 모양이네.

이영예가 정말 싸움을 싫어하는 얌전한 성격의 사내라는

것을.

만약 그가 운동선수 출신에 싸움을 좋아하는 사내라면 이진용이 내셔널리그를 택하고자 하는 이유를 굳이 묻지 않아도 알 수 있었을 테니까.

"이유를 물어볼 수 있겠습니까?"

그런 그를 위해 이진용은 기꺼이 대답해줬다.

"지명타자가 있는 곳에서는 제가 마운드에서 지랄을 아예 못하게 하지만, 내셔널리그에서는 제가 타석에서 공 맞을 각오만 하면 얼마든지 지랄을 해도 되니까요."

-아무렴. 맞고 지랄하면 누가 뭐라고 하겠어?

그 말에 이영예가 재차 놀란 눈을 떴다.

그때였다.

이영예가 곧바로 스마트폰을 확인하고는 미소를 지었다.

"생각보다 빠르군요. 역시 이진용 선수답습니다.

"무슨 의미입니까?"

"스마트폰을 한 번 보시죠. 그리고 포털 한 번 확인해 보십시오."

그 말에 이진용이 제 스마트폰을 꺼내 포털 사이트 검색어 순위를 확인한 이진용과 김진호는 놀랄 수밖에 없었다.

-어?

'응?'

-진용아, 너 일본 가나?

'뭐야?'

검색어 순위, 그곳에는 이진용 일본이라는 단어가 존재하고 있었으니까.

[요미우리, 이진용 영입에 30억 엔 준비?]
[소프트뱅크, 이진용 영입에 백지수표 준비?]

그건 속된 말로 뜬금포였다.

-뭐임? 이호우 일본 감? 메이저리그가 아니라?
-미스터 호우가 아니고, 호우 짱 되는 거임?

　갑자기 이진용의 일본프로야구리그 진출설이 언론을 가득 채우기 시작했다.
　더욱이 그건 단순히 막연한 이야기가 아니었다.

-아니, 진짜 이진용 일본감? 말이 됨?
└안 될 건 없지. 액수가 30억 엔인데?
└메이저리그는 더 받잖아?
└아닐걸? 메이저리그는 연봉에 제한 있을걸?

　메이저리그에는 메이저리그 사무국 관계자들조차도 다 알

지 못할 정도로 많은 규정이 있으며, 그 규정에서 봤을 때 이진용이 정말 순수한 FA선수 자격으로 메이저리그 구단과 계약을 할 가능성은 없었다.

특히 몇 년 전부터 자금력이 풍부한 메이저리그 구단들이 남미나, 아시아 지역의 유망주들에게 수천만 달러가 넘는 돈을 주고 영입하는 것이 리그 운영에 악영향을 준다는 이유로 메이저리그 사무국은 선수 노조와 협의 끝에 이런 식의 선수 영입에 쓸 수 있는 돈에 제한을 걸었다.

-분명한 건 메이저리그 구단이 이진용한테 아무리 돈 많이 써도 천만 달러 이상은 못 씀. 정상적인 FA선수가 아니니까.

└어디서 이야기 들어보니까 일본에서 2년 정도 뛰고 FA자격으로 진출하면 일반 FA로 계약할 수 있다던데?

└그럼 일본 가야겠네. 2년 동안 30억 엔이면…… 어휴, 나 같아도 그 돈 받은 후에 메이저리그에서 대박 계약 노릴 듯.

즉, 메이저리그 사무국과 협의가 된 프로야구리그에서 정당하게 FA자격을 취득하지 않은 선수들에게는 천만 달러가 넘는 돈을 줄 수 없게 된 것이다.

물론 정말 이진용이 일본 리그에 진출할 생각이 있는 건 아니었다.

그리고 일본프로야구구단이 이진용에게 그 정도로 돈을 쓴다고 실제로 말한 것도 아니었다.

"이제부터 이진용 선수의 몸값은 최소 30억 엔, 한화로는 300억, 미화로는 3천만 달러가 됐습니다."

말 그대로 언론 플레이.

"이제 메이저리그 구단들이 이 상황을 놓고 그에 맞게 전략을 수정할 겁니다."

이영예, 그가 이진용에게 원하는 것을 주기 위해 펼치기 시작한 언론 플레이였다.

"그를 통해 우리는 그들의 전략을 가늠할 수 있습니다."

그 모습에 이진용은 감탄했다.

'천군만마를 얻은 기분이 이런 거구나.'

그리고 김진호는 생각했다.

-그냥 이 친구가 메이저리그 단장 멱살 잡고 몇 번 흔들면 원하는 계약 얻어낼 수 있을 것 같은데……

그렇게 이진용의 메이저리그 진출을 위한 작전이 시작됐다.

김진호가 메이저리그에서 성공한 이후, 한국야구는 메이저리그 열풍에 휩싸였다.

그리고 그 무렵은 일본에 있어서도 메이저리그 열풍의 시기이기도 했다.

노모 히데오의 도전과 성공 이후 스즈키 이치로의 화려한 등장으로 말미암아 오히려 메이저리그에 일본 열풍이 불었을 정도.

때문에 세간은 김진호에게 질문했다.

메이저리그가 보는 한국 야구와 일본 야구에는 어떤 차이가 있는지.

그 질문에 김진호는 대답했다.

"메이저리그에서 일본하고 한국을 보는 시각이 어떠냐고? 고등학생하고 중학생 보는 거랑 비슷하지. 일본이 고등학생, 한국이 중학생."

그 대답에 질문자는 놀라며 그 정도로 한국과 일본 사이에 수준 차이가 있냐고 되물었다.

김진호는 그 되물음에 대답했다.

"리그 수준이야 당연히 차이가 있지. 하지만 내가 하고 싶은 말은 메이저리그 입장에서는 고등학생이든 중학생이든 졸업 전까지는 별 관심 없다는 거야."

수준 차이가 있는 건 당연하며, 그 외에도 많은 차이가 있다고.

"일본은 메이저리그 진출을 더 빨리할 수 있지만, 한국은 그게 아니잖아? 당장 포스팅만 해도 그래. 일본은 구단 허락만 받으면 1시즌만 뛰어도 포스팅으로 메이저리그에 진출할 수 있지만, 한국은? 그게 메이저리그 스카우트들이 일본에는 상주하고 한국에는 출장 오는 이유야."

그 말끝에 김진호는 아주 좋은 팁 하나를 알려줬다.

"내가 고1 때, 청소년 대표팀 시절에 일본 애들 상대로 기꺼이 등판을 자처해서 노히트노런을 한 이유가 바로 그것 때문이었지. 봉황대기에서 3일 동안 완봉하는 것보다 일본 상대로 완투 한 번 하는 게 메이저리그 진출에는 훨씬 도움이 되거든. 잘 알아두라고.”

메이저리그에 진출하고 싶으면 일본을 이용하라!

그리고 지금 그 조언을 이용하는 선수가 생겼다.

-생긴 거랑 달리 진짜 치밀하네.

이진용.

그가 메이저리그에 자신을 알리기 위해 일본프로야구리그를 이용하고 있었다.

-설마 이렇게까지 준비해 뒀을 줄이야.

말 그대로였다.

이영예, 이제는 이진용의 비서이자 에이전트가 되어준 그는 이진용의 메이저리그 진출을 위해 다름 아니라 일본을 이용했다.

그것도 그저 기자들을 이용해서 기사를 내는 수준이 아니었다.

[요미우리, 이진용 영입 진지하게 검토 중!]

[소프트뱅크, 이진용이 우리 구단에서 뛰어준다면 영광일 것!]

기사에 언급된 두 구단의 관계자가 이진용에 대해 관심이 있다는 사실을 기사를 통해 밝혔다.

카더라, 가 아니라 사실을 만든 것이다.

“이게 가능해요?”

그 사실에 이진용도 놀랄 수밖에 없었다.

-뭐가?

"아니, 저하고는 접점도 없는 일본의 두 구단을 이런 식으로 이용하는 게……."

아니면 말고, 같은 기사가 떴을 때는 그럴 수 있다고 생각했다.

그러나 기사에 언급된 두 구단이 직접 나서서 자신에 대한 관심을 표현하는 건 이진용 역시 상상조차 못 한 것이었다.

-못 할 게 뭐 있어? 일본 구단 입장에서는 손해 보는 장사가 아닌데.

"손해 보는 장사가 아니라고요?"

그 대답에 이진용이 자신의 스마트폰을 바라봤다.

[요미우리, 이진용 영입 위해 30억 엔도 아깝지 않다!]

'30억 엔.'

30억 엔, 한화로 바꾸면 300억 원.

너무 아득한 돈이라서, 도리어 매력조차 느껴지지 않을 정도의 금액.

"제가 정말로 요미우리에 입단한다고 하면요? 그러면 요미우리가 곤란해지는 거 아닌가요?"

-너 정도 되는 투수 30억 엔에 2년 쓰는 거면 나 같으면 아리가또…… 아니, 그게 아니지.

이진용이 질문에 반사적으로 대답을 하던 김진호가 이내

말을 바꿨다.

-너 같은 개뽀록 투수에게 30억 엔을 쓰다니, 그 정도로 눈깔이 썩어빠진 놈들이라면 대가를 치러야지.

그 말에 이진용은 헛웃음만 흘렸고, 김진호는 어깨를 으쓱했다.

-뭐, 본론으로 돌아오면 일본 구단 입장에서는 오랜만에 메이저리그 상대로 허세 좀 부릴 수 있는 일이니까 마다할 게 없지.

"허세요?"

-일본 애들이 제일 중요하게 여기는 것 중 하나가 뭔지 알아? 미국 애들 눈치야. 미국 애들한테 자신들이 어떻게 보일지, 그거에 진짜 목숨을 걸어. 그런 상황에서 이렇게 일이 터지면 메이저리그 구단이 일본 구단에 당연히 전화해서 이렇게 말하겠지.

김진호가 제 손을 전화기 모양으로 만든 후에 전화하는 제스처와 함께 말을 이어갔다.

-헤이, 야마토 상. 호우호우거리는 이상한 또라이 새끼 잡는데 진짜 3천만 달러 쓸 거야? 그럼 일본 대답은 어떨까? 사실 그럴 돈 없고요, 그냥 구라 좀 쳐본 거예요, 스미스 상, 스미마셍! 이럴까? 아니면 우리 돈 많은데? 그 정도는 낼 수 있는데? 더 낼 수도 있는데? 너희들은 그 정도 돈 없음? 히웅히웅, 이렇게 말할까?

그 말에 이진용이 놀라며 되물었다.

"진짜 그렇게 통화한다고요?"

-비슷할걸?

"진짜 한국어로 통화한다고요?"

그 물음에 김진호가 뚱한 표정을 지으며 소리쳤다.

-당연히 영어로 하겠지! 어쨌거나 일본 구단 입장에서는 못 해줄 건 없지. 그 정도 립서비스는.

"하지만 해줄 것도 없잖아요?"

-그래서 말했잖아? 이영예가 대단한 녀석이라고. 뒤에 있는 인맥이 보통은 아닌 거야. 짧은 시간에 이만큼 준비한 걸 보면, 핫라인을 꽤 많이 가지고 있을 거야.

핫라인.

그 단어에 이진용의 표정이 굳었다.

"안 좋은 의미의 핫라인은 아니겠죠? 야쿠자나, 마피아나 무슨 마약왕 카르텔 같은……."

-어…….

"어?"

-어어…… 여하튼 뭐로 가도 메이저리그만 가면 되지 않을까?

뜸 들임 속에 나온 대답에 이진용의 표정이 더 딱딱하게 굳었다.

그런 이진용에게 김진호가 위로하듯 말했다.

-에이, 너무 걱정 마. 뒈져봤자 귀신밖에 더 되겠니? 그런 걱정은 일단 어느 구단에 갈지, 그것부터 정한 후에 하자고. 응?

그 말에 이진용이 자신의 눈앞에 산더미처럼 쌓여 있는 서류 뭉치들을 바라봤다.

이영예가 이진용을 위해 구해다 준 메이저리그 구단들의 리포트였다.

물론 단순한 전력 분석 리포트가 아니라 구단의 재무 상태나, 현재 구단의 내부 사정에 대한 이야기로 구성된 리포트였다.

메이저리그 각 구단에 대한 전력 분석 리포트는 필요 없었다.

그건 이미 이진용과 김진호, 그 둘이 시즌 내내 메이저리그 경기를 보고, 검색 등을 통해 준비해 두었으니까.

-그래서 어디가 끌려?

"단순히 내년에 월드시리즈 우승을 할 수 있는 곳을 가라면 내셔널스를 가겠어요."

-그래, 내셔널스가 전력은 괜찮지.

워싱턴 내셔널스.

현재 황금기를 달리고 있는 메이저리그 구단.

투타, 개중에서도 그야말로 메이저리그 최고 수준의 선발투수들이 모인 막강한 투수진이 강점인 팀이었다.

2018시즌 가장 우승에 가까운 팀이라고 해도 과언이 아닌 곳!

"하지만 제가 거기서 왕 대접받긴 좀 힘들 것 같아요."

그렇기에 이진용은 오히려 내셔널스를 택할 수가 없었다.

-너 없어도 우승 노릴 수 있는 팀이니까. 가면 영웅 대우를 받을지언정 황제 대접은 받기 힘들지.

김진호의 말대로 내셔널스란 팀은 이진용 없이도 우승을 노릴 수 있는 팀이니까.

이진용 영입을 위해 영혼마저 팔 생각은 없는 팀이었다.

"그래서 김진호 선수는 어디가 끌려요?"

그때 이진용이 역으로 질문했고, 그 질문에 김진호는 망설임 없이 대답했다.

-나야 양키스가 끌리지.

"양키스요?"

-메이저리그의 역사는 양키스의 역사이기도 하거든.

이진용이 고개를 갸웃했다.

"하지만 김진호 선수는 양키스 거부했잖아요?"

과거 김진호가 메이저리그의 지배자로 활약하던 시절, 김진호는 양키스로부터 러브콜을 받았었지만, 그런 양키스의 러브콜을 무시했다.

그런데 지금 와서 다시 양키스에 가고 싶다?

-그땐 양키스에 거물이 너무 많았거든. 지터에, 에이로드에 로저 클레멘스까지. 무엇보다 내가 본격적으로 활약하던 시기의 양키스는 3년 연속 월드시리즈 우승하고 악의 제국 소리를 듣고 있을 때였지. 그런 양키스에 내가 가서 등번호 1번 달라고 하면 가운데 손가락만 받을 판이었으니까.

"지금은요?"

-지금 가면 호우는 못 하겠지만, 팀에 군림할 수는 있지. 그리고 실제로도 지금 양키스에 필요한 선수는 바로 그렇게 팀의 중심을 완벽하게 지켜줄 선수이고. 거기다 그 선수가 리그 최고의 에이스라면? 게임은 끝. 이제 월드시리즈의 소중함을 알게 된 양키스에 월드시리즈 우승을 안겨주는 순간 메이저리그의 왕이 될 수 있지!

그 말에 이진용은 잠시 머릿속으로 떠올렸다.

메이저리그에서도 특별하게 취급되는 양키스의 상징인 핀스트라이프 유니폼을 입은 채 5만 명에 가까운 관중으로 가득 찬 양키스타디움을 무대 삼아 월드시리즈를 치르는 자신의 모습을.

그 광경을 상상한 이진용이 제 소감을 말했다.

"딱히 끌리진 않네요."

-그래?

"무엇보다 제가 봤을 때 김진호 선수라면 줄무늬 유니폼 입고 월드시리즈에 서기 보다는 월드시리즈에서 핀스트라이프 유니폼 입은 애들 표정 구겨지는 걸 보고 싶어 하실 것 같은데요?"

이진용의 그 말에 김진호가 진한 미소를 지었다.

-새끼, 뭘 아는구나.

"당시 우승하신다고 양키스 거르고 레드삭스 가신 거면 이야기는 끝이죠."

말을 하던 이진용은 다시금 김진호를 보며 말했다.

"그럼 정말로 김진호 선수가 가고 싶은 곳은 어디에요?"

그 말에 김진호는 재차 대답했다.

-말했잖아, 뉴욕 가고 싶다고.

뉴욕.

그 단어에 이진용의 표정이 구겨졌다.

그러나 이내 그 뜻을 파악하고는 놀라며 말했다.

"메츠요?"

-응.

"왜요?"

뉴욕 메츠.

1986년, 여러모로 어메이징한 월드시리즈 우승을 달성한 이후 30년이 넘는 세월 동안 우승에 목마른 팀.

그렇게 목마름 속에서 참고 또 참으며, 우승의 날을 위해 팀 리빌딩을 거치며 기어코 2014년 우승에 도전할 수 있는 팀을 갖춘 후에 월드시리즈 도전을 시작한 팀.

이윽고 2015년에는 월드시리즈 무대에 올랐고, 2016년에도 내셔널리그 우승자를 가리는 챔피언십 시리즈에 오르며 영광에 한 걸음씩 다가가던 팀.

"메츠, 2017시즌 망했잖아요?"

하지만 2017시즌, 앞선 두 해가 무색해질 정도로 무기력한 모습과 함께 밑바닥에 추락한 팀.

-이대로 가면 더 망할걸?

총체적 난국, 그 표현 그대로의 모습을 보여주며 희망찬 미래보다는 오히려 꽉 잡아, 다시 밑바닥으로 내려간다! 라는 느낌을 주는 팀이었다.

"그런데 그런 팀을 간다고요?"

솔직히 말해서 이진용이 보기에 메츠의 2018시즌 역시 2017시즌과 크게 다르지 않을 것 같았다.

"제가 보기에 이 팀 노답인데요?"

그리고 그 후에는 리빌딩을 하면서 얻은 좋은 선수들의 기량이 하락하면서 결국 월드시리즈 우승을 못 한 채 다시 기나긴 목마름의 계절에 빠질 것이 예상됐다.

-응, 노답 맞아.

그런데 김진호는 그 팀에 가고자 했다.

-하지만 내가 가면 메츠 우승시킬 자신 있어.

"어떻게요?"

-신더가드, 디그롬, 하비.

"아."

그제야 이진용은 김진호가 말하는 바를 알 수 있었다.

맷 하비, 노아 신더가드, 제이컵 디그롬.

뉴욕 메츠의 신성으로 불리는 이 셋은 모두가 100마일짜리 빠른 공을 무기로 삼는 우완투수였으니까.

-그 셋, 나라면 제2의 김진호로 만들 수 있다.

김진호, 그가 그랬던 것처럼.

-생각해 봐. 내가 세 명이 있는 팀이 어떤 느낌일지.

김진호의 말에 이진용이 김진호 세 명이 있는 팀을 떠올렸다.

그리고는 기겁하며 말했다.

"끔찍하군요."

-끔찍하지?

"예, 진짜 끔찍하네요. 이것 봐요, 저 닭살 돋은 거 보세요. 메이저리그 역사상 가장 끔찍한 팀이 될 겁니다."

-아무렴, 끔찍하겠지.

말을 하던 김진호가 뭔가 이상한 낌새를 느낀 듯 고개를 갸웃한 후에 이진용을 보며 말했다.

-야, 끔찍하다는 게 다른 의미로 끔찍하다는 건 아니지?

"아무렴요. 설마 제가 아주아주 못생긴 투수 세 명이 더그 아웃에서 쉴 새 없이 주둥이를 나불거리는 모습을 상상하면서 끔찍하다는 표현을 썼겠습니까?"

이진용의 그 말에 김진호가 뚱한 표정을 지었다.

폭풍전야의 분위기.

호우! 호우! 호우!

그 순간 스마트폰의 벨소리가 울렸고, 이진용이 잽싸게 전화를 받았다.

"예, 이영예 씨. 아, 네. 아! 단장과 만날 수 있다고요? 언제입니까? 12월 11일 이후에 원하는 날짜를 잡으라고요? 누구든 원하는 사람으로? 정말입니까?"

약속의 날이 잡혔다.

스토브리그의 꽃은 윈터미팅이다.

12월 중순 무렵에 메이저리그 30개 구단의 단장 혹은 관계자들이 한곳에 모이는 이 미팅에서 어마어마한 액수가 오가는 FA계약이 성사되거나, 훗날 메이저리그 역사를 바꾼 트레이드가 될 법한 최고 선수들의 트레이드가 이루어지고는 한다.

당연히 모든 메이저리그 팬들의 이목은 2017년 12월 9일 플로리다 올란도에 위치한 스완 앤 돌핀스 리조트에서 시작된 윈터미팅에 집중됐다.

그리고 윈터미팅에 참가한 메이저리그 30개 구단 관계자들의 시선은 둘에 집중됐다.

"역시 다들 신경은 다른 곳에 있군."

"아시아에서 괴물 두 명이 오니까."

포스팅을 통해 메이저리그 진출을 선언한 일본 야구의 차세대 괴물 오타니 쇼헤이.

그리고 2017시즌 한국프로야구 역사에 있을 수 없는 일을 만들어낸 이진용.

현재 메이저리그 30개 구단들의 관심은 오로지 그 두 선수만을 향하고 있었다.

"돈이 아니라 마음과 정성으로 선수를 잡을 수 있는 기회가 쉽게 오는 게 아니니까."

더욱이 그 두 선수 영입에는 큰돈이 필요 없었다.

정확히 말하면 메이저리그 사무국의 규정에 따라 그들에게 큰돈을 쓸 수가 없었다.

메이저리그 사무국의 규정에 따라 드래프트를 통해 영입한 선수가 아닌 해외의 선수를 영입할 때 쓸 수 있는 금액의 총 액수는 정해져 있었다.

그 액수는 구단마다 다르지만 대개 1년에 7백만 달러 안팎.

"다저스 관계자들 표정을 봤는데 다들 죽어가더군."

"내년 시즌에도 우승을 못 하면 정말 긴 겨울을 준비해야 하는데, 현실적으로 두 선수를 잡는 건 불가능하니까."

때문에 다저스같이 이미 해외에서 선수 영입을 하느라 적지 않은 돈을 쓴 팀의 경우에는 두 선수를 영입하는데 쓸 수 있는 돈이 채 1백만 달러가 되지 않은 상황이었다.

"준척을 잡으려다 오히려 대어를 놓친 꼴이지."

현재 메이저리그 구단 중에서 돈 많기로는 세 손가락 안에 드는 팀이 그렇게 돈이 넘침에도 막상 정말 중요한 선수를 잡을 돈은 못 쓰니, 그야말로 죽을 노릇.

"다들 죽어가겠지. 차라리 돈으로 해결되는 거면 해결하겠는데 그게 아니니까."

"결국 돈이 아닌 조건인데, 어때? 그쪽은?"

때문에 현재 메이저리그 구단들은 두 선수 영입을 위해 정말 다양한 조건을 제시하는 중이었다.

"어떻기는, 재단사가 된 기분이지."

즉, 돈이 아니라 그 선수가 원하는 옷을 누가 더 잘 만드느냐의 싸움이었다.

"일본 쪽은 그나마 취향을 아니까 견적이 나오는데, 한국 쪽은 도무지 정보가 없으니……"

개중에서도 이진용에 대한 정보는 턱없이 부족했다.

본 적도 없는 사람을 위해 정장을 만든 후에, 그 정장이 몸에 맞기를 기대해야 하는 상황.

그렇기에 단장들은 윈터미팅 자리에서 어떻게든 상대방이 가진 이진용의 정보를 얻어내는 데 혈안이었다.

이렇게 관계자들이 이야기를 나누는 것 역시 나름의 거래였다.

내가 아는 이진용의 정보를 줄 테니, 너도 줘라.

그런 식으로 정보를 조합하면, 이진용의 몸에 보다 잘 맞는 옷을 만들 수 있을 테니까.

당연히 윈터미팅에 참석한 관계자들은 다른 무엇보다 단장들의 움직임에 주목했다.

"샌디가 지나가는군."

샌디 엘더슨.

현 뉴욕 메츠의 단장인 그의 움직임에 주변의 이목이 집중되는 것은 그런 이유 때문이었다.

더불어 샌디 엘더슨 단장이 최대한 주변에 들리지 않을 만큼 작은 목소리로 중얼거리는 이유이기도 했다.

"당장 약속을 잡도록. 윈터미팅? 이딴 게 중요한 게 아니야."

엘더슨 단장, 그가 윈터미팅과는 비교할 수 있는 귀중한 미팅 기회를 손에 넣었으니까.

12월 11일.

창밖으로 내리는 눈이 이제는 겨울이 왔음을 분명하게 말해주는 그 날, 인천공항 안이 기자들로 가득했다.

"저기 뭐 하는 거야?"

"오빠, 연예인 왔나 봐!"

그 몰려든 기자단을 보면서 사람들이 대체 어느 유명인이 왔기에 이런 광경이 나왔는지 의구심을 품었다.

그 의구심은 오래가지 않았다.

"호우!"

"호우!"

갑작스럽게 터지는 호우, 그 두 글자에 공항에 있는 사람들은 오늘 기자들이 취재하려는 사람이 누구인지 바로 알 수 있었으니까.

"아, 이호우구나."

"이호우? 오빠 그게 누구야?"

"응, 호우야."

"호우?"

"응, 호우."

"이름이 호우야?"

"아니, 그게 아니라…… 가만 이호우 이름이 뭐였지?"

이진용, 그가 인천국제공항에 모습을 드러냈다.

"이진용 선수, 뉴욕으로 가시는데 혹시 양키스와 계약을 하시는 겁니까?"

"이진용 선수, 어느 구단과 접촉 중인지 말씀해 주실 수 있으십니까?"

"여전히 일본 진출에 대한 이야기가 있습니다. 사실입니까?"

그렇게 등장한 이진용을 향해 기자들은 쉴 새 없이, 그리고 사정없이 질문을 내던졌다.

그 거듭된 질문 속에서 사내 한 명이 슬그머니 이진용의 뒤를 따라 나왔다.

이영예.

'헉!'

그의 등장에 기자들의 질문이 멈췄다.

"죄송합니다, 현재 이진용 선수의 목적은 말씀드릴 수 없습니다."

완벽한 차단이었다.

꿀꺽!

기세 좋게 질문을 토해내던 기자들을 침만 삼키는 인형으로 만들어버릴 정도로 완벽한 차단!

그렇게 만들어진 고요함 속에서 이진용이 기자들 앞에 나서며 말했다.

"제가 드릴 수 있는 말은 하나입니다."

그 말에 좌중의 모든 이목이 이진용에게 꽂혔고, 그 시선 속에서 이진용이 엄지를 치켜들며 말했다.

"호우!"

이진용, 그가 그 말을 남기고 미국으로 떠났다.

메이저리그를 흔히 단장들이 야구를 하는 곳이라고 표현한다.

-메이저리그는 정말 단장이 야구를 하는 곳이야.

그저 단장의 권한이 막강하기에 그런 표현을 쓰는 건 절대 아니었다.

-스타크래프트처럼 선수와 코칭스태프는 유닛이고 단장은 게이머가 되는 거지. 아니, 스타크래프트보다는 심시티가 더 가깝겠군. 그저 단순히 유닛을 뽑는 수준이 아니라, 단장 본인이 원하는 유닛을 키우고, 데려올 수 있으니까.

메이저리그 구단은 단장이 원하는 대로, 하나부터 열까지 모든 것이 정해진다.

-이게 얼마나 대단한 일이냐면, 보통 메이저리그 구단이 선수단 구성에 1억 달러 넘는 돈을 쓰거든? 돈 좀 있는 구단은 1년

에 선수 몸값으로만 2억 달러를 써. 운영비고 나발이고 그냥 순수하게 선수 몸값으로만.

그건 엄청난 일이었다.

-그 어마어마한 돈을 단장이 자기 마음대로 할 수 있는 거야. 선수 한 명 영입하는데 2억 달러를 넘는 돈을 지르는 경우도 있지.

일반인은 감히 상식으로 이해할 수 없을 정도로 엄청난 일.

-자기 돈도 아니고 남의 돈 2억 달러를 선수 한 명 영입하는데 지르는 게 어떤 심리인지 알아? 적어도 제정신으로 할 수 있는 짓은 아니지. 심지어 그 이유조차도 특별한 게 아니야. 그냥 그 선수가 내가 추구하는 야구에 필요하다, 그 이유 하나로 그 선수를 사는 거야.

그런 말도 안 되는 짓을 너무나도 당연하게, 숨 쉬듯 하는 자리.

-앨더슨 단장은 그런 메이저리그 단장 세상에서 뼈가 굵은 인간이야.

이진용이 만나는 이는 그런 자리에 앉은 자였다.

-나 때도 유명했어. 아무럼, 유명했지. 빌리 빈의 머니볼은 아무것도 없는 황무지에서 이루어진 게 아니야. 빌리 빈 전에 오클랜드 단장이었던 사내가 나름 어느 정도 땅을 다져놓은 덕분에 그게 가능했지. 그리고 그게 바로 앨더슨 단장이었고.

샌디 앨더슨.

뉴욕 메츠의 단장인 그는 이 무시무시한 메이저리그의 세상에서 어지간한 선수들보다 더 오랜 세월을 뛴 노장 중의 노장이었다.

그렇기에 김진호는 말했다.

-그러니까 괜한 수작은 부리지 마. 협상? 진용아, 너 살아생전 협상 같은 거 해본 적 있어? 그것도 영어가 부족해서 통역 낀 상태에서 수십 년 넘게 너 같은 애들 상대로 협상을 한 하버드 로스쿨 출신의 메이저리그 단장하고?

협상은 없다.

-그냥 몰아붙여. 이진용, 넌 어차피 잃을 것 없어. 이번 계약 파투나도 갈 곳은 많아. 그럼 뭘 해야겠냐? 그래, 협박을 해야지. 무식하게 불도저처럼 일방적으로 그냥 질러버려.

있는 건 협박뿐!

그렇기에 이진용은 기꺼이 했다.

"원하는 게 뭔가?"

샐더슨 단장, 그와 처음 만나는 자리에서, 누가 보더라도 예의상 건넨 그의 질문에 이진용은 대답했다.

"제가 원하는 건 어차피 그쪽에서 못 줍니다."

넌 나에게 아무것도 줄 수 없다!

더욱이 그 말은 이진용 본인이 내뱉은 게 아니었다.

"메츠는 이진용 선수가 원하는 걸 줄 수 없습니다."

자리에 에이전트 자격으로 참석한 이영예, 그의 입을 통해서 나왔다.

당연한 말이지만 통역해 주는 이영예의 표정 역시 아주 제대로, 단단하게, 험악하게 굳어 있었다. 이진용이 하는 말이 우스갯소리로 하는 게 아니라는 것을 알고 있었으니까.

-어휴, 귀신인데도 섬뜩하네.

이보다 더 완벽한 협박은 세상 어디에도 없을 정도.

"무슨 의미인가?"

그러나 그 모습에 앨더슨 단장은 그다지 크게 당황하거나 긴장한 모습 없이 반문했다.

이진용이 재차 말했고, 이영예가 통역했다.

"3억 달러, 사이영상, 리그 MVP 그리고 월드시리즈 우승 반지. 개중에 메츠가 지금 당장 저한테 줄 수 있는 게 있습니까?"

이번에 나온 말 역시 그 수위가 낮지 않았다.

다른 건 몰라도 메츠가 이진용에게 월드시리즈 우승 반지를 줄 수 없다는 건, 메츠가 앞으로 월드시리즈 우승을 할 수 없다는 말이었으니까.

그건 월드시리즈 우승을 위해 총력전을 펼쳐온 앨더슨 단장의 야구를 부정하는 말과 같았다.

자존심에 유리로 된 야구공 하나를 던지는 일.

"역시 포부가 대단하군. 만족하네."

그러나 그 강력한 말 앞에서도 앨더슨 단장의 입가에 걸린 잔잔한 미소는 조금도 변하지 않았다.

그 앨더슨 단장의 모습에 앨더슨 단장 뒤에 있던 김진호가 어깨를 으쓱하며 말했다.

-거봐? 내가 말한 대로 보통 양반이 아니지? 다른 사람 같으면 또라이 새끼 아니야, 같은 말이 튀어나오는 상황에서 입꼬

리에 미동조차 없는 거 봐.

김진호의 말대로 앨더슨 단장의 포커페이스는 완벽했다.

이진용이 이 자리에서 갑작스럽게 호우! 소리를 내질러도 흔들리지 않을 것 같았다.

"포부가 대단하다고 칭찬하시는군요. 달리하실 말씀 있으십니까?"

그때 이영예가 이진용을 보며 말했고, 이진용은 그런 이영예에게 말했다.

"이제 제가 메츠에 원하는 걸 말해주시죠."

고개를 끄덕인 이영예가 곧바로 앨더슨 단장에게 말했다.

"마이너리그 거부권, 트레이드 거부권, 4년짜리 옵트 아웃……."

차근차근, 이영예의 입을 통해서 나오는 조간에 앨더슨 단장이 고개를 끄덕거렸다.

"그리고 전담 포수로 조 존스."

조 존스.

그 이름이 언급되는 순간, 그제야 처음으로 앨더슨 단장의 포커페이스가 깨졌다.

그리고 그런 앨더슨 단장의 뒤에 있는 김진호의 입가에 미소가 지어졌다.

-호우 듣고 싶으면 1억 달러 정도는 쓸 각오를 해야지, 응?

조 존스.

그는 한때 메이저리그를 대표하던 포수였다.

2006년 9월, 확장 로스터 시행과 함께 메이저리그에 처음 콜업이 되어 레드삭스의 유니폼을 입었을 때 그의 나이는 고작 20살.

그러나 콜업이 되고 한 달 동안 3할 9푼의 타율과 9개의 홈런을 때려내며 메이저리그에 새로운 별이 탄생했음을 알렸다.

그런 그를 더욱 유명하게 해준 건 2006년 9월 14일 그와 처음 호흡을 맞춘 투수가 노히트노런을 달성한 일이었다.

충분히 기념비적인 기록을 달성한 투수는 그 공을 포수인 조 존스에게 돌렸다.

"조는 대단한 포수입니다. 장담합니다. 그와 던지는 투수는 누구든 퍼펙트게임을 할 기회를 얻은 것과 마찬가지입니다."

그 투수는 다름 아니라 메이저리그의 지배자, 김진호!

그 어느 선수보다 선수 평가가 짜기로 유명한 그가 조 존스에 대해 극찬을 아끼지 않았다.

당연히 조 존스는 곧바로 2007시즌부터 레드삭스의 중심이 되었고, 이후 2007년과 2013년 팀의 월드시리즈 우승에 기여하며 자신의 커리어를 영광의 나날로 바꾸었다.

성적도 대단했다.

7시즌 동안 평균 3할 2푼의 타율을 기록하며 무려 191개의 홈런을 기록, 통산 OPS는 무려 0.910에 이르렀다.

그는 최고의 타자였고 동시에 최고의 포수였다.

그러나 그런 그의 영광의 나날은 어느 순간부터 파란만장한 나날로 바뀌었다.

그 시작점은 자유계약선수가 된 그가 양키스와 10년 동안 총액 1억 7천만 달러짜리 계약을 하는 순간이었다.

일단 레드삭스에서 양키스를 갔다는 것이 문제였다.

레드삭스 팬들은 배신자인 조 존스에게 분노했고, 양키스 팬들 역시 레드삭스에 두 번의 우승을 선물한 이가 양키스타 다음의 중심에 선다는 사실이 탐탁지 않았다.

더 큰 문제는 이적과 동시에 시작된 부진과 부상의 나날들이었다.

어느 시즌이든 3할의 타율 그리고 30홈런을 쳐주리라 기대했던 조 존스는 FA로 넘어온 첫해에 2할 3푼의 타율과 9홈런이라는 처참한 성적을 기록했다.

그 후 다음 시즌은 무릎 부상으로 시즌 아웃.

부상에서 복귀한 후에도 조 존스는 제대로 된 활약을 하지 못하며, 결국 마이너리그로 내려가는 수모를 겪었다.

악몽의 나날들이었다.

더욱이 조 존스는 당시 양키스가 추진하던 페이롤 감축 정책에 따라 해가 지날수록 점차 연봉이 늘어나는 계약을 맺었다.

처음 5년 동안은 총 5천 5백만 달러를 받지만, 남은 5년 동안 1억 1천 5백만 달러를 받는 계약이었다.

당연히 트레이드도 불가능했다.

가끔 조 존스가 기량 회복의 기미가 보여도, 앞으로 5년 동안 1억 달러를 넘게 줘야 하는 포수를 영입하고자 하는 구단이 있을 리 없으니까.

제아무리 양키스가 연봉 보조를 해주겠다고 해도 그 누구도 조 존스에 대한 관심을 가지지 않았다.

그런데 지금 이진용이 자신의 전담 포수로 조 존스를 요구했다.

-조 존스는 최고의 포수야. 이호찬에게는 미안한 이야기이지만, 걔하고는 비교가 안 돼. 이호찬이 이진용이라면, 조 존스는 김진호라고 해야 할까? 그 정도야. 신생아와 대학생 수준의 차이가 있지. 그리고 내가 봤을 때 지금도 조 존스의 능력에는 문제가 없어.

이유는 오직 하나, 김진호가 그에 대한 극찬을 지금도 아끼지 않는다는 것.

-녀석에게 있어 문제는 더 이상 그의 심장을 두근거리게 만들 게 없다는 것뿐이지. 원래 그런 녀석이었으니까. 아직도 기억나네. 노히트노런 기록 당시에 내가 볼넷을 내주면서 퍼펙트게임 페이스가 깨지니까 녀석이 마운드에 올라와서 해준 말이. 시답잖은 노히트노런 같은 거 커리어에 추가하지 말고 그냥 대충 던진 후에 다음에 퍼펙트게임을 노리자고. 물론 난 놈한테 말했지. 지금 퍼펙트 깨져서 기분 좇같은데 지랄하지 말고 가서 공이나 받으라고.

그렇기에 김진호는 이진용에게 말했다.

-조라면 최고의 배터리가 되어줄 거야. 그러니까 메츠 단장

에게 말해. 그를 전담 포수로 데려와 달라고.

조 존스를 요구하라고.

더욱이 그것은 그저 단순히 좋은 포수를 얻기 위한 요구가 아니었다.

-그리고 널 위해 1억 달러도 쓰지 않을 팀 따위는 무시해. 메이저리그는 최고이자 최악의 비즈니스 무대야. 돈도 안 쓴 것에 애정 따위는 가질 수 없는 곳.

이진용이 정말 제대로 된 대우를 받기 위해서라도 구단이 어떻게든 돈을 쓰게 만들어야 했고, 그러기 위해서 조 존스를 협박의 소재로 쓰는 건 매우 좋은 선택이었다.

이영예 역시 이런 이진용의 계획을 들었을 때 감탄을 아끼지 않았다.

"조 존스를 전담포수로 영입해 준다면, 이진용 선수는 계약금 1백만 달러면 충분합니다."

이영예도 메이저리그에서는 어떻게든 돈을 쓴 선수에게 의미를 둔다는 것을 알고 있었으니까.

물론 그 사실을 가장 잘 아는 건 앨더슨 단장이었다.

앨더슨 단장은 지금 이진용이 노리는 바를 분명하게 알 수 있었다.

'조 존스의 2018시즌 연봉은 1천 2백만 달러. 이후 남은 5년 동안 1억 1천 5백만 달러가 들어간다. 양키스가 이미 3천만 달러의 연봉보조를 약속했으니, 6년 동안 1억 달러가 조금 안 되는 돈이 들어가는군.'

지금 이진용은 자신을 원하는 팀이 과연 얼마까지 돈을 쓸수 있는지 시험하고 있다는 것을.

　'여기에 이진용이 말한 계약금 1백만 달러와 연봉을 더하면 얼추 1억 달러가 나오겠군.'

　그렇기에 앨더슨 단장은 핵심만을 짚었다.

　'이진용을 영입하는데 1억 달러.'

　과연 이진용에게 1억 달러를 지불할 만큼의 가치가 있는가?

　그 단순하기 그지없는 핵심에 도달했을 때 앨더슨 단장은 무언가 느낌을 받을 수 있었다.

　아주 오래전에 느껴봤던 것, 위대한 선수만이 내뿜는 아우라 같은 것을.

　'김진호가 떠오르는군.'

　오래전 김진호라는 선수를 만났을 때 느꼈던 것과 비슷한 느낌을.

　그 느낌을 받는 순간 앨더슨 단장의 입가에는 미소가 그어졌다.

　"조 존스는 좋은 포수이지. 메이저리그의 지배자조차 극찬을 아끼지 않았던 포수. 좋네, 그를 데려오지."

　딜이 끝났다.

　메이저리그 단장들에게 무엇보다 중요한 건 과감한 행동력이다.

결론을 내리면 곧바로 행동에 나서야 한다.

만약 결론을 내린 후에도 그 결론을 의심하는 식으로 뜸을 들이다 보면 상대방이 눈치를 채고 그 약점을 쥐고 흔들 수 있으니까.

앨더슨 단장은 그 사실을 잘 알았다.

때문에 그는 이진용과 다음 만남을 약속하자마자 곧바로 윈터미팅에 참석하고 있는 양키스 단장에게 전화를 건 후에, 그에게 말했다.

"조 존스를 트레이드로 데려오고 싶은데 연봉보조를 얼마까지 할 수 있지?"

단도직입.

괜한 수작으로 상대방의 시야를 흔들기보다는 곧바로 돌직구를 던졌다.

-조 존스?

그리고 그 돌직구에 양키스 단장 역시 과감하게 행동했다.

지금 팀에게 있어 가장 큰 골칫거리인 선수를 데려가고자 하는 메츠의 의중을 파악하고자 뜸을 들이기보다는 그 골칫거리를 치울 수 있다는 사실에 만족했다.

-3천만 달러.

조금의 망설임 없이 대답했다.

"좋아, 우리가 데려오지."

그렇게 이야기가 끝나자마자 곧바로 메츠의 프런트가 움직이기 시작했다.

기자들이 기사를 토해내기 시작했다.

[이진용, 메츠와 계약!]
[계약금은 1백만 달러!]

드디어 스토브리그라는 이름에 어울리는 아주 뜨거운 난로가 나오는 순간이었다.

당연히 겨울 동안 추위를 타던 야구팬들이 그 뜨겁디뜨거운 난로에 달라붙었다.

-이호우가 메츠를 갔어? 우리 호우가?
-아니, 대체 왜 메츠임? 다른 좋은 팀 놔두고?
  └메츠 망한 팀 아님?
  └망했지.
  └거의 엔젤스 수준의 망한 팀임.
  └어메이징 호우네.

더불어 이제는 한국 야구팬들만이 움직이는 게 아니었다.

이제는 메이저리그 팬들이 이 난로에 달라붙었다.

-이진용? 그게 누군데?
-한국프로야구에서 방어율 0점 기록함. 별명이 미스터 호우임.

└미스터 제로가 아니고?

└방어율 0점이면 클로저임?

└아니, 선발로 방어율 0.

└그게 말이 됨?

└퍼펙트만 두 번 함. 페넌트레이스에서 한 번, 포스트시즌에서 한 번.

└코리아시리즈에서 4차전 치르는 동안 세 번 선발로 나와서 3승 0패 함.

└무슨 야구가 게임도 아니고, 그게 가능해?

└이 정도면 게임도 그냥 게임이 아니라 쓰레기 게임인데?

그렇게 메이저리그에 이진용이란 이름의 태풍이 점차 모습을 드러내기 시작했다.

그 무렵이었다.

-어때? 잠실구장하고는 비교하는 게 우습지?

이진용이 이제는 자신의 홈구장이 될 메츠의 홈구장, 시티 필드에 모습을 드러낸 것은.

-여기가 메이저리그 구장이다. 세계 최고들만이 밟을 수 있는 무대.

4만 명이 넘는 인원을 수용할 수 있는 거대하기 그지없는 야구장.

-여기서 조금만 가면 양키스타디움이 있어. 차 타고 10분이면 닿을 거리이지. 잠실구장에서 고척 돔구장까지 거리보다 가까워. 만약 두 팀이 월드시리즈에서 붙는다면 그 구장 사이 거리가 야구팬으로 가득 찰 거야.

그 거대한 구장에 대한 김진호의 설명에 이진용은 말없이 고개만 끄덕였다.

이윽고 관리자의 배려로 그라운드에 들어선 이진용은 그대로 천천히 마운드 위에 올라섰다.

'아.'

-아!

잠실구장과는 비교할 수 없는 무언가.

그 무언가 앞에서 김진호는 잠시 말을 멈췄다.

말을 멈춘 채 여러 감정이 섞인 눈빛으로 자신의 전장이었던 것을 천천히 바라봤다.

이진용은 그런 김진호에게 괜한 질문을 던지지 않았다.

그때 그라운드 안으로 이영예가 들어왔다. 이진용은 그런 이영예에게 마운드로 올라오라고 손짓했고, 이영예가 이내 마운드 위로 올라와 말했다.

"잠시 잊고 있었는데, 메츠와 협상할 게 하나 더 있었습니다."

"뭔가요?"

"등번호는 몇 번으로 하시겠습니까?"

그 질문에 이진용은 미소를 지으며 말했다.

"제 등번호는 무조건 1번입니다. 양키스를 가더라도, 그 사실은 변하지 않을 겁니다."

-짜식.

그렇게 2017년이 끝났다.

그리고 2018년이 시작됐다.

1월.

야구를 사랑하는 팬들에게 있어 가장 혹독한 달이다.

12월에는 윈터 미팅을 비롯해 굵직한 FA계약 이야기와 거물들의 트레이드 이야기가 따뜻한 난로가 되어주지만, 1월이 되면 더 이상 야구팬들을 뜨겁게 만들어주는 난로는 찾을 수가 없다.

그렇게 야구팬들은 오로지 기다린다.

그 추운 겨울의 끝을 알려주는 스프링 트레이닝 시즌이 오기를!

[스프링 트레이닝 개막!]
[2018시즌 메이저리그는 시작됐다!]

그리고 2월 1일, 스프링 트레이닝이 시작됐다.

스프링 트레이닝.

시즌이 시작되기 전 행해지는 전지훈련과 시범 경기를 합쳐서 표현하는 단어다.

1월 동안 휴식을 취한 선수들은 2월부터 사시사철 따뜻한 애리조나 또는 플로리다에 위치한 야구장으로 모이기 시작하고, 그렇게 모인 선수들이 한 달 동안 나름의 훈련과 연습 경기를 거친 후에 3월이 되면 시범경기를 시작한다.

뉴욕 메츠의 경우에는 플로리다 주 포트 세인트 루시에 위치한 퍼스트 데이트 필드가 스프링 트레이닝을 위한 무대였다.

그곳에 이진용이 모습을 드러낸 건 2월 2일, 한국에서의 여러 행사를 마친 다음이었다.

"오우!"

"와우!"

그런 이진용의 등장에 경기장 입구, 그 근처에서 대기하고 있던 기자나 야구팬들을 비롯한 사람들이 동시에 놀랐다.

물론 이진용을 향한 놀람은 아니었다.

"저 괴물은 대체 누구지?"

"맙소사, 대체 어디서 저런 괴물이 나온 거야?"

"말도 안 되는 괴물이 메이저리그에 등장했군. 메츠의 신인인가?"

이제는 에이전트 겸 통역사가 된 이진용의 뒤에 선 이영예를 향한 놀람이었다.

심지어 어린 야구팬 중 한 명이 야구공과 펜을 손에 쥔 채 이영예에게 다가왔다.

"사인 좀 해주세요."

이영예가 누구인지 모르지만 어린 팬이 보기에는 엄청난 메이저리그 대선수처럼 보인 모양.

그 사실에 그 누구도 의문을 표하지 않았다.

당연한 말이지만 이진용에게 관심을 가지는 이는 아무도 없었다.

-푸하하하!

김진호의 폭소가 터지는 이유였고, 이진용이 뚱한 표정을 짓는 이유였다.

-진용아, 너무 뚱한 표정 짓지 마. 작아서 안 보이는데 어떻게 하냐? 꼬우면 키 크면 되잖아? 응? 그런데 우리 진용이 어디 갔지? 안 보이네? 아! 밑에 있었구나! 너무 작아서 안 보였네, 미안!

김진호의 말에 이진용은 입술을 삐죽 내밀었다.

그사이 이영예가 사인을 요청한 아이들에게 자신은 선수가 아니라고, 앞에 있는 이진용 선수의 에이전트라고 말했다.

그제야 어린 야구팬이 이진용을 바라봤고, 이진용을 이리저리 살펴본 후에 슬그머니 뒤로 발을 뺐다.

'어딜 감히!'

그런 어린 팬을 이진용이 그냥 보낼 리는 만무했다.

"야, 거기서!"

연쇄사인마, 지나가는 팬조차 붙잡아 어떻게든 사인을 해주고 마는 이진용이 잽싸게 아이의 손에 들린 야구공을 빼앗았다.

펜은 빼앗을 필요도 없었다.

이진용이 곧바로 제 주머니에서 펜 하나를 꺼낸 후에 잽싸게 사인을 해주었으니까.

"너 이름이 뭐야?"

더불어 이진용의 팬서비스는 거기서 그치지 않았다.

"아, 알렉스요."

"그래? 좋은 이름이네. 내 이름은 이진용이야, 이진용. 이번 시즌부터 메츠에서 뛰게 됐지. 넌 어디 팬?"

어눌하지만, 그럼에도 이진용은 통역 도움 없이 나름 기본적인 영어 회화로 팬과의 대화를 시작했다.

"메츠요!"

"뉴욕 살아?"

"네!"

"그럼 나중에 나 선발등판 경기 때 이 사인볼 보여주면 내 유니폼 벗어주지. 어때?"

"진짜요?"

"그럼, 난 유니폼 공짜거든."

기본 10분짜리 이진용 토크가 시작됐다.

그 모습을 보며 김진호가 혀를 내둘렀다.

-평생 영어도 할 줄 모르던 놈이, 팬 붙잡고 고문하려고 영어 공부를 하다니…… 대체 누구 닮아서 이렇게 말이 많은 거야?

그렇게 부족한 영어 단어, 심지어 제스처를 쓰면서 어린 야구팬과 10분 가까운 대화를 나누던 이진용이 이제는 자기 이야기 소재가 떨어졌는지 다른 이야기 소재를 꺼냈다.

"그보다 너 혹시 김진호라는 선수 알아?"

"알아요! 메이저리그의 지배자!"

김진호.

-훗.

자기 이름의 등장에 김진호가 피식, 웃었다.

"그래? 그런데 너 그거 아니? 사실 김진호 선수가 어릴 때 머리를 다쳐서 머리가 나쁘다는 거?"

"진짜요?"

"김진호 선수 등번호가 사실 김진호 선수 아이큐 숫자야."

-야, 인마! 어디서 지금 개수작이야!

그 사실에 이제까지 이진용을 보고 웃음을 터뜨리던 김진호가 분노했다.

-내 등번호가 아이큐라니! 야! 그게 말이 돼? 내 등번호가 몇 번인 줄 알고!

그 분노 앞에서 이진용은 흔들림 없이 말을 이어갔다.

"정말인가요?"

"물론, 내가 김진호 선수한테 직접 들은 이야기야."

-이 또라이 새끼가 어디서 약을 팔아! 꼬마야! 아니야, 이 새끼가 구라 치는 거야!

"그러니까 다음에 친구들 만나면 꼭 이 이야기를 해주렴. 김진호 선수에 대한 이야기."

"네."

"이 이야기 열심히 하면 나중에 원하는 거 들어줄게."

"네!"

"알렉스!"

그런 그 둘의 대화를 멈추게 한 건 다름 아니라 등장한 알렉스란 꼬마의 아버지였다.

"신더가드 사인볼이다!"

신더가드!

그 이름에 알렉스란 아이의 눈이 휙 돌아갔고, 이진용에게 제대로 인사조차 하지 않은 채 괴성을 내지르며 아버지에게 다가갔다.

그 모습에 이진용이 실소를 머금었다.

"아, 내 이름값이 아직 신더가드에 못 미치네."

메츠 팬인 아이에게 있어 노아 신더가드, 100마일짜리 공을 뿌리는 메츠의 신성에 비해 이진용은 그냥 말 많은 동네 형에 불과할 테니까.

-야이 새끼야! 지금 그게 중요해? 너 지금 뭐 하는 거야?

그런 이진용에게 김진호가 분노를 표현했고, 이진용은 그 분노를 가뿐하게 무시하며 이영예에게 말했다.

"다음 스케줄은 어떻게 됩니까?"

"클럽하우스에 짐을 정리한 후에 타격 인스터럭터인 톰 고든과 이번 시즌 타격 연습에 대한 이야기를 나눌 겁니다."

타격.

그 단어에 이진용이 눈빛을 바꿨다.

'이제 진짜 메이저리그에 왔군.'

메이저리그는 내셔널리그와 아메리칸리그로 구분되며, 이 두 리그를 구분하는 가장 확실한 잣대는 지명타자 제도의 유무다.

내셔널리그는 지명타자 제도가 없다. 그러니 투수도 마운드에 서는 동안은 타석에 서야 한다.

당연한 말이지만 내셔널리그에 속한 뉴욕 메츠의 유니폼을 입게 된 이진용 역시 이제는 배트를 쥐고, 타격 연습을 해야 했다.

하지만 이진용은 메츠와 계약한 이후 단 한 번도 배트를 쥐고 연습을 한 적이 없었다.

"진짜 오랜만에 쥐는 건데 잘될지 모르겠네요."

-잘되기는 개뿔, 어차피 네가 할 건 안 다치는 방법을 익히는 것뿐이야. 괜히 지랄하지 말고 가르쳐 주는 것만 해. 이상한 버릇 들면 그때부터 진짜 골치 아파지니까. 타격은 버릇과의 싸움이다.

그동안 배트를 쥐어본 적 없는 이진용이 제 깜냥으로 타격 훈련을 했다가는 오히려 이상한 버릇이 생길 가능성이 높은 탓이었다.

그렇기에 메츠 구단 역시 이진용에게 스프링 트레이닝 전까지는 절대 타격훈련을 하지 말라고 했다.

동시에 메츠 구단은 이진용을 위해 톰 고든이라는 타격 인스터럭터를 전담으로 붙여줬다.

"오! 어마어마하군!"

이진용의 메이저리그 첫 코칭은 바로 그 톰 고든과의 타격 연습이었다.

그렇게 톰 고든과 만나게 된 첫 자리에서, 톰 고든은 곧바로 감탄사부터 내뱉었다.

"피지컬만 보면 트라웃보다 나은 것 같군!"

이영예를 향한 감탄이었다.

그 감탄에 김진호의 입에서 풉, 웃음이 나왔고 이진용의 입이 툭 삐져나왔다.

물론 톰 고든 코치는 곧바로 이진용을 향해 손바닥을 내밀며 말했다.

"물론 보이는 게 전부가 아닌 게 이 바닥이지만."

이진용이 그 손을 잡았다.

"톰 고든이네."

"이진용입니다."

"이제부터 자네의 타격 지도를 하게 됐네. 몸은 풀었나?"

"예, 준비는 완벽합니다."

"영어 준비도 완벽한 것 같군. 하지만 내 말을 잘못 들을 수도 있으니, 무조건 통역을 통해 이야기를 하겠네."

그 말에 이영예가 고개를 끄덕였고, 이진용 역시 고개를 끄덕였다.

나름 열심히 영어 공부를 했고, 기본 회화 정도는 어느 정도 능숙해졌지만, 그건 어디까지나 사적인 대화에서의 이야기. 아직 이진용의 영어 능력은 부족했다.

한편 메츠는 이진용을 영입하는 데 어쨌거나 1억 달러나 되는 돈을 썼다.

그런 이진용이 코치의 말을 잘못 이해하는 바람에 문제가 생기는 건 1억 달러짜리 기계에 문제가 생기는 것과 마찬가지였다.

영어가 꽤 능숙한 남미, 동양 선수들이 공적인 대화에서는 꼭 통역을 대동하는 것 역시 그런 이유 때문이었다.

"일단 배트 쥐는 법부터 제대로 보자고 합니다."

이영예의 말에 이진용이 곧바로 배팅 장갑을 낀 후에 배트를 손에 꽉 움켜쥐었다.

'몇 년 만이지?'

그 순간 이진용의 심장이 두근거리기 시작했다.

야구를 포기한 이후 단 한 번도 배트를 잡아본 적이 없었다.

그런데 이제는 타자가 되어 타석에 서야 할 때.

심지어 그 사실을 알면서도 배트를 쥐고 싶은 마음을 꾹 참았다.

보다 깊은 갈증을 느끼기 위해서 일부러 참았다.

그런 갈증이 해소되는 순간에 이진용의 심장이 가만히 있다면 여기까지 오는 일도 없었을 터.

그렇게 이진용은 자신의 두근거리는 심장 소리를 들을 수 있었다.

그리고 베이스볼 매니저의 알림도 들을 수 있었다.

[타자 능력치가 활성화됩니다.]

'응?'

-응?

그 알림과 함께 이진용의 눈앞에 창 하나가 모습을 드러냈다.

[이진용(타자)]

-피지컬 : 25

-밸런스 : 56

-선구안 : 67

-보유 스킬 : 없음

놀라는 이진용의 모습에 이영예가 고개를 갸웃했다.

"문제라도 있습니까?"

그 말에 이진용은 대답 대신 놀란 눈만 뜬 채 고개만 휙휙 저었다.

반면 김진호는 아주 못 볼 것을 본 듯한 표정을 지은 채 말했다.

-이 쓰레기 게임이 또?

톰 고든과의 첫날은 특별할 것 없었다.

배트를 쥐는 법을 시작으로 타격에 대한 이론 강의 등 아주 기본적인 것만을 배웠다.

그뿐이었다.

당장 배트를 쥐고 배트를 휘두르는 일도 없었다.

"무엇이든 기본이 중요해야 하네. 그저 단순히 본능적으로 하는 것과 이론적인 기반을 갖추고 하는 것은 당장에는 큰 차이가 없어도 5년, 10년 후에는 엄청난 차이가 되니까."

차근차근, 일단 기초를 분명하게 하는 것이 중요했다.

"무엇보다 자네에게 구단이 바라는 건 엄청난 타격이 아니네."

더욱이 메츠 구단이 이진용에게 원하는 건 그가 타석에서 3할 타율과 30홈런을 치는 게 아니라, 타석에서 최대한 다치지 않으면서 시즌을 건강하게 소화하는 것이었다.

이진용에게 당장 타석에서 안타를 칠 수 있는 훈련을 시킬 이유는 없었다.

그 사실에 이진용은 불만이 없었다.

불만을 가질 여유도 없었다.

"우와, 우와!"

눈앞에 뜬 상태창은 이진용에게 다른 생각을 하는 것을 감히 허락하지 않았으니까.

김진호 역시 마찬가지였다.

-이 빌어먹을 쓰레기 게임이…….

혹시, 하는 마음은 있었다.

그러나 혹시와 역시는 엄연히 다른 법.

-설마 아니겠지.

더욱이 김진호는 이 순간 무언가 알 수 없는 불안감을 느끼기 시작했다.

그런 김진호의 불안감을 이진용이 부채질했다.

"첫 삼진, 첫 볼넷, 첫 안타, 첫 홈런, 첫 득점, 첫 타점, 첫 2루타, 첫 3루타, 첫 도루, 첫 2점 홈런, 첫 3점 홈런, 첫 만루 홈런, 첫 싸이클링 히트, 첫 연타석 홈런, 첫 연타석 출루……."

-야, 닥쳐!

"갑자기 왜 그래요? 그냥 타자로 할 수 있는 게 뭔지 세보는 건데."

-닥쳐! 다른 이야기 해!

김진호의 그 말에 이진용은 기꺼이 주제를 바꿨다.

"그보다 이 수치는 무엇을 의미할까요?"

타자의 능력은 당연히 투수와 달랐다.

투수의 경우에는 체력과 구속 그리고 구종이 있었다면, 타자의 경우에는 피지컬과 밸런스 그리고 선구안이 있었다.

그 각각이 의미하는 바를 가늠하기란 어렵지 않았다.

"피지컬은 말 그대로 육체적인 능력이겠고."

피지컬은 타격에 필요한 근력, 근지구력, 체력 등 육체적인 능력을 의미할 것이다. 자동차로 따지면 그냥 차체(車體)라고 볼 수 있다.

"밸런스는 피지컬을 다루는 능력을 의미하겠고."

밸런스는 그런 차를 움직이는 드라이버의 능력이라고 할 수 있다. 똑같이 100킬로그램을 들 수 있는 근력을 가지고 있어도 누군가는 100킬로그램도 못 들지만, 누군가는 110킬로그램을 들 수도 있으니까.

"선구안이야, 뭐 선구안이겠고."

선구안은 당연히 공을 보는 능력일 터.

여기까지는 충분히 유추할 수 있는 부분이었다.

"문제는 이 수치가 의미하는 바인데……."

하지만 그 능력마다 붙은 수치가 정확히 어느 정도를 의미하는지는 알 수 없었다.

최대 구속의 경우에는 숫자의 의미를 가늠하는 게 어렵지 않았다. 130킬로미터라면 얼마든지 가늠할 수 있으니까.

하지만 타자의 능력치는 달랐다.

피지컬이 25라고 해서 그게 어느 정도 수치이며, 프로 레벨이 되기 위해서는 어느 정도가 필요한지 감조차 오지 않았다.

"100이 메이저리그 기준이려나?"

-지랄하네, 내가 보기에 메이저리그 기준은 한 500쯤 될 것 같구먼. 마이크 트라웃은 아마 피지컬이 900쯤 될 거야. 이영예도 아마 800쯤 나오겠지. 아무렴!

김진호의 떼를 쓰는 듯한 그 말에 이진용이 피식 웃으며 말했다.

"뭐, 메이저리그의 지배자이셨던 김진호 선수의 의견이 그렇다면 그런 거겠죠. 아무렴요, 설마 김진호 선수가 숫자 보는 능력도 없을 리 만무하잖습니까?"

-윽!

그 말에 김진호가 입을 꽉 다물었다.

입을 다문 김진호의 눈빛에 고민의 기색이 보였다.

이대로 주장을 굽히지 않으면 자신이 선수 보는 눈도 없는 놈이 된다는 사실에 대한 고민.

……네가 25라면 마이크 트라웃은 91쯤 될 거야.

"100이 아니라요?"

-메이저리그 평균은 70쯤 나오겠지. 70이면 메이저리그 수준, 80이면 메이저리그 수준급, 90이면 리그 최정상급.

"그럼 100이면요?"

-약 먹은 배리 본즈 정도 되겠지 뭐.

그 말에 이진용의 눈빛이 빛나기 시작했다.

그 빛나는 눈빛에 김진호가 긴 한숨을 내뱉었다.

-이젠 타석에서도 호우 소리 듣게 생겼네, 진짜 빌어먹을 쓰레기 게임! 그래, 다 해먹어라!

"네! 다 해먹겠습니다!"

이진용, 그의 어메이징한 2018시즌이 시작됐다.

2월 1일 스프링 트레이닝이 시작됨과 동시에 플로리다 주 곳곳에 위치한 야구장으로 선수들과 야구팬들이 하나둘 모이며 본격적인 야구의 냄새를 풍기기 시작했다.

동시에 훈련의 강도도 점차 늘어나기 시작했다.

일주일 동안은 컨디션 조절, 스트레칭, 가벼운 러닝에 불과했던 훈련이 점차 롱토스, 프리 배팅, 베이스 러닝, 타구 수비 훈련 같은 야구를 잘 모르는 사람이 봐도 야구라는 것을 알 수 있는 훈련으로 바뀌기 시작했다.

"스트라스버그다!"

"스탠튼이 왔군! 60홈런의 전설!"

"크리스 세일이다!"

그리고 메이저리그를 대표하는 정말 별 중의 별과 같은 선수들이 하나둘 모습을 드러내기 시작했다.

당연히 기자들의 움직임도 분주해졌다.

메이저리그의 별에 대한 사진을 한 장이라도 더 찍기 위해, 렌트한 자동차를 타고 플로리다 주를 위치한 여러 야구장 사이를 쉴 새 없이 움직이고는 했다.

'드디어 여기에 왔군.'

황선우, 이제는 한국프로야구가 아니라 메이저리그를 취재하는 기자가 된 그 역시 그 고난의 행군에서 예외는 아니었다.

사실 메이저리그 전담 기자는 경력과 인맥을 쌓기에 좋을지 언정 육체와 정신적으로는 무척 피곤한 일이었다.

당장 이동거리가 한국과는 비교가 안 됐다.

한국에서는 제아무리 멀어도 서울에서 부산 수준이지만, 메이저리그는 자칫 잘못하면 이코노미석에 몸을 구겨 넣은 채 대여섯 시간을 뜬눈으로 보내야 하는 일도 생긴다.

더욱이 미국이란 나라는 여전히 동양인에게 친절한 나라가 아니었다.

노골적인 수준은 아니더라도, 분명 인종차별을 비롯해 보이지만 않을 뿐 몸으로 체감할 수 있는 차별이 존재했다.

　그럼에도 황선우가 다시금 메이저리그 전담기자를 자처한 이유는 역시 그 때문이었다.

　'이진용은 잘 지내려나?'

　이진용의 메이저리그 도전을 하나부터 열까지 보고 싶다는 것

　그런 황선우가 이진용의 연습 경기 출전 소식에 퍼스트 데이터 필드로 달려온 건 당연했다.

　"이진용 선수!"

　그렇게 황선우는 그토록 보고 싶던 이진용을 볼 수 있었다.

　"어, 황 기자님?"

　황선우의 등장에 이진용도 반색했다.

　"오랜만이야. 골든글러브 시상식 이후 처음이니까."

　"예, 오랜만입니다."

　"그때 시상식은 여러모로 대단했어. 선수들 모두가 난리도 아니었지."

　"예, 경기 끝난 뒤에는 더 난리도 아니었죠. 선수들 모두가 만날 때마다 이렇게 이야기하더라고요. 메이저리그에서 생활비 떨어지면 전화하라고, 얼마든 지원해 주겠다고, 돈 모아서라도 지원해 줄 테니까 꼭 메이저리그에서 성공해서 거기서 은퇴하라고. 그 덕담을 배 터지도록 먹었습니다."

　"하하, 자네가 한국에서 뛰어봤자 좋을 게 없으니까."

　그 대화 사이로 황선우는 기자답게 자연스레 질문을 던졌다.

"그래서 언제? 메이저리그는?"

"아직 메이저리그 선수 공 던지는 거 본 적도 없는데요, 뭘. 이제 시작이죠."

"시간 있어? 있으면 곧바로 질문 좀 해도 될까?"

그 말에 이진용이 고개를 끄덕였다.

"좋아."

황선우가 곧바로 스마트폰을 꺼낸 후에 녹음을 시작했다.

그 후 나온 질문은 별거 없었다.

메츠를 선택한 이유, 이번 시즌 목표, 상대해 보고 싶은 선수, 앞으로의 각오…… 특별할 건 없지만 모든 이들이 궁금해하는 질문이었고 이진용은 기꺼이 대답해 줬다.

더불어 질문도 많지 않았다.

"인터뷰는 여기까지 하지."

"벌써 끝내시게요?"

"아직 시즌이 시작한 것도 아닌데, 굳이 인터뷰 내용이 많을 필요는 없지. 무엇보다 이 시기에는 인터뷰해봤자 준비된 대답만 나오거든."

스마트폰을 주머니에 넣은 황선우는 이제는 기자가 아닌 야구팬으로서 질문했다.

"그래서 오늘은 어느 손으로 할 거야?"

그 질문에 이진용이 미소를 지으며 말했다.

"어느 손이긴요, 전 왼쪽밖에 안 됩니다."

"뭐?"

"타격은 지금 좌타자밖에 안 돼요."

그 말에 황선우가 도무지 영문을 모르겠다는 표정을 지었고, 이진용이 비슷한 표정을 지으며 말했다.

"저 오늘 타자로만 출전하는데, 모르셨어요?"

"타자?"

테리 콜린스.

메이저리그를 대표하는 감독 중 한 명인 그는 2011년부터 뉴욕 메츠의 감독이 되었다.

그리고 2015시즌 뉴욕 메츠를 월드시리즈 무대에 올려놓았다.

충분히 박수받아 마땅한 성적.

그러나 그는 2017시즌을 끝으로 감독직 은퇴를 염두에 두고 있었다.

2015시즌 월드시리즈 무대에 올랐으나 우승에 실패하고, 그 다음 시즌에는 월드시리즈 진출에 실패.

그리고 2017시즌에는 포스트시즌 진출마저 실패한 콜린스 감독은 자신에게 메츠의 숙원을 이뤄줄 능력이 없음을 인정했다.

더 나아가 자신의 야구가 이제 오래된 야구가 되었음을 느끼고 있었다.

그런 그가 은퇴를 보류한 건 다름 아니라 단장이 잡아준 두 선수 때문이었다.

이진용 그리고 조 존스.

개중에서도 콜린스 감독은 둘 중에 조 존스를 잡은 것에 놀라움을 표했다.

'설마 구단이 조를 잡을 줄이야.'

사실 콜린스 감독은 조 존스가 언제나 탐났었다.

그의 전성기 시절은 모든 감독들을 취하게 만들 정도로 대단했을뿐더러, 메츠의 젊고 강인한 야생마를 조련해 주기에는 조 존스 같은 포수가 필요했으니까.

그러나 같은 지역 내의 다른 구단이 어마어마한 돈을 거리 낌 없이 쓰는 것에 비해 메츠 구단은 그렇게까지 돈을 많이 쓰는 팀이 아니었고, 심지어 요에니스 세스페데스를 잡는데 1억 달러가 넘는 돈을 쓴 구단이 조 존스 같은 퇴물 포수를 영입하는데 1억 달러를 더 쓰리란 생각은 조금도 들지 않았다.

그런데 구단은 그를 잡아 왔다.

물론 그 놀람은 곧바로 읽은 이진용에 대한 스카우팅 리포트 앞에서 사라졌다.

'이런 선수가 있다니!'

이진용, 그는 콜린스 감독이 보기에 존재해서는 안 되는 투수였다.

양손투수라서 그런 게 아니었다.

'완벽하다. 정말 완벽하게 타자를 잡을 줄 안다.'

이진용이 그 어느 투수보다 타자를 상대로 완벽한 피칭을 한다는 것, 그게 이유였다.

타자와 투수, 그 둘은 먹고 먹히는 관계다.

그게 당연한 생리다.

그러나 이진용은 달랐다. 그는 그저 일방적으로 타자를 먹어치우기만 하는 괴물이었다.

때문에 그 두 선수가 영입되는 순간 콜린스 감독은 더 이상 은퇴 생각 따위는 하지 않았다.

'올해는 다르다. 정말 다시 한번 어메이징 메츠의 이름에 어울리는 결과를 만들 수 있다.'

기대감으로 부푼 마음을 안고 스프링 트레이닝을 준비했다.

그런 상황에서 이진용의 첫 연습 경기가 잡혔다.

마운드가 아니라 타석에 서는 것이었지만, 어쨌거나 콜린스 감독 입장에서는 궁금할 수밖에 없었다.

"자네가 보기에 이진용은 어떤 선수인가?"

과연 이진용이란 선수가 어떤 선수인지.

그 물음에 톰 고든은 대답했다.

"나쁘지 않을 것 같습니다. 시즌 중에 민폐를 끼치지 않을 정도는 될 것 같습니다."

"민폐?"

"예, 시즌이 끝나면 그 정도는 될 것 같습니다."

그 말에 콜린스 감독은 당혹감 깃든 눈으로 톰 고든을 바라봤다.

민폐, 콜린스 감독이 생각하는 이진용의 실력에는 어울리지 않은 표현이었으니까.

'톰 고든은 실력 좋은 코치다. 훗날 메이저리그 감독을 해도 될 정도. 그런데 그런 그가 이런 평가를 내리다니?'

더욱이 콜린스 감독이 보는 톰 고든은 유능한 코치였기에, 더더욱 놀랄 수밖에 없었다.

그런 콜린스 감독의 모습에 톰 고든은 어깨를 으쓱하며 말했다.

"전 어디까지나 타격코치입니다. 이진용 선수의 타격 외에는 그 어떤 평가도 내릴 수 없습니다."

"아."

그제야 톰 고든이 한 말의 의미를 파악한 콜린스 감독은 안도의 한숨을 내쉬었다.

"응?"

그리고 그 안도의 한숨 끝에 의문을 표해야 했다.

"그게 무슨 의미인가?"

그 의문에 톰 고든이 미소를 지으며 말했다.

"보시면 압니다."

투구와 타격은 박수와 같다.

손바닥 두 개가 마주쳐야 소리가 나듯, 하나만으로는 아무런 의미도 없다.

때문에 뛰어난 타자는 투수의 투구 매커니즘을 잘 알고, 동시에 뛰어난 투수는 타자의 타격 매커니즘을 잘 안다.

-타격을 할 때 중요한 건 스트라이크존을 명확하게 설정하는 거야. 그러니까 폼이 중요해. 타자의 스트라이크존은 폼에 의해 만들어지니까.

그런 의미에서 본다면 뛰어난 투수였던 김진호는 어지간한 타자나, 코치들보다 타격에 대해서 잘 알 수밖에 없었다.

-그 후에는 선택과 집중을 해야 해. 투수는 모든 타자를 상대로 삼진을 잡을 생각으로 던져도 돼. 하지만 타자는 투수의 모든 공을 칠 생각을 해서는 안 돼. 원래 타격이 그래. 타자들은 자기 수준을 분명하게 파악하고 칠 수 있는 것만 쳐야 해.

실제로 김진호는 내셔널리그에 있는 카디널스 시절 통산 타율이 2할 7푼에 통산 홈런은 무려 14개나 됐다.

타격에 대해 누군가를 가르치기에 결코 부족하지 않은 커리어였다.

그렇기에 이진용은 김진호의 조언 그리고 톰 고든의 지도 아래 자신의 폼을 만들었고, 그 폼을 처음으로 세상에 보여줬다.

"어? 폼이 왜 저래?"

"저건 무슨 폼이야?"

그 폼은 분명 독특했다.

마치 겁에 질린 토끼가 몸을 웅크린 듯, 타석에 선 이진용은 자신의 몸을 최대한 작게 만들고 있었다.

"썩 보기 좋진 않네."

"그것보단 불쌍해 보이지 않아?"

"하긴, 가뜩이나 선수치고는 작은 체격인데 저런 타격폼까지 하니…… 어른 리그에 애 한 명 낀 느낌이네."

그 모습이 퍽 안쓰러웠다.

타자에게 공을 던지는 투수가 동정심을 느끼지 않을까? 그런 생각이 들 정도.

'퍽!'

그러나 마운드 위에 있는 투수의 눈에 보이는 이진용은 결코 동정의 대상이 아니었다.

'어디에 던지라는 거야?'

타자의 스트라이크존은 타자의 체격 그리고 타자의 타격폼에 의해 정해진다.

그런 의미에서 지금 마운드에 올라선 투수, 페레즈의 눈에 보이는 이진용의 스트라이크존은 턱없이 작았다.

덩치 좋은 타자의 반절 정도.

-투수가 퍽퍽 거리는 게 여기까지 들리네.

당연한 말이지만 이 타격폼은 이진용이 준비한 전략적 노림수였다.

'아무리 상대가 마이너리그 투수라고 해도 구속이 90마일은 가뿐히 넘는 투수다. 그런 투수를 상대로 고작 일주일 정도 훈련한 내가 장타를 뽑아내면 그건 그냥 행운일 뿐이야.'

김진호의 조언 그대로 이진용은 일단 자기 분수부터 파악했다.

'이 자리는 행운을 시험하는 자리도 아니다.'

더불어 지금 자신이 해야 하는 것이 행운을 바라고 타격을 하는 것이 아니라, 행운을 배제한 채 시행착오를 통해 자신의 나아갈 길을 찾아야 한다는 점 역시 잊지 않았다.

지금의 타격폼은 바로 그 생각의 결과물이었다.

'어떻게든 그라운드 위로 공을 굴리고, 달린다.'

스트라이크존을 최대한 작게 만듦으로써 삼진을 당할 가능성을 줄이는 한편, 온 힘이 실린 호쾌한 장타가 아니라 어떻게든 공에 배트를 맞추기 위한 스윙. 그것을 위한 최적의 폼이었다.

물론 이것만으로는 부족했다.

상대가 메츠 산하에 있는 마이너리그 소속 선수이긴 하지만, 그래도 마이너리그에서 4시즌을 넘게 뛰며 4점대 방어율을 유지하는 투수.

충분한 재능과 가능성이 있기에 이곳, 스프링 트레이닝에 참석하게 된 선수다.

고작 전략적으로, 그마저도 일주일 정도 가다듬은 타격폼만으로 결과를 뽑아낼 수 있는 상대가 아니다.

'보고 치는 건 불가능해. 결국 수싸움으로 조금이라도 가능성을 높여야 해. 투수를 읽고, 공을 읽는다.'

그게 이진용이 홈플레이트에 바짝 붙지 않은 이유였다.

그 사실을 투수와 포수는 당연히 눈치챘다.

눈치채는 순간 그 둘은 빠르게 상황을 분석했고, 곧바로 서로 대화를 나누었다.

'폼이 너무 괴상해서 스트라이크존 상하는 가늠이 안 되지만, 좌우는 모든 타자가 똑같다.'

'어차피 투수다. 타격 한 번 제대로 해본 적 없는 투수. 90마일짜리 패스트볼을 스트라이크존에 집어넣으면 돼.'

'그럼 그냥 확실하게 스트라이크존 바깥쪽에 패스트볼만 집요하게 집어넣자고.'

'오케이.'

말로 했다면 길었을 대화.

그러나 투수와 포수가 나눈 대화는 포수가 손가락을 두 번 움직이는 것이 전부였다.

모든 준비가 끝난 투수가 이진용의 스트라이크존 바깥쪽, 그곳을 향해 포심 패스트볼을 던졌다.

구속은 90마일.

'오케이, 낚았다.'

-오케이, 낚았다.

그 공을 예상하는 수준을 넘어 투수가 그 공을 던지도록 의도한 이진용은 망설임 없이 배트를 휘둘렀다.

딱!

그렇게 이진용의 배트를 맞은 공이 물수제비처럼 그라운드 위를 가로지르며, 3루수와 유격수 사이를 그대로 지나갔다.

깔끔한 안타가 나오는 순간이었다.

"영리하군. 일부러 바깥쪽 공을 던지게 유도했어."

그 광경에 콜린스 감독은 톰 고든이 한 말의 의미를 파악할 수 있었다.

'고든 코치 말대로 시즌 중에 민폐를 끼칠 정도는 아니군.'

반면 톰 고든은 콜린스 감독의 그 말에 대답 대신 의미심장한 미소를 지었다.

　그렇게 더그아웃에 있는 둘이 짧은 대화를 주고받을 무렵, 이진용의 귓가로 베이스볼 매니저의 알림이 들렸다.

　[185포인트를 획득하셨습니다.]
　[첫 안타를 기록하셨습니다. 골드 룰렛 이용권이 지급됩니다.]
　[첫 출루에 성공하셨습니다. 골드 룰렛 이용권이 지급됩니다.]

　기꺼운 알림.
　-젠장, 이 빌어먹을 쓰레기 게임.
　그리고 당연한 김진호의 짜증에 이진용은 표정 변화 없이 그대로 마운드 위에 있는 투수를 살폈다.
　'날 안 본다.'
　투수의 낌새를 통해 투수의 심리를 가늠했고, 동시에 포수를 비롯해 그라운드 전체를 훑었다.
　'내가 도루할 거란 생각을 아무도 안 한다.'
　그라운드 전체를 훑는데 걸린 시간은 찰나에 불과했다.
　'하물며 메이저리그 감독이 보는 연습 경기에서 주자 견제를 하느라 낑낑거리는 모습을 보여주고 싶은 투수는 없지. 날 그냥 없는 셈치고 공을 던질 가능성이 커.'
　그리고 그렇게 그라운드를 훑으면서 얻은 정보를 머릿속에서 분석하는데 걸리는 시간 역시 찰나에 불과했다.

'만약 여기서 투수가 날 무시하고 와인드업을 하면 바로 뛴다.'

당연히 이진용이 상황을 분석하고, 그에 따라 결단을 내리고 그 결단을 행동에 옮기는 데에도 오랜 시간이 필요하지 않았다.

'오케이!'

투수가 이진용의 다음 타자를 상대로 공을 던지는 순간, 투수가 이진용을 무시한 채 그대로 와인드업을 하는 순간 이진용이 2루를 향해 질주를 시작했다.

"어?"

"어!"

모두가 예상치 못한 도루!

그 도루 앞에서 공을 던지는 투수는 물론 포수조차 꼼짝 못 한 채 그대로 굳어버렸다.

[도루에 성공했습니다. 보너스 포인트가 지급됩니다.]

[첫 도루에 성공하셨습니다. 골드 룰렛 이용권이 지급됩니다.]

이진용, 그가 그야말로 다리가 아니라 상대방의 허를 찔러 도루를 뜯어내는 순간이었다.

그렇게 2루를 훔친 이진용을 향해 김진호가 한마디 했다.

-진용아, 시즌 중에는 도루할 생각 꿈도 꾸지 마라. 잘못하면 2루수나 유격수가 널 밟아 죽이는 수가 있다. 뭐, 감독이 이제부터는 절대 허락을 안 해주겠지만.

말 그대로였다.

"맙소사!"

이진용의 도루에 콜린스 감독의 머릿속으로는 새빨간 경고 등이 번쩍거렸다.

'단단히 주의를 줘야겠어.'

팀의 주전 투수, 그것도 선발투수가 도루를 하다가 손가락 이라도 다친다면 그보다 더 멍청한 짓은 없을 테니까.

당연히 콜린스 감독은 이번 이닝을 끝으로, 이진용에게 도 루 금지령을 내릴 생각이었다.

그 사실을 이진용이 모를 리 만무했다.

시즌 중에는 감독이 절대 도루를 허락하지 않을 것이며, 이 진용 역시 시즌 중에는 아주 특별한 상황이 아니고서는 도루 를 할 생각은 정말 눈곱만큼도 없었다.

그게 지금 도루를 한 이유였다.

'그래서 지금 하는 겁니다. 연습 경기일 때.'

지금은 시즌도 아니고, 시범 경기도 아니고, 그저 연습 경기 일 뿐이니까.

그것도 메츠라는 이름 아래에 모인, 어떤 의미에서 한 팀이 라고 할 수 있는 선수들끼리 치르는 청백전 같은 경기이니까.

'이럴 때 아니면 언제 할 수 있겠어요?'

여기서 이진용은 시즌 중에 할 수 없는 모든 것을 해볼 생 각이었다.

그런 이진용의 눈이 3루 베이스를 슬쩍 훑었다.

그렇게 3루 베이스를 훑은 시선은 3루수를 지나, 포수를 지나, 투수를 향한 후에 그라운드 전체를 훑었다.

'견제는 없다. 죽어도 손해는 아니다.'

조금 전 그랬던 것처럼 모든 것은 찰나에 이루어졌고, 결단을 마친 이진용이 숨을 골랐다.

"호우."

-허허, 미친놈.

그 숨 고르는 소리에 이진용의 의중을 파악한 김진호가 헛웃음을 흘렸다.

그리고 투수가 타석에 선 타자를 상대로 2구째가 되는 공을 던지는 순간, 그 순간 이진용은 다시 한번 3루를 향해 질주했다.

이번에는 공을 잡은 포수가 그대로 3루수를 향해, 전력을 다해 송구를 했다.

정말 힘찬 송구였다.

공이 아니라 레이저빔을 쏜 듯한 송구, 이진용의 발걸음과는 비교할 수 없을 정도로 빠른 송구였다.

"아!"

문제는 그것을 3루수가 잡지 못했다는 것.

"놓쳤다!"

-가!

그렇게 3루수 뒤로 공이 빠지는 순간 3루를 밟은 이진용은 주저 없이 홈을 향해 질주했다.

이제는 더 이상 꺼릴 것이 없어진 질주!

"세이프!"

그 질주 끝에 이진용이 홈베이스를 밟았다.

[3루 도루에 성공했습니다. 보너스 포인트가 지급됩니다.]
[첫 3루 도루에 성공했습니다. 플래티넘 룰렛 이용권이 지급됩니다.]
[득점에 성공했습니다. 보너스 포인트가 지급됩니다.]
[첫 득점에 성공했습니다. 플래티넘 룰렛 이용권이 지급됩니다.]

이진용, 그가 어메이징 메츠란 이름에 어울리는 신고식을 치르는 순간이었다.

To Be Continued

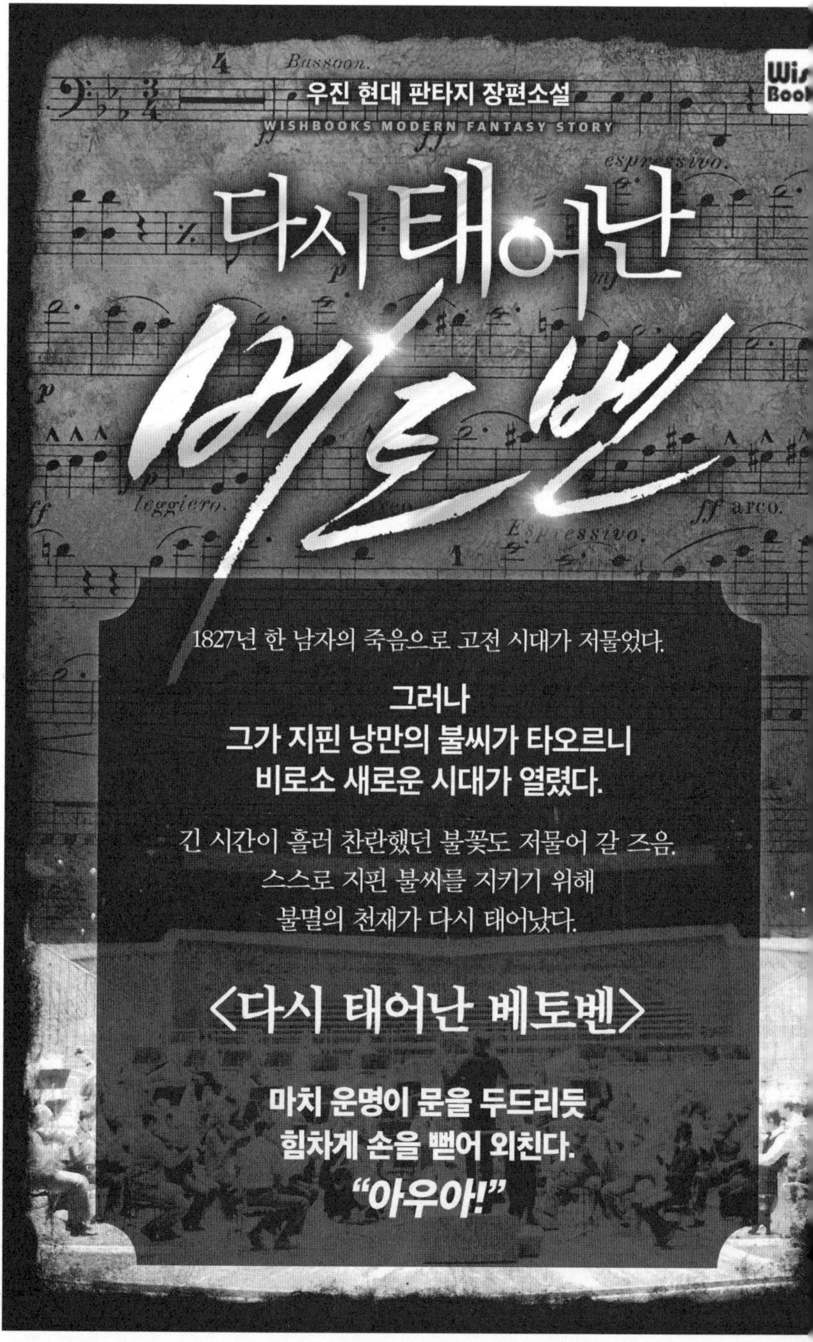

우진 현대 판타지 장편소설
WISHBOOKS MODERN FANTASY STORY
다시 태어난 베토벤
1827년 한 남자의 죽음으로 고전 시대가 저물었다.
그러나
그가 지핀 낭만의 불씨가 타오르니
비로소 새로운 시대가 열렸다.
긴 시간이 흘러 찬란했던 불꽃도 저물어 갈 즈음.
스스로 지핀 불씨를 지키기 위해
불멸의 천재가 다시 태어났다.
<다시 태어난 베토벤>
마치 운명이 문을 두드리듯
힘차게 손을 뻗어 외친다.
“아우아!”

Wish Books
마왕성
플레이어
트레샤 퓨전 판타지 장편소설
WISHBOOKS FUSION FANTASY STORY
신들의 전장, 하멜.
집으로 돌아가기 위한 마지막 싸움.
믿었던 동료가 배신했다!
[영혼 이식의 대상을 선택해 주십시오.]
뒤바뀐 운명. 최약의 마왕. 그리고…….
“이번에는 좀 다를 거다!”
어둠 속에 날카로운 칼날을 감춘,
마왕성 플레이어의 차가운 복수가 시작된다.

힐통령

태양의 사제

제리엠 게임판타지 장편소설

WISHBOOKS GAME FANTASY STORY

"착하긴 뭐가 착해? 저런 퀘스트를 하는 건 착해서가 아니고
그냥 호구인 거야. 호구."

**등 뒤에서 멀어지는 소리에
카이가 슬쩍 그들을 돌아봤다.**

'내가 호구라고? 설마.'

[곤경에 처해 있는 NPC에게 선행을 베풀었습니다.]
[선행 스탯이 1 상승합니다.]

착한 일을 하면 보상이 따라온다?!

**계산적이지만 그래서 더 선행을 할 수밖에 없는
힐이면 힐, 딜이면 딜.**
힐통령 카이의 미드 온라인 정복기!